名家经典散文丛书

密西西比河上的风光

（美）马克·吐温　著
唐　慧　译

江苏凤凰文艺出版社
JIANGSU PHOENIX LITERATURE AND ART PUBLISHING, LTD

图书在版编目（CIP）数据

密西西比河上的风光 / (美) 马克·吐温 (Mark Twain) 著 ; 唐慧译 . -- 南京 : 江苏凤凰文艺出版社 , 2018.4（2024.2 重印）
（名家经典散文丛书）
ISBN 978-7-5594-0675-0

Ⅰ . ①密… Ⅱ . ①马… ②唐… Ⅲ . ①散文集 – 美国 – 近代 Ⅳ . ① I712.64

中国版本图书馆 CIP 数据核字 (2017) 第 134047 号

书　　名	密西西比河上的风光
著　　者	（美）马克·吐温
译　　者	唐　慧
责任编辑	黄孝阳　王　青
出版发行	江苏凤凰文艺出版社
出版社地址	南京市中央路 165 号，邮编：210009
出版社网址	http://www.jswenyi.com
印　　刷	三河市双升印务有限公司
开　　本	880 × 1230 毫米　1/32
印　　张	10
字　　数	240 千字
版　　次	2018 年 4 月第 1 版　2024 年 2 月第 4 次
标准书号	ISBN　978-7-5594-0675-0
定　　价	69.80 元

（江苏凤凰文艺版图书凡印刷、装订错误可随时向承印厂调换）

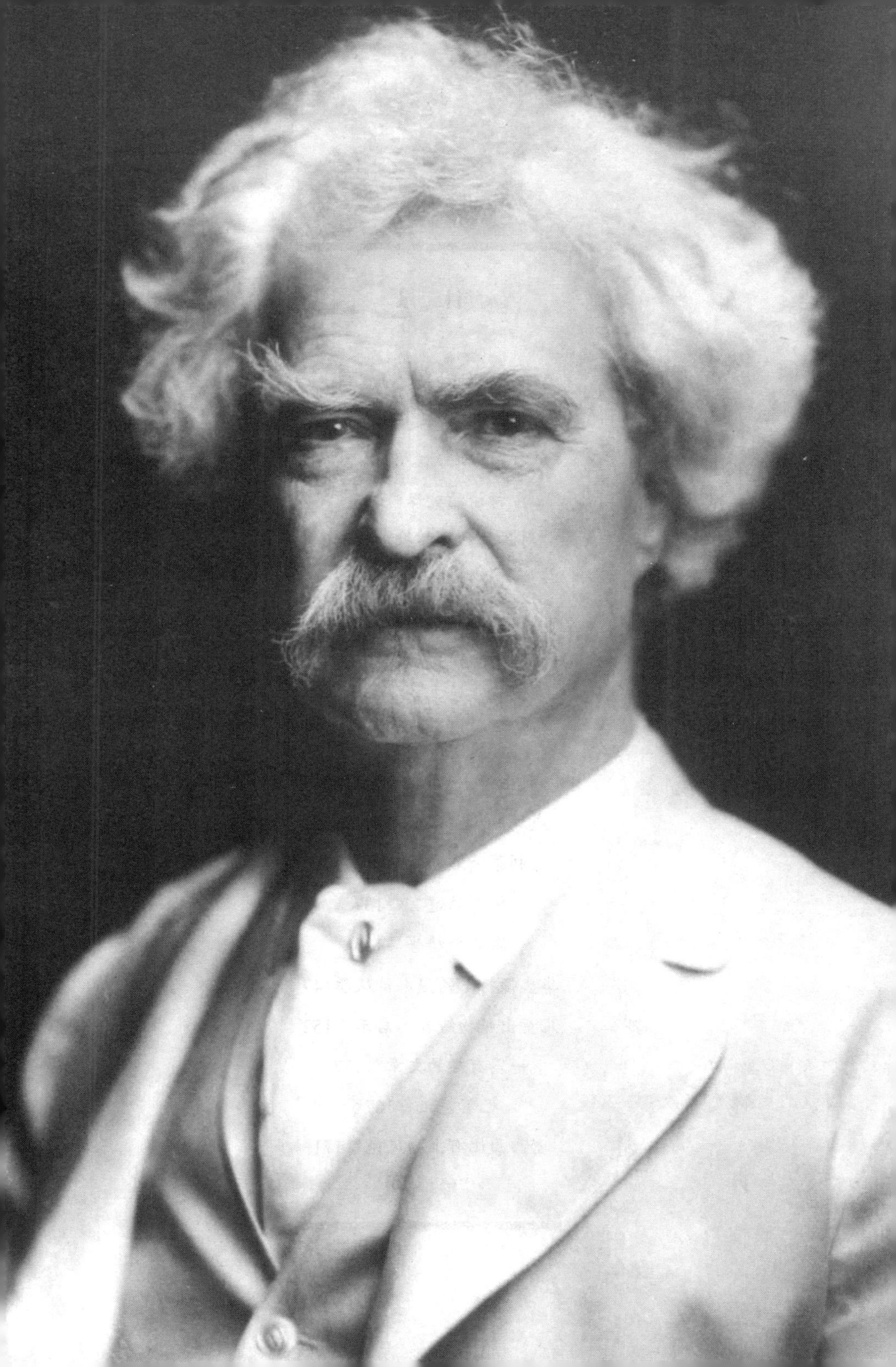

目　录

圣瓦格纳神坛之上

>

拜罗伊特[1]，1891年8月2日

正是在纽伦堡[2]，人们掀起了音乐的狂潮[3]，疯狂的人潮汹涌赶至北部的拜罗伊特小城。我们已经很久没有见过如此庞大、兴奋而拥挤的人群了。他们花了整整一个小时才全部登上火车，这也是我们在欧洲见过的最长的

---

① 德国城市，位于纽伦堡北部。

② 位于巴伐利亚州，德国东南部城市。

③ 拜罗伊特音乐节或称理查德·瓦格纳音乐节，是一个音乐节和歌剧节，每年一度在为瓦格纳乐剧在拜罗伊特节日剧院举行。音乐节由作曲家理查德·瓦格纳所发起，1876年8月13日首次开幕。自此每年都会在此演出瓦格纳十部乐剧。

火车。在过去大约两周的时间内，我们大概每天都能目睹这种景象好几次。这两年一度的朝圣给人们留下了深刻印象。朝圣就是朝圣，信徒们从地球的另一端赶来，在麦加圣地膜拜他们眼中的先知。

如果你住在纽约、旧金山、芝加哥或者美国的其他任何地方，而且打算五月中旬前启程去拜罗伊特欣赏两个半月后的歌剧演出，你必须赶紧拍越洋电报预订，否则就没座位了，当然也要预订住宿。如果你极其幸运的话，应该可以预订到最后一排的座位，还有位于城区边缘的住处。如果你想要通过写信预订的话，那就不要指望了。在纽伦堡，很多人事先没有订好座位和住处就前去朝圣，结果他们在纽伦堡一无所获。他们在拜罗伊特的街上悲伤地走着，来到纽伦堡发现既无栖身之所，也无立足之地，只好整夜在那些古雅的街道上晃荡，等着旅馆开门。等到客人动身乘上火车，旅馆才有空的客房给他们这群失望沮丧的兄弟姐妹。在横跨欧陆的火车上，他们忍受了三四十个小时的劳顿之旅，其中伴随着焦虑、疲劳和经济上的困窘。别人都在梦乡时，他们只得在这两个城镇的后街小巷漫步，自艾自怨。虔诚的他们没有达成期望，为了返程却还得重新经历一次那种苦不堪言的旅程。这些丢尽颜面的落魄者，就像湿漉漉的猫一样，浑身显出一副脏乱不堪的倒霉模样，眼神无精打采，脑袋都快耷拉到地上了。如果他们来拜罗伊特没找到住处的话，所有好心人都知道他们碍于面子会撒谎，也不愿意去帮助他们。

那是个礼拜六，阴雨绵绵，大概下午三点左右我们到了这里（拜罗伊特）。当然我们是聪明人，提前几个月就预订好了住宿和歌剧座位。

我不是一个音乐评论家，来这也不是为了写有关歌剧的文章，或者评判其价值。拜罗伊特出生的小孩，在这方面个个都比我更富感情与才智。我只想带四五个歌剧的朝圣者来，与我一同欣赏并享受这些歌剧。我给大众所写的这些关于这次表演的文章，就像一只猫对一位国王的观感一样鄙陋，不存在任何说教价值。

第二天是礼拜天，午后时分，我们起身前往歌剧院——瓦格纳的神殿[①]。这座伟大的建筑，孤独而傲然地耸立在城外一处高地上。有人提醒我们说，如果四点钟以后到达，就得额外缴2.5美元。幸而我们赶在四点以前到了——这真是在欧洲唯一能省钱的机会了。剧院前熙熙攘攘，女士们衣着华丽，太阳和她们相比都黯然失色了。我可没说女士们穿着礼服，她们并没有穿。晚礼服虽然漂亮，却并不性感。

剧院的内里布置得非常简朴。当然，这里也不需要多彩与装饰。人们都坐在黑暗之中，舞台在梯形的观众席旁边。两边各有一条过道，剧院中间则没有过道。每排座位呈一条连续的曲线，从剧院一侧延伸至另一侧。七个方向各有一个入口，后面有四个入口，十八扇门可以供一千六百五十人出入。进出的门牌号都印在票上了，你只能从票上显示的门口进入，这样就避免了拥堵和混乱。任何一扇门的通过人数都不会超过一百人，这比通常（而且无用）的复杂防火措施要好。它是全世界剧院中的典范，可以在一分钟之内清场。就算是用火柴建成的，它也安全得很。

如果你的座位在某一排的中间位置，而恰巧你又迟到了，那么你就不得不越过大概二十五个人。不过这丝毫不麻烦，因为满座之前大家都站着，只要几分钟就能进场完毕。接着大家一块儿坐下，一千五百人形成从后到前直至舞台的陡峭斜面。

所有灯光调暗，暗到观众们都坐在一种深沉肃穆的阴暗之中。衣服的窸窣作响和人们的低声交谈都很快消失，这时连一点儿细小的声音都不剩了。这深

① 拜罗伊特瓦格纳节日剧院，又称拜罗伊特歌剧节剧院。

刻而愈发感人的静穆持续了一段时间。如果有音乐、布景或演说的话，这应该是最好的准备时间。我觉得我们的戏剧艺术家很久以前就发明或者借用了这种简单而令人印象深刻的方法，来集中和保持观众的注意力。而与此不同的是，时至今日，一场演出的开幕就如同开始一场激烈的竞赛，嘈杂而混乱，观众们又心不在焉。

终于，轻柔而丰富的音符从遥远而神秘的黑暗及静谧中升起，死去的魔法师开始在坟墓中施展法术，他的魔力充盈着信徒们的灵魂。在这幻想中，某种东西给人留下了异常深刻的印象。这种特质，即便是对于那些故去的作曲家来说，也能激发他们的情感，令其感受到这里发生的一切。这些圣洁的灵魂中隐藏着他脑海中流淌着的思绪，这些思绪前所未有、不为人知。

整个前奏当中幕布都是拉上的，剧院一片黑暗。这真是精致优雅的饕餮盛宴。但是理所当然地，紧接着就响起了歌声。我认为，对于没听过歌的观众来说，没有比略去演唱部分更能使一部瓦格纳歌剧更加完美和令人满意的了。我希望能看一次无人声的瓦格纳歌剧。那样我就能全身心地沉浸在舒缓的管弦乐里，陶醉于令人眼花缭乱的漂亮布景中。而且在一部瓦格纳歌剧中通常不会有激烈的表演，无人声的表演则不会有损这些享受。照理你所见的一切不过是一些沉默的人，其中一个站着不动，其他的在捉飞虫。当然我不是真的说他们在捉飞虫，我只是指那些惯常的歌曲手势。演员遵守着规矩一言不发，一只手伸向空中，另一只则表现得像是在捉飞虫一样。

现在上演的这部歌剧是《帕西法尔》。瓦格纳夫人不允许此剧在拜罗伊特以外的任何地方重演。三幕中的第一幕时长两个小时，尽管有演唱部分，我还是很享受。

我相信我和其他人一样，都知晓在人类所发明用来传达情感的载体中，演唱是最优美动人、意蕴深远的载体之一。但是对我来说似乎歌曲最重要的是旋律、曲调、节奏或者随便任一种东西，一旦失去这个特质，剩下的就只是一幅没有色彩的图画。在《帕西法尔》的演唱部分，我没发现任何足够称得上是节奏、曲调或是旋律的东西，同一时间只有一个人用通常庄重的高音演唱，但他只是拖出一些长音符，然后一些短的，然后另一个长的，再然后是一两声尖、快而突然的叫喊，如此往复。当他唱完你会发现他所传达的情感，甚至都不足以弥补他带来的烦扰。也并不总是这样，但是通常如此。他们可以让两个人偶尔来一次二重奏，声音混合在一起。但是不，他们不这么干。深谙如何使一百种乐器相互协调，用灵魂共鸣出悦耳乐声的杰出大师，在演唱的部分也只能处理沉闷的独奏。也许他很深刻，往歌剧中加入演唱只是为了与音乐形成对比。歌唱！这样称呼似乎并不妥当。严格说来，这基本是一种令人生厌的间隔。不管多么轻松愉悦，肢体表演的间隔都会使无知的人感到厌倦。在《帕西法尔》

中有一位名叫古奈曼兹[1]的隐士，站在舞台上的一处以小时为单位演唱，而剧组里一个又一个的角色竭尽全力地忍耐他，直到退场。

晚间时分，观众有两段休息时间，分别是第一幕之后的四十五分钟和第二幕之后的一个小时。这两次幕间休息观众都要全部离场。事先在独立餐厅订座的人可以前往餐厅愉快地用餐，剩下的一千多人就得饿肚子了。歌剧晚上十点左右结束。我们回到家里时，已经快过去了七个小时。七小时对于一张五美元的票来说绝对物超所值。

幕间休息的时候，我在人群中遇到十几个来自美国各地的人，其中最熟悉瓦格纳的一个人说，观众刚开始可能会觉得《帕西法尔》不怎么样，但是多听几遍以后，它几乎肯定会成为大多数人的最爱。看上去这好像不可能，但确实就是这样，因为这是不容置疑的权威们的说法。

我又发现了一些更深入的信息。我在地上发现了一本德国音乐剧杂志，其中有一封信，写于三十三年前，署名尤立科。这信完全是针对我的，是对我诋毁对所谓演唱部分的不足而做出的批评。这封信为瓦格纳做出了辩护。尤立科写道，瓦格纳写出了“那些热热闹闹的音乐”，因此“演奏出来、发出颤音，‘过分华丽的辞藻’被他抛弃”。我不明白“过分华丽的辞藻”是指什么，但现在我知道，这是被这些歌剧省掉的东西。而我一生中从来没有像这样怀念过这些歌剧。尤立科还说，瓦格纳写的歌是真实的，“简洁有力，掷地有声。”对于《帕西法尔》和其他一些歌剧，这都是很好的描述。如果我看懂了尤立科的晦涩德语，那么他为《唐怀瑟》[2]里的优美旋律道了歉。很好，现在瓦格纳与我

---

① 《帕西法尔》中，圣杯守护骑士团中资历最深的骑士。

② 全名为：《唐怀瑟与瓦特堡歌唱大赛》(Tannhäuser und der Sängerkrieg auf Wartburg)，是德国作曲家理查·瓦格纳的一部歌剧，属于拜罗依特音乐节上演剧目。

可以互相理解了，或许我们还可以相处得更好。我可能不应该再用美国式的发音念他的名字，而是都按照德国的发音来称呼他，因为我现在对他持有完全友好的态度了。一旦和某个人和解，我们是多么想要抛开那些多余的束缚，念对他的名字啊！

当然，回家的路上我一直在想，即使之后纽约会上演其中一两季，好几个部分还都是同样的演员，也许还有同样的乐团，为何美国各地的人仍然不远万里来听这些歌剧？我打定主意，无论如何也要找到其中的答案。

今天是星期二。昨天他们上演了我的最爱——《唐怀瑟》。无论何时何地，这部歌剧总能令我为之疯狂兴奋不已。第一次听它的时候，我还年轻。最近一次它在纽约的德国季演出。昨天我很忙，知道过几天还有一次听的机会，本来没想去，但是五点之后我清闲下来了，就走去了剧院，刚好赶上差不多第二幕开头的地方。我的票是前排的，所以我得穿过安保人员和观众，我寻思着坐下休息一个多小时，等待第三幕的开始。

过了一会号声响起，观众们纷纷涌进剧院。我得说，这进场的号声是这儿的亮点之一。你看，剧院是空的，几百人的观众从餐厅进场。在歌剧拉开帷幕之前的一刻钟，提醒进场的号声吹响。这一对身着制服的号手迈着正步出场，号声激越雅致，下一幕的主题从中也可窥见一二。接着他们行进到另一个门口，重复一遍。过一会他们又再演奏一遍。昨天第二通号响之后，剧院前面只剩下大概二百个人了。本来半分钟内他们就能进到场内，但是发生了一点延迟。我估摸这是世上唯一一件可以确定的事，他们头顶的包厢上出现了一位皇室的公主。他们停下脚步一动不动，在一种感激而陶醉的恍惚中行注目礼。不久这位公主意识到她得消失，观众才能进场，于是她回到包厢里。这位公主非常漂亮，面容和蔼，没什么腔调，大家都认为她和平民百姓一样充满悲悯之情。公主有好多种，这一种最为有害，因为无论她们去哪，人们都因她们而拥护起君主制来，这就阻碍了文明的进程。高贵的公主，迷人的公主，其实都属独裁者一类。她们仅仅凭着自己的仪态，就像狡猾的诡辩家一样，以皇室之名编造出借口搪塞了一切的质疑。这位公主的丈夫在位期间盛极一时，但他生活堕落，咎由自取，在丑恶中结束了自己的一生，并像上帝一样被厚葬。

观众席的后面是一个阁楼，有点像是开放的画廊，这里展览着王子们的像。对观众来说这儿是神圣的，是圣地中的圣地。他们进场一旦快要完毕，站立的人群就转过身，无声、渴望、崇拜而悔恨地注视着陈列着的王子们，如同忏悔的信徒们仰望天堂。他们全神贯注，迷醉不已，沉浸在膜拜之情中。哪儿都找不到比这更可悲的奇观了，不远万里来看这一景象确实值得。他们注目的眼神不同于注目着维克多·雨果、尼亚加拉大瀑布、史前巨象的骨架、大革命时期的断头台、雄伟的金字塔、天空中远处维苏威火山冒出的烟，亦或是任何你闻名已久的天才人物、非凡成就者、见诸书籍照片的那些东西时那样。不，那样的注视只是出于好奇、如同沉浸在甘甜的美酒中，一见之下就满足了一生的渴求。满足，只有这个词才贴切。看到雨果和史前巨象之后仍然会有一定程度的好奇，但看到的第一眼却远不能感到那样的狂喜。对王子的兴趣则不一样，可能是艳羡，可能是崇拜，毫无疑问两者兼有。光看一眼不能满足，甚至都不能有效地减弱这种渴望。其本质可能是出于人们格外偏爱靠幸运而非努力就能获得的事物。在路上捡到的一美元比你不得不去赚的那九十九美元更让人满足，牌局或入股赢得的钱亦然。一位王子获得地位、权力、永久的休假和无偿的支持，纯粹是出于偶然——与生俱来的偶然，他在贫贱卑微的人们眼中却意味着非同寻常的幸运，因此他永葆无虞的幸运便成了这世上最宝贵的东西。百万富翁也可能变成一无所有的乞丐；杰出的政治家也可能犯下重大错误，被遗忘抛弃；常胜将军也可能在关键一战中一败涂地，名声不再。但王子却永远是王子，是人造的上帝，境遇困难、生性无耻、头脑简单或是言辞愚蠢都不能推翻他。任何国籍、任何年龄的人们都有这样一个共识。世上最宝贵的东西是对一个人的敬意，无论这敬意是不是他应得的。这一点无可置疑，因而王子的宝座就成了人们最向往的位置。我觉得这也让历史上屡见不鲜的所谓篡位成了最可被原谅的罪行。不就是篡位吗？

当然，王子对欧洲人来说和对我们来说是不一样的。没人要求我们像对上帝一样对待王子，所以看一眼基本就能满足我们的好奇心，下一次再见也不会有多大的兴趣。我们想看点新鲜的，欧洲人则不然，这一点我很确定。对他们来说见过的也一样新鲜，从不过时。十八年前我在伦敦，那是一个十二月的下午，阴沉下雾，我应约去一个英国人家中拜访他妻子和已出嫁的女儿。等了半个小时左右，他们回来了，冻得不轻。他们解释说遇到了意外情况：经过马堡大厦附近时，碰到的一大群人告诉他们威尔士亲王[①]就要驾车出行，所以他们纷纷驻足翘首以盼。他们在路边等了半个小时，和围观的人们一块饱受寒风，可最后却大失所望，因为亲王改变了主意，没有出行。我大吃一惊道："你们俩在伦敦待了一辈子却从未见过威尔士亲王，这怎么可能？"

显然这回轮到他们诧异了，他们惊呼道："瞧你说的！怎么会呢，我们见过他几百回了。"

他们见过亲王几百回，还依然忍着严寒挤在同一所精神病院的一大帮病人中间，等了半个小时，指望能再见他一回。这话让人目瞪口呆，但即使英国人是这么说的，你也必须得相信他们。我思来想去，给出这么一条评价：

---

① 威尔士公国的元首，自1301年英格兰吞并威尔士之后，英王便将这个衔头赐与自己的长子。

“我完全不能理解。如果我从没见过格兰特将军[1]，我也怀疑自己是否会仅为看他一眼而这么做。”最后那个“他”字语气稍有强调。

他们茫然的表情表明他们正诧异这两种情况的相似性从何而来，然后他们茫然地说道：“当然不会。他只是个总统而已。”

毫无疑问，事实是人们永远对王子感兴趣，这兴趣不会消退。而这位未尝败绩的将军，从不召开作战会议的将军，唯一一位曾向绵延一千二百英里的战线发号施令的将军，这位将支离破碎的合众国团结在一起，并且重建起一个赛过任何独裁王朝的持久强盛的伟大国度的巨匠，对这些人来说却没什么了不起。对他们来说，我的将军毕竟只是个人而已，而他们的王子明显不止如此——他是一种非同寻常的建设与宪法的体现，普通人碰上他就如同微弱的萤火遇上日月的光辉。

我看了《唐怀瑟》的最后一幕。我在幽暗和静默中默默等待了一分钟，两分钟，不知道到底是多久，而后幕后的乐团开始演奏，远处的舞台发出悠长的叹息。不久帷幕拉开，显出后面夕阳下的树木和路边的殿堂来。一个身着白袍的女孩正在祈祷，旁边站着一个男人。接着雄壮的合唱声由远及近，一直到谢幕都是音乐，只有音乐——使人心醉神迷的音乐，使人自掏腰包带着一堆行李不远万里但求一听的音乐。

我想对那些准备明年来看瓦格纳歌剧的人说，请带上你们的饭盒。如果你带了，你会对我心存感激，否则你会发现饿死在拜伊罗特是件再容易不过的事。拜伊罗特只不过是个大一点的镇子，还没有大型的旅馆或饭店。主要的旅馆有金锚和太阳这两家，两家都没有好点的饭菜。不，我是说你可以过去看别人吃。这倒

① 尤利西斯·辛普森·格兰特，美国军事家、政治家，第18任总统。曾在南北战争中立下彪炳战功。

是免费的。城里到处是餐厅，但都又小又差，而且太讲究习俗。你得早早预订餐桌，但是往往你到的时候位子上已经有人了。我们经历过这种事。我们每天都在争抢中过活，我说的我们可是指一大群人。不用争抢的只有那些老手，他们来过这里，是熟门熟路的忠实信徒。我估计第一场戏开演的前一个礼拜他们就来了，并且订下了整个表演季的所有位子。我的一大家子试过了各种地方，有些在城外一两英里的地方，但是只找到些零碎的吃的，从来没有一顿完整的饱餐。易于消化？不，恰恰相反。这些零碎的食物就像拜伊罗特的纪念品一样坚硬，而且作为纪念品来讲它们也不怎么样。相片会褪色，古玩会遗失，瓦格纳的半身像也会损毁，可是一旦你吃了一顿拜伊罗特餐馆的饭，直到你死它都是你身体的一部分。有些朝圣者实际上在这里成为了展柜，拜伊罗特纪念品的展柜。科学家们相信不管在哪，只要检查一个死去的拜伊罗特朝圣者吃了什么，就能断定他是从哪来的。但是我喜欢这歌谣。我认为在晚上八点，当所有饥荒逃难者都来“贮存”过他们的“纪念品”并且离开后，一份叫做“艾米达吉”的破烂真是硬得像石块一样，你跪在上面都不会发出一点碎裂的声音。

礼拜二——他们为主要角色准备了两拨演员，其中一拨是世界上最著名的艺术家，由玛特纳和阿尔瓦里领衔。我觉得准备两拨演员是必要的。无疑，一拨演员将在一周内精疲力竭，因为所有演出都从下午四点开始到晚上十点结束。几乎全部六个主唱都累倒了，而且明显地，为了钱他们要尽量掩饰杂音。如果他们有一种轻柔如耳语般的神秘感觉，就要让大家知道。歌剧只在周日、周一、周三和周四演出，每周表面上有三天休息，两拨演员演出四场歌剧，但休息时间大多被排练牺牲了。据说休息日的排练有时候从早上一直进行到晚上十点。是不是也有两个乐团？很可能如此，因为乐团名单上有一百一十个名字。

昨天的戏是《特里斯坦和伊索尔德》[①]。在剧院、歌剧、音乐会、讲演、布道、葬礼上，我见过各种各样的观众，但没有像拜伊罗特瓦格纳歌剧的观众那样注意力集中而满怀敬意的，他们从始至终都保持着绝对的专注和石化般的神情。你在一大堆的头和肩膀中找不到任何动作，甚至觉得自己好像是在阴沉的坟墓里和死人坐在一起。你知道他们深陷其中，有时候他们想起立挥舞手帕并且喝彩，有时候他们的脸上流下泪水，抽泣和尖叫是对他们郁积情绪的释放。然而直到谢幕你听不到一句话，谢幕之后那些死人们突然齐刷刷地起立鼓掌，屋顶都要被掌声掀翻了。从第一幕到最后一幕，座无虚席。如果谁想要引人注目，那只要来这里，在某一幕中途退场，这会让他出名的。

这样的观众在我印象中见过或者读到过的东西中几乎没有任何先例，除了阿拉伯童话里那座所有居民都变成铜人的城，经过了沉默、静止，数个世纪后，终于被旅行者发现。而在这儿，瓦格纳歌剧的观众们伴随自己喜欢的穿着打扮，坐在黑暗中静静地礼拜。在纽约，他们坐在聚光灯下，穿着最花哨的衣服，一直哼着小调、嗤笑或嘀咕。一些包厢里的谈话声和笑声大得吸引了观众本应放在舞台上的注意力。在很大程度上，大都酒店对于有钱、时髦、不懂也不尊重瓦格纳歌剧但求秀一秀锦衣华服的人来说，只是一个炫耀的机会。

在一种令人愉快的氛围中，这音乐有没有可能给人们创造出一种纯粹的狂喜？作曲家成了他们的神灵，舞台成了神庙。他巧思写下的杰作使得一切都变得神圣，分享这乐曲让他们耳濡目染也是一件庄严的事？显然，不可能。也许这短暂的漂泊异乡、远渡重洋的乏味旅途，前往拜伊罗特的朝圣都得到了解释。这些信徒会在奉献的氛围中进行礼拜。只有在这里他们才能找到不受世俗

---

① 是理查德·瓦格纳的一部歌剧，他自己称之为一部三幕剧。这部歌剧是瓦格纳和马蒂尔德·维森东克的恋情写照，被视为古典–浪漫音乐的终结，新音乐的开山之作。

污染的歌剧。这个偏远的小镇，没什么风景好看，没有报道外界琐事的报纸，也没什么特别的事，这里永远是礼拜天。朝圣者前往城外的庙宇，看完表演，经历长时间的强烈情感之后，身心俱疲地回到自己的床上，干不了任何事，只能修养生息等着下一场表演。昨天的《特里斯坦和伊索尔德》伤了所有观众的心，我认识一些人，他们听过传言，说是好多人看了这歌剧以后难以入睡而整夜哭泣。我觉得自己在这儿格格不入。有时候我觉得自己就像一群疯子中间唯一神志正常的人；有时候我觉得自己像一群明眼人中间唯一的瞎子，一群绅士中唯一的野蛮人，而且在表演时我总是像个天堂里的异教徒。

不过不管怎样，我也不能忽视或者去贬低这一段算得上是我一生中最非同寻常的经历之一。这是我前所未见的。我从没见过任何东西像这朝圣一样伟大、美好和真实。

礼拜五——昨天的歌剧又是《帕西法尔》。其他人也去看了，他们在欣赏的态度上有了显著的提升。但是我是去寻找威廉敏娜[①]的遗留和踪迹的，她是不朽的“回忆录”。我感谢她，因为她对权贵的讽刺，也因为这个原因，她手碰过的或她所目睹的任何东西对我来说，都没区别。我是她的信徒，不像其他人，都是瓦格纳的。

礼拜二——我看了我的最后两部歌剧，我的表演季结束了，当天下午我们到达波希米亚[②]。我在想我的音乐再教育已经圆满完成了，我很享受这两部歌剧，包括演唱还有其他所有的部分。其中一部是《帕西法尔》，不过专家们打消了我的幻想。他们说：

---

① 威廉敏娜：同时期另一位作曲家。

② 波希米亚，地名，位于现捷克共和国的中西部，历史上是一个多民族的地区，是吉普赛人的聚集地。

“演唱！那根本不是演唱，那是哭号，那是三流的晦涩尖叫，那是剧院为了经济利益出售给我们的剧。”

哎，我本该认出那陈旧而笃定的标志，它在艺术上真是从没让我失望过。无论何时何地，只要我享受某种艺术，这艺术就金玉其外，败絮其中。幸而我已经认识到这一点，也就不至于会气得精神崩溃。当然，我的自我本能有时候还是能带给我一些好处的，比如我是那三百二十个观众里，唯一一个讨回了歌剧票钱的人。

烟草漫谈

人们对于烟草品位这问题存在不少误解，首要的一点是认为品位有一个支配性的标准，其实不然。每个人的偏好不尽相同，唯有自己的标准才能算数。即使是世界上所有的烟民聚集在一块，也没法决定出一个固有标准，统一大众，毋庸说制定一个影响深远的标准了。

另外一点是，人们觉得人人皆有各自的标准，其实亦不然。你自以为有个标准，其实根本没有。比如说，你自信能辨别出雪茄烟的好坏，其实你也没这个能耐。实际上你是根据品牌来挑烟的，还非认定自己能靠口味来分辨。一个人或许能识破最次的仿冒品，可要是仿冒品贴着他认准的牌子，那他照样会心满意足毫不犹疑地选择仿冒品。

有些二十五岁的孩子们，吸了七年的烟，试图教我如何分辨烟的好坏。我作为一个从没学过吸烟却一直在吸烟的人，想向这个世界寻求一丝希望。

没人能教我去评定雪茄的好坏，唯有我说了算。有些自称懂行的人，说我抽的烟是世界上的劣质货。他们来我家，都必须带上自己的烟。一碰上我递烟给他们，他们便恐惧至极。为了躲避我劣质烟的威胁，他们立马编些要去赴约的托辞落荒而逃。接下来，我们来看看这种虚荣的迷信有多大本事。有一天我同十二位好友共进晚餐，其中有这么一位友人，他出了名的爱抽名贵烟，正如我出了名的爱抽劣质的便宜货。之前我去他家拜访，趁大家不注意时，向他借些烟抽抽。这些每支四十美分的高档烟，上面有金红色标签，以彰显此烟的高贵地位。我撕掉烟上的标签，把它们放进我的烟盒里，里面都是我爱抽的烟。它的牌子众所周知，而且如同传染病一般使人敬而远之。那天晚餐结束后，我递烟给他们，他们接过并点了起来，一言不发而内心却在挣扎，因为当他们看到那扫兴的商标时，欢愉之情便消失了。没过多久，急于离开的他们就陆续找理由，连踩到彼此的脚后跟也顾不上了，仓皇而逃。第二天早上我出门一看，发现前门到院门之间，地上满是没抽完的烟。在借烟给我的那位友人盘子里，还保留着一支接近完整的烟，想来他吸了一两口便受不了了。后来他警告我说，我会因为给别人这种烟抽而不得好死。

那么我拿得准自己的标准吗？答案是一定的，除非有人把我的牌子贴到别的烟上来愚弄我。毫无疑问，跟其他人一样，对于烟，我是只知牌子而不知口味。然而，我的标准比较宽泛，涵盖甚广。对我来说，那些别人瞧不起的烟，

都能称得上是好的。而他们中意的，我反而觉得一般。除了哈瓦那[1]，几乎每种雪茄烟我都能抽上一两口。人们觉得让他们带着自己的那些救命稻草来，可能会伤及我感情。其实不至于，我也以同样的方式自保。当我身临险境——通常是拜访有钱人家时，那儿都是价钱昂贵的烟，镶着金红色的细丝，装在一个衬有湿海绵的紫檀木烟盒中，点燃后会留下深沉的黑色灰烬，气味随着火焰一起慢慢燃烧掉，直到手指越来越感受到其热量，味道变得越来越令人难以忍受。火在前端那一小撮真正的烟草里蔓延得越深，烟的主人越是称赞不已，连连告诉你这种致命的美妙毒药是多么昂贵。是的，身处如此险境，我就会带着我的救命稻草。我不仅带着那二十七美分一盒的烟，之后还能活着见到我的家人。当然我也可能会去抽他们那些红色镶丝的雪茄，但单纯是出于礼貌。我偷偷把它们藏在口袋里，留着带出去赠给我认识的不少穷人。点上我的烟，别人称赞我时，我会点头示意。但当他提到四十五美分时，我则闭口不言，我心里比谁都清楚。

可是说实话，我的口味大众到无烟不抽，除了那些昂贵到一美元一支的。我曾研究过那种烟，他们都是用狗毛做的，且并不是优质狗毛。

我在欧洲过的那段日子相当不错，在那儿我找到了一种特别的烟，即使是纽约最穷苦的报童也不屑于抽它。那是我最后一次随身携带雪茄，现在我不会那么干了。在意大利和法国，政府是唯一的雪茄销售商。意大利有三四种本地品牌：明盖蒂、特拉布科、弗吉尼亚，还有一种是弗吉尼亚较为粗糙的改版。明盖蒂大而标致，每一百支售三美元六十美分。我七天内能抽完一百根，并能享受每一支带给我的独特味道。特拉布科合我胃口，价钱倒是不记得了。但是弗吉尼亚呢，人们得去学着喜欢它，没人天生好这口。它跟一种叫做莱特法尔的烟很像，但有

① 哈瓦那：一种烟。

些人觉得后者味道好得多。弗吉尼亚里面有根吸管，将其拉出，会留出烟道，不然气流会被阻断，还不如莱特法尔。当然有些人一开始就偏爱莱特法尔。然而，我喜欢法国、瑞士、德国和意大利的本地烟，从来懒于过问那些烟的原料，总之可能也无人知晓。还有一种烟是另一种欧洲牌子，我也喜欢，那是意大利农民们抽的，松软干燥，黑乎乎，像茶底座。烟里的那一丝滋味，从点着的火星慢慢向上蔓延，不久进入口中，入五脏六腑弥散开去。此种烟本身便宜，但有保险。正如我一开始所说，对于烟的品位本身就是个误解，其实并没有什么实际标准。每个人的偏好不尽相同，唯有自己的标准才有价值。

珍之死

珍·克莱门斯①小姐于1909年12月24号清晨离开了人世。我刚见老克莱门斯先生时，他愁眉紧锁、痛苦难抑，不过几个小时候后他便能心平气和地写些东西了。

“我没事了，”他说，“一切都好了。将这件事记录下来，我心里好宽慰一点。这也是我的一个借口罢了，它还萦绕我心头。”之后几天，我不时会去看看他，他通常在房间写作。直到26

① 珍·克莱门斯(1880-1909)：美国著名小说家塞姆·朗赫恩·克莱门斯(笔名为马克·吐温)的小女儿。

号晚上，当他得知珍已被安葬在埃尔米拉[1]后，他带着自己的手稿到我房间来。

“我完成了，”他说，“帮我看看，我有点不知所云。如果你觉得写得还算有价值，那以后找个合适的时间出版，它也算是我的自传了。对了，这是最后一章。”

大约过了四个月左右，那是第二年的4月21号，他与珍在天堂相聚了。

——艾伯特·比奇洛·潘恩

1909年　　平安夜　　早上11点

珍死了！

那些发生在亲人身边琐碎细小的东西，有人曾把它们一一写下来吗？在亲人无法预料的死亡来临前一天发生的事情，会有人统统都记录下来么？一本书够了吗？两本书足以吗？我不觉得，那些东西就像洪水猛兽般侵入大脑，他们原本都是日常生活中无关紧要且印象淡薄的琐事，可是现在却大大不同了！现如今他们是如此珍贵，哦，天哪，他们竟如此令人难以忘记，他们是多么可悲，又多么神圣，多么高贵啊！

昨晚珍气色甚好，面带红晕，跟刚从百慕大群岛度假回来一样，身心舒适。我俩用完餐，漫步到图书馆，坐下聊了会儿天，愉快地计划着下面的日子该如何度过，那时我们真是坦诚相待。一聊就聊得太晚了，都到九点了，我们便上楼去。珍那只乖巧的德国犬紧随其后，到我门口时，珍说：“爸爸，今天我不能亲吻你道晚安了。我得了感冒，会传染给你的。”我弯下腰亲吻了她的手。她泪眼汪汪，很显然被我感动了，忍不住也亲了亲我的手。接着与平常一样，我们相互道声：“亲爱的，好好休息。”便各自回房了。

今早七点半时我醒过来，听到门外有些动静。我估摸着，珍准备上马去邮

---

① 埃尔米拉：是位于美国纽约州的一个城市。

局寄信吧。然而凯蒂[1]进来了，在我床边频频喘气直打哆嗦。过了好一会儿，她开始说话了：

“珍死了！”

我现在大概知道士兵被子弹击穿胸膛是何种感受了。

这位年轻貌美的女子，安静地趴在浴室地板上，身上披着浴巾。她看起来这么祥和自然，就像熟睡了一般，但我们都知道发生了些什么。她有癫痫病，洗澡时突发痉挛，心脏衰竭。医生必须从几里外的地方赶来，他像我们之前那样尽力去救她，但还是没能救活她。

现在是正午时分。她看起来多么可爱、迷人和安详！那是一张充满高贵之气的脸庞，那颗平静如水却善良温存的心也一块躺在那里。

十三年前，我和妻子在英国的时候，曾收到一封海底电报，它深深地刺伤了我们的心。电报是这么写的：“苏西从此将免于俗世的苦难。”我今早不得不发一份类似的电报给身在德国的克莱拉。我说得很霸道：“你不准回来。”克莱拉是这月的十一号与丈夫一起离开这儿的。她怎么能忍受这样大的打击呢？打从珍小时候开始，克莱拉就对她欣赏有加、赞不绝口。

四天前我刚从百慕大群岛度完月假回来，神清气爽，但不知怎的，媒体记者们并没有察觉到。从前天开始，我就陆陆续续收到来自很多朋友甚至一些陌生人的信件，他们似乎都误认为我身缠重病。昨天珍请求我通过美联社向大众做番解释，我觉得还不至于需要这么广而告之。但珍为此忧心忡忡，并且认为这事儿还牵扯到了克莱拉。四个月来，克莱拉在德国彻日彻夜辛苦服侍着她的丈夫，身体早已疲惫不堪了，如果再被这样的消息打击，一定会垮掉的。我觉得珍的顾忌着实有理，便给美联社发了一段幽默的话过去，否认我将死的谣

①凯蒂·利瑞：佣人，在克莱门斯家中服务了29年之久。

言，我还写道："我这辈子绝不会干这种事儿的。"

珍有些难过，她不喜欢我对这事儿满不在乎的态度。但我告诉她那是最好的方法，因为事情本身就没多大意义。早上我把今天这场没法挽回的灾难也发给了美联社，不知道晚上会不会都出现在报纸上，前者是那么欢乐，而后者却如此悲痛？

十三年前我失去了苏西，五年半前我又失去了她的母亲——她那无可比拟无可代替的母亲。克莱拉也离开我去欧洲了，现在珍又从我身边消失。当年妻儿满堂的我，为何变得如此惨淡！我最好的一个朋友罗格先生在七个月前辞世了，后来我遇见的那个近乎完美的叫做吉尔德的英俊绅士，也在过去的六周内去世了。还有我非常要好的朋友拉芬也离开了。现在珍躺在那儿，我却坐在这儿。虽在同一屋檐下，我们却形同陌路。昨晚我们在门口互相亲吻手背告别，谁料以后再也没有机会了。她就躺在那儿，而我仍坐在这儿，奋笔疾书，以免我悲痛欲绝。外面阳光灿烂弥漫了山丘，这一切可笑极了。

七十四年前的昨天，我出生了，到昨天我七十四岁。而谁能猜到我今天的岁数？

我又转眼注视她，心想我应该可以承受这一切吧。她安静地躺着，就好像很久之前在佛罗伦萨的小别墅里，她母亲躺在我怀里那般沉静。死亡是这么甜蜜安详，胜过酣睡时的平和。

我曾亲眼目睹她母亲下葬，我发誓再不想忍受那番苦痛，再不想看到珍爱之人的坟墓。这么多年以来我都做到了。珍明天就要被抬走，并被安葬在纽约州的埃尔米拉，那是我亲人们的安息之地。不过这次我不会跟着去了。

我的船靠岸时，珍就在码头边守候，那仅仅是四天前的事。第二天傍晚我回到屋子时，她在门口热情地迎接我。我们一起玩牌，她试图教我玩一种新游戏，叫做“马克·吐温”。昨晚我们在图书馆开怀交谈，她说什么也不让我去看凉廊，因为她正在那准备圣诞装饰呢。她说早上就能准备完毕，另外她的法国朋友还会从纽约过来玩。接着她便会揭开凉廊上的惊喜，那可是她辛苦准备好几天的大惊喜呢。不过在她外出的时候，我偷偷去瞟了一眼。凉廊的地上铺上了地毯，椅子和沙发也都已经配备齐全，还没完工的惊喜就在那边。圣诞树由银色的薄膜包裹着，非常情致。旁边的桌子上放满了装饰用的东西，亮晶晶的，珍准备今天把它们挂到圣诞树上去。哪一双手会去玷污那个未完成的惊喜呢？谁愿意把它从那撤走？反正我是不会那么做的。四天内发生了这么多细小的事情。“细小”，是相对于那时候来说的，现在一点也不细小。她所说所做所想的任何事情都那么宏大。这笑话听来真是奢侈啊！笑话会变成什么呢？是苦痛吧。一想到这儿我就泪流不止。

所有这些细小的事情就发生在几个小时前，现在她就躺在那儿。就在那儿躺着，不用再为任何事费神。从奇怪到奇迹再到不可思议的感觉，我早已经历过，但即使我早已遇到过千百次这样的事，它仍会是这般难以置信、无法言说。

“珍死了！”

凯蒂是这么说的。当我听到有人没敲门，门从我身后打开，我还以为是珍来给我道早安呢。她是唯一不在意敲门这种繁文缛节的。

而后——

我去珍的客厅看了看，到处都是给仆人朋友准备的圣诞礼物。桌上、椅子上、沙发上，甚至是地板上都堆满了礼物。每个地方几乎都是礼物，多得快要塞不下了。我多年从没见过这般景象了。以前我和克莱门斯夫人午夜常到托儿所，那里放满了各色各样的礼物。那时我们的孩子们还小，现在珍的客厅堆得像以前的托儿所那样。珍的这些礼物还没有贴标签呢，不过那双可以为这些礼物贴上标签的手已不在。珍的母亲以前经常不知疲倦地准备圣诞礼物，珍前几天包括昨天在内也都如此，可是劳苦疲倦竟然夺走了她的性命。她好几个月都没发病了，就是因为这么多天的辛劳才引发了今早的癫痫。

珍以前精力充沛神采奕奕，长期以来却总是工作到面临体力透支的危险。每天早上七点半，她就上马，前去邮局收发邮件。她把信件检查后，我把信分派归类。有些信是写给她的，有些是给潘恩先生的，还有些是给速记员的，最后一些就是我的。她拿走自己的那些信后还得立即上马，前去农场看守羊群禽类等，就这样度过一天。有时晚饭后她会和我玩桌球，但通常因为太过劳累，她早早地睡觉去了。

昨天下午我将自己在百慕大度假时设计的一些方案跟她分享了，为的是能减轻她的负担。我计划要雇佣一位管家，并且希望潘恩先生代替珍做秘书的工作。

珍却不愿这样做，她自有主张。最后这事我们有了协定，当然我总是妥协的那一方。珍不想自己仅仅做些审计工作，而让潘恩先生填写支票。她觉得自己还是能继续把这两件事儿都做好。她也希望自己继续做管家的工作，且让凯蒂在一旁辅助。她还希望自己能继续帮我回复好友的信件。这是我们双方的协定，彼此同意，尽管未能像我之前预想的那样做出很大的改变。

当然，珍很得意，这便足够了。对于做我秘书这一职，她甚感骄傲，不过我实在是无能为力，没法说服她放弃其中任何一项无聊的工作。

昨晚我们交谈时，我说现在一切进展都非常顺利，如果她愿意，我明年二月份会再回到百慕大去，远离这里的纷争和骚乱，在那里好好待上一个月。她十二分的支持我做这事，并且还说如果我把旅行拖到三月份的话，她会携凯蒂一同前往。我们还击掌为誓，说这事就这么定了。我计划趁明早有船，写信到百慕大，定好屋子和侍从。我本打算今早写这封信的，现在看来已经无此必要。

她躺在那里，将开启一段与百慕大截然不同的旅程。

夜幕降临，夕阳的余晖只能勉强地从群山的天际中透出来。

我又重新凝视她那张日渐亲近的脸。我和珍在过去的九个月里才渐渐熟起来，因为她之前一直漂泊在外，九个月前才过来。她之前是在疗养院里度过的，与我们相距甚远。当她再一次见到父亲时应该是多么的喜出望外啊!

如果我有能力让她重生，我会这么做吗？不，我是不会的。如果一句话便能让她复活，我会尽力说出那句话，我确信自己一定可以做到。失去她之后，我几乎一无所有，我的人生是一场苦难，但我仍很满足，因为珍赐予了我弥足珍贵的礼物——死亡。这令其他的赠品都黯然失色。自从我成年后，我从未有过希望朋友死而复生的想法，苏西离开时我这么觉得。后来我的妻子和罗格斯离开时我也仍然不曾有这种想法。那时克莱拉在纽约火车站见我，将罗格斯先生清早突然去世的消息告诉我时，我的想法仅仅是：死亡对他来说，其实是最好的财富，好运陪伴了他漫长而美好的一生，直至他生命最后一刻。记者们说我眼里饱含悲伤的热泪。不错，我的确很悲伤，但那是我为自己而悲伤。他一无所失，而他在去世之前赚得的所有财富，与死亡这笔财富比起来，都黯然无光。

两年前我为何要建这幢房子？为了躲避内心的强烈空虚么？我当时是多么愚蠢啊！但我仍会在这里住下去。对我而言，逝者的灵魂只会将这个屋子变得神圣，尽管屋里其他人未必这么认为。苏西死在哈特菲尔德的房子里后，克莱门斯太太就再不踏入屋子半步了，但苏西的死却让我对这所房子更加亲近。我曾进去过一次，那时屋子因无人居住而变得寂静凄凉。虽然如此，我反而觉得房子是神圣而美丽的。我感觉逝者的灵魂在我身边萦绕，如果真有这能力，他们肯定会跟我亲切交谈，欢迎我的到来。李维、苏西、乔治、亨利·罗宾森，还有查尔斯·达德里，他们都在呢，他们是如此亲切，他们的生活也是如此可人！在幻想中，我又能见到他们所有人了，我能叫孩子们回来，听他们与乔治嬉戏喧闹。乔治是个出类拔萃的人，尽管之前是黑人奴隶，但他却是孩子们的偶像。作为一个突然到来的陌生人，他的工作是擦窗户，谁知这一擦就是十八年，直到他逝世为止。克莱拉和珍都不愿再进入纽约那家她们母亲生前经常出入的宾馆了。她俩都没法忍受呆在那，不过呆在里面，我倒没觉得什么不安。今晚这间屋子比以往显得更加亲切，珍的心神一定会带领我欣赏屋子的美，而不会引领我去想她孤独悲惨的死亡。

珍的母亲过去通常会花两到三周做圣诞采购，时常到平安夜那天就精疲力竭了。珍是她唯一的女儿，今年圣诞这几天珍在纽约购物，也像母亲一样，把自己折腾得筋疲力尽。潘安在珍的桌上发现了一条长长的名单，大概有五十人，他想珍应该本是打算昨晚送礼物给这些人吧。很显然她一个人也没疏漏，凯蒂在桌边发现了一沓钞票，是给仆人们的。我从窗户里望出去，见珍的爱狗今天独自在地里闲逛，显得分外凄凉。它是珍从德国买回来的，耳朵竖得高高的，看上去活脱脱就像匹狼。它在德国被驯养，所以只能听懂德语。除了它本就知道的一些命令，珍不会对它发别的指令。所以两星期前的午夜，当防盗铃高声鸣叫后，那个不懂德语的法国男管家，没法子命令它去抓那可能的窃贼。珍写信将这事告诉我了，我当时还在百慕大呢。那是她给我的最后一封信，也是我最后一次见识她的冰雪聪明和妙笔生花。当然那只狗今后绝不会没人

管的。

珍的善良无人能及。从小时候起，她就把自己大部分的零花钱捐给一个又一个的慈善机构。做秘书后，收入翻倍，她更将钱慷慨地花在慈善上。当然我也这样做，谈到这些时，我心里畅快，也心怀感激。

她是动物们忠实的朋友，不管是鸟类、兽类，甚至是蛇，受我的遗传，她都不吝其爱。她在鸟类这方面的知识非常健全，能分辨不同种类的鸟。当她还是个小女孩儿时，就加入了各国各地不同种类的人道主义协会，直到人生尽头，她始终非常活跃。与此同时，她还在美国和欧洲建立了两到三个动物保护协会。

她担任秘书时的有些行为令人心生窘迫。比如看到被我扔在垃圾桶里的信件，她会检出来替我一一回复，因为她觉得出于礼貌，每封信都应该回复，还好她的母亲将她从这善良的误区中解救了出来。

她文思敏捷，信写得很出彩，但她对音乐的欣赏能力一般，可又有很高的语言天赋。她绝不会因为疏忽了意大利语，法语或是德语的练习而对其变得生疏。

吊唁的电报从四处涌入，与五年半前孩子的母亲结束自己无悔的一生时如出一辙。这些电报并不能治愈我的伤痛，但或多或少减轻了我的痛苦。当我和珍昨夜在门口亲吻双手告别时，我们怎会料到二十二个小时后电报上竟然写的是这些文字：

“您最最亲爱的朋友们给予最最真挚的哀悼。”

今后漫长的日子里，不管我走到屋子的哪个角落，对珍的思念都会难以抑制。谁会了解这思绪到底有多深沉？

过去两年里她四处奔波，为的是治好癫痫症。现在看来，她并没有在哪个陌生的角落终结一生，而是在温馨的家中走完了全程，对此我已非常感激。

“珍死了！”

是的，珍确实死了。

一个月前我还在给杂志社写些嬉皮笑脸的文章，如今我却在写此文。

现在是圣诞日的正午。昨晚我不时走进珍的房间，掀开单子凝视她安详的脸，并且亲吻她冰冷的额头，这让我猛然想起了佛罗伦萨那个伤心欲绝的夜晚。那是很多年前了，在巨大的别墅里，万籁寂静，我时不时爬下楼，掀开床单，凝视着同样的一张脸——那是她母亲的脸，我同样吻了她冰冷的额头。昨晚我又看到了那个奇迹，和以前的一样——死亡使珍的肌肤变得嫩白，我面前的俨然是一张少女娇嫩迷人的脸庞。当珍母亲躺着时，脸上所有岁月的皱痕，苦痛的痕迹和斑驳的年岁腐蚀都消失了。我再凝视她的脸时，仿佛我早在上辈子就熟知并迷恋上这张脸年轻时所焕发的美丽容颜了。

凌晨三点，周围一片寂静，我独自在屋里来回踱步，正如其他有心事而难以入睡的人在这个时间段所做的一样。突然有种莫名的感觉涌上心头，这是一种东西一旦失去就再也寻不回来的感觉，但只要哪怕是无用的追求能换来这种东西，我也一定要去寻找。我在楼下客厅见到了珍的爱犬，我注意到，它竟没有跳起来给我打招呼，平常它都很热情的啊，可是今天它行动迟缓，看上去很哀伤。我还记得，自从珍出事以来，它好像从没去过珍的房间。可怜的家伙，它知道珍的事吗？想必它知道吧。珍漂泊在异国他乡时，与其相偎相依，回到家后也形影不离，它日日夜夜都和珍在一起，怎么会不知道呢。珍的客厅就是它的卧室。每当它在底楼看到我时，常常就跟随我四处游荡，我上楼它也忽地蹿上楼。如今什么都变了，我轻轻拍了它两下，就前往图书馆了，它仍在原地一动不动。它也不再跟着我上楼了，但眼里仍充满了渴望之情。它有一双明亮的会说话的大眼睛，眼里透露着慈祥和动人的目光。它属于纽约警犬那个品种，是个神奇的小家伙。其实我是不喜欢狗的，因为我觉得狗会不合时宜地乱吠，但是我却自始至终都喜欢它，因为它是珍的爱犬，而且它也从不乱吠，除非有什么特别的事，一般两星期也难得听它吠一次。

我信步走到了珍的客厅，在架子上我找到了一些书，也知道这些书的用途。她是等我从百慕大回来要我亲笔签名后再送出去。要是我知道她要给谁就好了！但如今我是不可能知道的了，我会替她好好保存。这些书曾很荣幸地被珍的手抚摸过，现在它们都变得神圣起来。

我在她的壁橱里找到了她曾准备给我的惊喜，那东西是我长久以来希望得到的一个巨大的地球仪。眼眶噙满了泪水，我很难看清地球仪的样子。珍再也没法知道我接受这份礼物时的骄傲与欣喜了。今天我收到的邮件里，都充满了对她美好的问候：虽然都是熟悉的祝福语，但却是珍最爱的："珍，祝你圣诞快乐!"要是她可以多活哪怕那么一天，该多好啊!

最后她把钱捐完了，也不会问我要的。她尽量把所有能节余的衣服都捐给了纽约一家穷苦女孩儿的收容所。

圣诞夜——今天下午他们把她抬出了屋子。我极力跟随他们到图书馆，她正躺在棺材里，身着她在克莱拉婚礼上的伴娘服，那是10月6号，她穿着这身衣服站在屋子的另一头。当时她脸带红晕，容光焕发，兴致高昂。可是，现在同样的脸上却透露出死亡的威严和上帝赋予的安详。

他们告诉我她的爱犬是第一个来哀悼的，它没被邀请，却照样来了，蹲坐在地上，两前腿放在三脚凳上，深深地凝视着那张可爱的脸庞，见了珍最后一面，就悄然离开了，一如它静悄悄地来。它深知一切。

雪不停地下着。下午六点棺材被拖到门前，珍被火葬。当他们拿起骨灰盒时，潘恩开始演奏舒伯特的“即兴曲”，那是珍生前最爱的曲子。接着潘恩又为苏西演奏了间奏曲，为她们的母亲演奏了广板。是我要求他这么做的，我在自传里面曾提到过这件事，间奏曲和广板在苏西和李维生命的最后时光中，将我的心与她们紧紧相连。

我从窗户望出去，看到棺材和马车正渐渐走远，在漫天的飞雪中越来越模糊，不久就消失了。珍已经走出了我的生活，她永远离开了。在珍年幼时她曾和表弟杰维斯一起玩耍，今天杰维斯和珍心爱又年老的凯蒂一起将珍护送到幼年时的家，她将再度与她的母亲并肩入睡，与苏西和兰登作伴。

十二月二十六号。今早八点，那只狗过来找我，它显得异常友好，可怜的孤儿！我的房间从此以后将会是它的家了。

暴风雨呼啸了一整夜。早上仍是狂风怒吼，天上云朵聚集，空中大雪纷飞，异常华丽——可惜珍不在。

下午两点三十分——时间到了，葬礼开始。它在四百里远的地方举行，我不在场但如身临其境。葬礼设置在兰登豪宅的图书馆中，珍的棺材放在我与夫人四十年前结婚时所站立的地方，那也是十三年前苏西的棺材，五年前我夫人的棺材的放置地，不久之后我也会躺在那里。

五点——葬礼结束。

克莱拉两周前离开我前往欧洲居住时，我非常难过，但我可以接受，因为还有珍留下陪我。我说过我们会在一起。我们也发誓会彼此关照互相帮助，仅仅是我们俩。从上周一珍迎接我时我心中便藏着这样一个美梦，直到上周二晚上珍在门口迎接我时，美梦仍在心中。我们在一起了，我们是一家人！美梦成真。啊，的的确确成真了，完完全全地成真了，心满意足地成真了！但是，这个真仅仅持续了两天。

现在呢？珍安息于坟墓中。

我相信她就在那里。愿上帝保佑她的灵魂安息。

神谕的破译

I

十四年过去了，罗塞塔石碑[1]之谜依然使学者们望而却步。

研习其五年的商博良[2]将这个谜语译成：

“由此让埃皮法尼斯[3]于一切寺庙中

---

① 罗塞塔石碑，是一块制作于公元前196年的大理石石碑，原本是一块刻有埃及国王托勒密五世诏书的石碑。但由于此石碑刻有三种不同语言版本的诏书，使得近代考古学家对其充满兴趣，解读出已经失传千余年的埃及象形文字的意义和结构。

② 商博良(1790-1832)：法国古典主义学者，解开了罗塞塔石碑之谜。

③ 埃皮法尼斯(公元前215年-公元前164年)：古希腊赛琉古帝国国王。

永受膜拜，直至死亡之痛苦降临。”

这已经是学者们提供的第二十四种译法了。它和以前所有的译法一样，好景不长，不久就遭到了大家的怀疑和攻击。但是学者们依然没有放弃，经过三年耐心的工作，又出现了十一种新的译文，其中有一位德国学者的翻译得到了相当程度的认可：

“埃皮法尼斯之马须受万众供奉，惟死是终。”

但是随后，一位叫做高斯普定的俄国学者的翻译在学术界获得了更高程度的认可：

“神父须传埃皮法尼斯之智慧于万众，万众须怀敬畏之心倾听，惟死是终。”

接下去的七年里，又有种种新鲜、迥异的翻译涌现出来，但都没有最终敲定译文。最后，年纪最小的学者罗林森[①]提出一种译文，立刻受到了大家的推崇。罗格森由此一夜成名，可谓妇孺皆知。他名噪一时，风头甚至盖过了那年发生的最伟大的政治事件。罗林森版本的翻译如下：

“因此，切勿远离埃皮法尼斯之智慧。跟随之，它将把你引向庙宇之宁静，并抚平生之悲伤与死之苦痛。”

这段文本是通俗的，体现了一种埃及的写作风格，也记载了一段从基督教纪元前2500年起日渐消亡而不为人所知的语言时期。

我们的北美土著人在岩壁和巨石上留下了很多图画，用来记录他们的生活。即使是我们那些最聪明和勤奋的学生，也花了两个世纪才研究出这些图画中隐藏的深义。然而在戴盾岩石上扎堆的图案当中，仍有两行象形文字，人们还没能找到满意的译法。

当然对此提出的译文可以说不计其数，甚至都可以写一本书了。

① 乔治·罗林森(1812–1902):19世纪英国学者,历史学家和神学家。

我们在解决人造的谜语时总会遇到重重阻碍，而只有当我们开始去发掘神的秘密时，困难才会消失无踪，古往今来莫不如此。在古罗马时期，传统神学认为，神把它的旨意藏在鸟的内脏中。人们恪守此法，通过动物内脏解读神的旨意。那时的占卜师解读内脏，就像现在的小孩儿读粗制印刷品一样。在罗马历史上，这些非凡的人们做了许多新奇的阐释，而这些阐释中蕴含的美妙，给这些人赢取了崇敬和钦佩。他们好像能够瞬间洞悉奥秘的真谛，解读内脏对他们来说简直是易如反掌，虽然他们对于罗塞塔石碑也会束手无策。现在如梦一般的内脏之谜已经解开，可是人们终究发现内脏并不是神旨的所在地。

很久以前，维莱特里[①]的一部分遭到雷击，对此占卜师们预言，这里必将出现一个非凡人物——苏维托尼乌斯[②]，并且迟早有一天他将会掌握大权。

“迟早有一天。”这看似含糊其辞，但是无论如何，只要这事能发生就好。人们只要耐心等待，时刻守候，就会发现其实那道闪电冥冥之中，已经授意给该撒亚古士督[③]了。

也有其他先知先觉的预言。但是，无论是从感情上，还是从其他方面来说，该撒亚古士督出生前的那一次预言才最为充满诗意，感人而浪漫。那是该撒亚古士督的母亲做的一个梦。这个梦一般是这么翻译的：

阿提娅[④]分娩前曾梦到她的肠子伸展到了天上，触及繁星，并在天地之间扩展开来。

——苏维托尼乌斯

一位占卜师将这译文毫不费力地记录了下来，而罗林森和商博良却感到异

① 维莱特里：古罗马的小城。现为意大利一小镇。

② 苏维托尼乌斯(69-122)：罗马历史学家，撰写罗马帝国帝国的人之一。

③ 该撒亚古士督(公元前23年至公元后14年)：罗马帝国国王。

④ 阿提娅(公元前85-公元前43)：古罗马帝国贵妇人，与恺撒大帝有亲属关系。

常的惊奇与困惑，因为他们花了将近十四年的工夫来确认其中的含义。这个预言本来也许会因为过时而失去原有的价值，正好比服务费也会有一天被明令禁收一样。但一切都没有发生。

在古罗马时代，一个人只有上过神学院的神学课，且会解读内脏，才能算是接受过完整的教育。该撒亚古士督简直是把解读内脏发挥到了极致。终其一生，无论何时碰到用禽类烹制的菜肴，他都会留下内脏并运用占卜师的技艺，尝试聆听其中的神谕。

当第一次任职的领事观察那些占卜师时，他如罗穆卢斯[①]曾经历过的那样，看到十二只秃鹫出现在他面前。他祭献时，所有牲畜的肝脏下部都向内翻卷。现场那些深谙此道的人们看来，这种情况毫无疑问是预示着财富。

“毫无疑问”语气很强烈，但如果那些肝脏的确被翻折成那样，这个断言就确凿无误。不管相距多远，当时鸡的肝脏都对即将要发生的事情异常敏感，它们始终在骚动。特别是当大事临近，好像一群饥肠辘辘的秃鹰们正在逼近，肝脏都蜷曲扭动个不停。

II

一千一百三四十来年之后，人们迎来了开明的基督时代，以及那英王斯蒂芬[②]任职时动荡不堪的岁月。占卜师们风采不再，渐渐销声匿迹。神父们继承了他们的工作。

亨利国王逝世了。那个粗鲁可恶的斯蒂芬从诺曼底登陆，夺走了亨利女儿的皇位。来自亨廷顿的高学历牧师亨利先生，在编年史册中对此哀痛不已。而

① 罗穆卢斯:【罗神】玛尔斯的儿子及罗马的著名建国者。
② 斯蒂芬(1092-1154):英国国王。

坎特伯雷大主教供奉斯蒂芬时说："上帝将惩治斯蒂芬,与惩治大主教时的方式一样，因他伤害了伟大的耶利米神父。众人皆知，大主教在一年之内便离开了人世。"

斯蒂芬罪行更重，但他可以推迟受罚。这一点，显然大主教是做不到的。

国内战乱频起。屠杀、大火、掠夺疯狂肆虐；忧伤、恐惧、悲痛的哭喊声响彻四方。

这些都是斯蒂芬的罪行带来的恶果。这般无法言说的局面持续了将近19年之久。斯蒂芬像普通人一样平静地死去，得到了体面的埋葬。这让人对那个可怜的大主教心生怜悯，他原本可以得到宽恕。就因为那个大主教侍奉了斯蒂芬而被神判死这件事，亨利牧师是如何知道的呢?他没法解释。他也没法回答为何斯蒂芬并非死无葬身之地，而竟是安然地死去？然而他的前任，年老的亨利国王，虽然在他统治英格兰的三十五年里广受人民的褒奖，却在晚年时期，在非常不愉快，不舒适和不被理解的时局下，被处以了死刑。他的葬礼可能是历史上最没特点的，也没有任何细节描述涉及到此次葬礼的关注度。那似乎仅仅是斯蒂芬的葬礼，即使到了遥远的今天，这也仅仅是由于非人得政这个疏忽造成的遗憾。

每当神处罚别人时，亨利牧师总知道其中的原因，并会与我们分享。他的文字极具雄辩力，但是万一有人受到惩罚而逃之夭夭，他就假装没看见。显然他也很困惑，但他闭口不谈。我想很多时候他也被这些差异折磨得很苦恼，但是他得努力掩饰。当他不去赞美一个事物时，他会保持安静。他的行为这么明显以至于人们会怀疑，他是否是为了克制住内心对他人的不满？然而，他似乎可以对所有事物持肯定态度，他的书中尽是这样的例子。

扬着宗教的大旗，苏格兰的大卫王迫使他的追随者残害英格兰人。他们扒去女人的衣服，抛出长矛上的小孩，屠宰圣坛边的神父，还有，他们砍下十字架上那些雕塑的头，放到死人身上，并将那些受害者的头调换到十字架上去。不论那些苏格兰人何时到来，都是一片惊骇残忍的场景。妇女们和老人们在将死之人的呻吟声和活人的绝望声中尖叫哀嚎。

但最终英格兰人还是取得了胜利。

后来洛锡安[1]的主将死于箭下，所有下属四散逃亡。因为大王被他们触怒了，于是他们的兵力就像蜘蛛网一样被撕扯得四分五裂。

为何被他们触怒了呢？是因为那些恐怖的屠杀吗？不，是因为双方不同的习俗，没能公开得以讨论跟和解。那么，屠杀是否是“以宗教的名义”进行的

① 洛锡安:苏格兰低地的一些地区。

呢？不，不是的，人们会由于宗教问题，情绪过激而引发争议，但那都是过去几世纪的事儿了。事实上，他并没有被任何东西触怒，只是被他们的国王惹怒了。因为国王没有履行一个承诺。那他为什么不惩罚国王而惩罚那些人呢？这个问题很难回答。从编年史中可以看出，判决通常都是错的，但是亨廷顿的亨利牧师不说为何这个倒是对了，尽管编年史家的愉悦之情溢于言表。

八月，上帝通过它独特的方式彰显了其公正的一面。两个贵族曾将修道士驱逐出修道院，并将修道院改建成堡垒。他们都犯罪了，且犯罪性质一致。因此受到了神同等程度的惩罚。一个罪犯叫马米恩，另一个是戈弗雷。马米恩被人拖出来，刺死在修道院的墙下。虽然周围全是他的士兵，但他仍被打垮了，而且是唯一被打垮的一位。他在死前被开除教会，永远笼罩在死亡的阴霾下。戈弗雷是在他的属下中被抓出来的，被一个步兵用箭射伤了。他原先对自己的伤势不以为意，但几天后也死去了。他同样也被逐出教会了。所以类似这些被神处罚的例子，历代相传。

我特别兴奋，不是因为他们死了。他们本该死。而是因为他们永不复生，将永远在滚烫的烈火和火焰中炙烤。一生中这样的人我认识的不会超过三个，哦，不对，可能是四个，看到他们在火中挣扎，我幸灾乐祸。他们在火中待一年就够了，一辈子实在是太长了。我相信自己会在期限未满前软下心来，如果可以的话，救他们出来。我想，过了很长时间，如果某人的妻子儿女来找我哭诉，我是没法忍受的。我知道，尽管那人可能亵渎了某所修道院，我也应该会原谅他并让他离开。亨廷顿的亨利已经注视着戈弗雷和马米恩将近七百五十年了，但我不行，我知道自己不行。我本性善良温和，我应该在很早前就会原谅他们七十七次。我有个不太权威的看法，就是上帝和亨廷顿的亨利牧师理解相同。我可以学着去理解这种看法，但我没法试验，我的时间实在太少了。

在整本书中，亨利牧师指出他深谙上帝旨意，还列举了他的证据。其实人们时常会怀疑那种行为是否正确。经过了那么大的时间跨度，亨利到底能不能在一百个行为中找出一个行为，与从一百个意图中找出的那个意图相对应。行为和意图有无数种对应的方式，他每次都能正确吗？人有时冒犯了神灵，三十年后才绳之于法。其间他的罪行不计其数，即便这样，亨利还是可以找出那个招致毒虫的罪来。在过去，毒虫通常是用来杀戮那些脾气败坏的人的。过去很流行，不过现在早已没了这种习俗。而这样的惩罚通常是针对令人气急攻心的事件。例如：

当上帝要惩罚离经叛道的罗伯特时，便派一只毒虫钻到他的主器官中，沿着肠道慢慢咀嚼内脏，靠吃这个背信弃义的人的内脏存活，直到他被无法忍受的痛苦折磨得苦苦呻吟。他便是这般离开了人世。

这只毒虫可能是只鳄鱼，不过我们也没法判定，只知道它属于特别品种，人们用它来表达愤怒。一些专家认为它是只鱼龙，但仍有很多疑惑。

而我们知道一点，那只毒虫不是说来就来的，需好多年。罗伯特冒犯过修道院一次，且犯下了许多不道德的罪行，这些罪行虽然不被认可，却无可厚非，但是掠夺修道院的罪行实属严重，大家都记得清清楚楚，所以最终毒虫还是来了。

为什么要推迟这些改良政策呢？它能得到什么呢？亨廷顿的亨利牧师是真知道他的情况，还是只是主观臆断？我偶尔也会动摇，认为他只是个空想家，并不是什么好人。因为上帝的智慧一定比他展现得更动人。

亨利时代再往前推五百年，神父能理解上帝传达的旨意，他通过神提供给亲近的人的一些符号感知察觉出来——世界末日指日可待。但是就在世界末日这一天，前所未有的事情都将发生，比如空气的变幻莫测，令人发指的迹象，

"HUCKLEBERRY FINN
HOME.
HANNIBAL-MO.
©-PHOTO BY·H.TOMLINSON
FRAZER STUDIO.

平和天气忽然夹杂的暴风骤雨，兵荒马乱，横尸遍野，瘟疫疟疾，地震灾害等，所有这些看似不会发生的事，在末日后都会相继发生。

尽管末日将近，这些迹象其实在“我们没有小心照顾好我们的灵魂，准备会见即将发生的判决”之前就已经显现了。

那是一千三百年前，与罗马的那些占卜师比起来，这确实没多大进步。

对库伯[1]的文学批评

>

《探路者》（1840）和《杀鹿人》（1841）是库伯小说中最具艺术性的作品，虽然也有其他一些作品可与这两部媲美，甚至情节更刺激，但从整体上看，没有哪部能与它们匹敌。

①库伯，全名詹姆斯·费尼莫·库伯（James Fenimore Cooper,1789— 1851）：美国民族文学的奠基人之一。他开创了以《皮袜子故事集》为代表的边疆传奇小说，最重要的一部作品是《最后一个莫希干人》。

“这两本书的不足相较而言是很少的，它们是纯粹的艺术品。”

——托马斯·郎兹伯里[1]教授

“这五个故事的创作相当全面……小说里最伟大的人物是纳蒂·班波……”

“伐木人的手艺，夹兽者的技巧，森林的艺术，对库伯来说从来都不陌生。”

——布兰德·马修斯[2]教授

“库伯是美国传奇小说界最伟大的作家。”

——威尔基·科林斯[3]

在我看来，耶鲁和哥伦比亚大学的英语语言文学教授们以及威尔基·科林斯对库伯作品的评价大多欠妥，他们基本没读过库伯什么作品，最好还是保持沉默，让那些读过的人来评判。

库伯的文学艺术是有缺陷的。随便翻开《杀鹿人》某一页，大致三分之二左右，就能发现库伯一百十五处里有一百十四处违背了文学艺术的原则，这也算破了纪录。

在传奇小说的领域，对文学艺术的界定要遵循十九条原则，也有人说是二十二条。在《杀鹿人》中，库伯违背了十八条。这十八条分别是：

1. 一个故事应有一些情节，且有一个结局，但《杀鹿人》这个故事没什么情节，也没什么结局。

2. 故事的事件要作为这个故事的重要部分来推动情节发展，但《杀鹿人》并不是一个故事，它缺乏情节和结局。由于事件没有情节可推动，它们在作品中也就起不了什么作用。

---

① 托马斯·郎兹伯里(1838–1915)：美国语言学家及教育家。郎兹伯里教授大量阅读库伯的作品，而马克·吐温在此文中讽刺郎兹伯里并未读懂库伯。

② 布兰德·马修斯：美国作家及教育家。

③ 威尔基·柯林斯，英国著名小说家。

3. 故事中的人物是活着的，除非是讲死人的故事，当然一般读者很容易分辨死人和活人，但《杀鹿人》总是忽视这个细节。

4. 故事中的活人和死人都要有充分存在的理由。这个细节在《杀鹿人》中也被忽视了。

5. 故事中的人物说话时要像人们平时说话一样，在特定场合说特定的话，说的话要有意义可循，有目的可循，有相联性，围绕着某个话题，有趣味性，能推动故事发展，并能适时停下来，但《杀鹿人》从头到尾都违背了这个原则。

6. 作者在描述故事中的人物性格时，人物的行为举止和言谈都要符合这个描述。然而，《杀鹿人》几乎忽略了这一原则，纳蒂·班波的例子能充分证明这一点。

7. 如果一个人物在开头时说话是精心雕琢的，那么在结尾时则不能像黑人滑稽表演团那样说话，但这条原则也被《杀鹿人》踩在脚下。

8. 作者或故事中的人物不能用极端的愚蠢来代替“伐木人的手艺，或是森林的艺术”去戏弄读者，但《杀鹿人》持续不断地违背了这条原则。

9. 故事中的人物所做之事是可能发生的，而不是奇迹使然。或者，即使是奇迹出现了，作者也应把它阐释得清晰明白，使它看起来合情合理，但《杀鹿人》却没遵循这些原则。

10. 作者应使读者对故事中的人物及其命运非常感兴趣，读者理应对好人称赞有加，对坏人嗤之以鼻。但《杀鹿人》的读者却不喜欢里面的好人，对其他人也态度漠然，甚至希望他们一起淹死得了。

11. 人物要有清晰的界定，这样读者就能提前知晓紧急情况下每个人的行为举止，但《杀鹿人》却对这条原则熟视无睹。

12. 在这些大原则之外，还有一些小规定。它们要求作者应该：直白地讲出他的想法，不拐弯抹角。

13. 用词恰如其分，而不是意思模糊、接近但又不够确切的词语。

14 避免啰嗦。

15. 不省掉任何必要的细节。

16. 避免形式的邋遢。

17. 语法要正确。

18. 风格要简洁明了。

《杀鹿人》甚至无情地违背了这七条简单规定。

库伯创作天分并不高，但他喜欢运用这种天分，喜欢其产生的效果。事实上，他的天分助他完成了许多美好之事。他装道具的小盒子里有六七种小道具和小技巧，他笔下的野蛮人或者伐木人用这些技巧来互相欺骗，互相倾轧。灵活运用这些技巧，看到它们运作顺畅，库伯心亦悦然。

他最喜欢的一个桥段就是让一人穿上软皮鞋，然后走穿软皮鞋的敌人曾走过的路，这样就可以遮掩他的行踪。为了用那个桥段，库伯不知穿坏了多少双软皮鞋。另一个常用的道具就是断枝，他认为断枝的效果是最好的，因而也用得很频繁。如果没人踩到干断枝，惊到方圆两百里的动物，那么那一章将会是安宁而平静的。每当他笔下的人物处于极大的危险中，或周围一片死寂时，就会踩到干断枝。也许还有很多更方便易踩的东西，但都满足不了库伯。库伯总能让他的人物找到一个干断枝，如果找不到，他就会去借一个来。事实上，《皮袜子故事集》应该改名叫《断枝故事集》。

我很抱歉没有空间再多举一些有关森林艺术的例子了，不能做到像纳蒂·班波和其他库伯专家一样。但也许我们还能再谈两三个例子。库伯是一名水手，一名海军军官，他严肃地告诉我们，当船只在大风中驶向下风岸时，船长会操纵船，开到一个特殊的地方，因为他知道那里的暗流会阻止它被风吹走，从而拯救它。他这样说只是突显了纯粹的木工技术，或者水手的控船技术。这难道不是显而易见的吗?

好几年时间里，库伯每天都和炮兵打交道。他注意到，一枚炮弹撞击到地面时，要么被埋葬，要么滚个几百英尺，再滚个几百英尺，一直这样下去，直到它疲惫不堪。现在，一个雾气缭绕的夜晚，在平原相接的森林旁，他要阴谋故意让那些所谓的女性走失，好让纳蒂·班波在读者面前炫耀他精巧的森林艺术。这些走丢的人在寻找一个城堡，她们听到了炮弹爆炸的声音，看到一枚炮弹从森林中滚下来，落在脚边。对女人来说，这什么都不是。但对令人钦佩的班波来说，却完全不同。如果他不快速出击，跟着炮弹的轨道，穿过雾气浓密的平原找到城堡的话，那他希望永远不再接触和平这个字眼。这多么有趣啊!

如果库伯对自然规律有所了解的话，那他应很擅长掩盖事实。比如说，他笔下有一个很敏锐的印第安专家，叫做芝加哥（我觉得应读成芝加哥)。芝加哥在森林中无法分辨他尾随之人的踪迹了。那个踪迹看来是找不到了，你我都不清楚搜寻方法，但芝加哥却胸有成竹。那并没有难倒他，他将一条小溪改道，在小溪旧河床的软泥中，找到了那人的软皮鞋印迹。流水并没有把它们冲走，尽管在其他情况下，它们一定会被冲走。然而，库伯想让读者看到精巧的森林艺术，即使是永恒不变的自然规律也得让步。

布兰德·马修斯告诉我们，库伯的书“揭示了创作的异常丰富性”，但我们必须要做好警惕。我通常都认可布兰德·马修斯的文学评判，他用词明晰优雅，但此论断却轻巧随意。天哪，库伯只创造了一匹马，我不是指汗血宝马，而是指晾衣架。很难在库伯的书中找到机智的“情景”，更难找到他试图制造的荒谬情景。看一下“洞穴”的情节，马夸和他人几天后的打斗，急速哈利从城堡把水运到船上的奇怪方法，杀鹿人和他的第一个猎物待在一起的半个小时，急速哈利和杀鹿人几天后的争吵，还有很多很多，你大可自己选择，你肯定不会找岔的。

如果库伯是一个用心的观察者，那他就不会在创作上犯那么多错。虽然不犯错没那么有趣，但却更真实合理。由于缺乏洞察力，库伯连他最骄傲的情景创作也是漏洞百出。库伯的眼力实在不准，他很少能看透周围事物。可能他用玻璃眼来看一切，因而看到的都昏暗且模糊。当然，如果一个人连生活中最平常的事都看不准，那他在创建“情景”时就更处于劣势。在《杀鹿人》中，库伯描绘了一条五十英尺宽的小溪，从湖泊顺流而下，但蜿蜒而行时，就莫名其妙地变成了二十英尺宽了。然而，对于小溪的变化，作者理应给出一个解释。十四页之后，小溪从湖泊流出来时的出口突然缩小到三十英尺，变成了“整条溪流最窄的一部分”，这次缩小也没有任何的解释。这条小溪有很多弯道，暗示着水流冲击着很多冲积河岸，但是这些弯道也只有三十到五十英尺长。如果库伯是个一丝不苟的观察者，他肯定就会注意到弯道通常有九百英尺长，不会比这再短了。

库伯最开始把小溪的出口设为五十英尺宽，没给出什么特殊原因。后来，他又把它缩小到不到二十英尺宽来适应印第安人的算法。在他的描述中，小溪旁的树叶是拱形的，六个印第安人藏在了里面，盯着殖民者的船沿小溪开往湖泊。小船在绳子的拉拽下没有被水流冲走，绳子的尾端锚在了湖里面，它前进的速度不可能超过每小时一英里。库伯描绘过这艘船，但却很模糊。从大小来看，它比现代的运河船大不了多少。那让我们来猜猜看，它大约有一百四十英尺长，“比一般的船要宽。”那我们再来猜猜，它有十六英尺宽，这个庞然大物逡巡于只有她三分之一长的弯道，在只隔两英尺宽的河岸上行进着。我们不得不钦佩这样一个奇迹。一个低矮的木质船舱占据了“船长的三分之二”——这个船舱有九十英尺长，十六英尺宽，就像有通廊的火车一样。这个船舱有两个房间——那我们来猜一下，每一个都是四十五英尺长，十六英尺宽，有一个房间是给哈特家小姑娘朱迪斯和海蒂的，另一个在白天是客厅，晚上则是爸爸的卧室。船现在行驶到了小溪的出口，出口的宽度为了适应印第安人而缩小到少于二十英尺宽了，大概十八英尺的样子。船离两岸分别只有一英尺的距离。这些印第安人发现了这边将会很挤吗？他们注意到了只要当船擦身而过时，他们就可以从拱形的树叶里面爬出来，走到船上去，从而发一笔财吗？没有，其他印第安人可能会注意到这些，而库伯的印第安人什么都注意不到。库伯认为他们的观察力很强，但是他对自己的印第安人总是判断有误，他们中几乎没有神志正常的。

这艘船有一百四十英尺长，船舱有九十英尺长，这些印第安人的想法就是：趁着船以每小时一英里的速度缓慢前行时，他们就从拱形的树叶中下来，悄悄地走到船舱，然后杀掉船上的人。一分半钟的时间，船就会驶过溪口，而它九十英里长的船舱驶过会占用一分钟。但是，这六个印第安人做了什么呢？花上三十年你也许都想不到，我相信那时你肯定已放弃了。因此，让我来告诉你他们做了什么。他们的首领，也是库伯的印第安人中智商很高的人物，小心翼翼地看着船经过，当他计算很精确之后，就往下跳，但却错过了船舱。是的，他错过了船舱，掉在了船尾。虽然不是很高，但他还是摔傻了，躺在那里，没有任何意识。如果船舱有九十七英尺长的话，他就成功了。这并不是首领的错，而是库伯的错，这个错误在于船舱的建造上，毕竟库伯不是一位建筑师。

另外五个印第安人则仍留在了树叶里。

船已驶离溪口，他们根本无法企及。我来给你们解释剩下的五人做了什么，你肯定不能理解。第一个人想往船上跳，结果掉在了船尾后面的水里。第二个也跳，掉在离船尾更远的水里。第三个跟着跳，掉在离船尾越来越远的水里。第四个跳下去时，掉在和离船尾很远很远的水里。第五个还是想往船上跳，因为他也是库伯的印第安人。就智商而言，库伯的印第安人和其他站在雪茄铺前的印第安人相差不远。这个情节实在是很壮观的创造啊，但是并不刺激，因为细节的不准确使它蒙上了虚构和不可能的色彩。这也源于库伯作为一个观察者的不准确性。

读者将会在《探路者》对射击比赛的描绘中找到很多例子，来证明库伯观察力极不精准。

"一根铁钉在射到靶子上时嵌入很浅，它的头首先碰到了油漆。"

油漆的颜色没有任何说明，这是一个很重大的遗漏，但库伯并不在意。不，毕竟这也不是一个重大遗漏，因为钉子头离射手有一百多码远，不管它是什么颜色，射手们都看不到它。

视力很好的人能在多远看到一只家蝇呢？一百码？不可能。很好，看不到一百码以外家蝇的人也看不到一百码以外的钉子头，因为这两物体大小相同。视力很好的人能看到大约五十码范围内的事物，也就是一百五十英尺的家蝇和钉子头。读者们可以做到吗？

钉子浅浅地入靶，头上沾了油漆，游戏开始了。库伯的奇迹也随及开始。第一个射手的子弹削掉了钉子头的一角，下一位射手的子弹把钉子打得偏离了一点靶子，还削掉了它的油漆。大家不觉得这奇迹有点太过吗？库伯不这么认为，他整个计划就是为了在女士们面前炫耀他的天才，即目光锐利的杀鹿人，

/密西西比河上的风光/

长袜子探路者班波。

“‘看好啦，孩子们。’探路者喊道，走到了空地，‘别在意一颗新的钉子，我看得见它，尽管它的油漆已经没有了。我可以打中一百码以内我看到的东西，即使它只有蚊子的眼睛大小。看好啦。’”

“扣动步枪后，子弹飞了出去，钉子头嵌进了木头里，一片平整的铅片盖住了它。”

如果他在现代的话，你就会看到一个能人，他用步枪打死苍蝇，在荒野西部表演中获得丰厚的报酬。

这个表演着实令人惊讶，但对库伯来说却不过如此。库伯又加了个噱头。探路者用他人的枪来射击，且不能动手给枪上膛。一切条件都对他不利，但他还是信心满满地完成了看似不可能的任务。他说：“看好啦。”现在，如果一个人要用砖头完成同样的表演，只要库伯鼎力相助，那也是可以实现的。

探路者那天在女士们面前大为炫耀了一番。他的开场表演是其他荒野西部表演所无法企及的。他站在一群射击手之中，观察着一百码远的靶子。一个射手举起了他的枪射击，直中靶心，之后，军需军官开枪了，这一次靶子上什么也没有。大伙儿笑了起来。“靶子都没有碰到。”伦迪少校说道。探路者等了一会儿，用一种目空一切的口吻说道，“不，少校，如果有谁愿不辞辛劳地去查看一下，就会发现他的子弹已经盖过了射手的子弹。”

这难道不令人惊叹吗？他怎么能看到那颗小弹丸从空中飞进了那个遥远的子弹孔？可是他就是看到了，对于库伯人来说，一切皆有可能。那其他人对此事心存怀疑吗？没有，但那也是情有可原的，因为他们都是库伯人。

围观者们“对探路者的高超技艺和‘精准视力’由衷敬仰”（单引号里面是我的话）。他们听了他所说的之后，马上开始怀疑自己的眼睛，并立即冲向靶子去确认这个事实。当然，他们发现军需军官的子弹穿过了射手的子弹所打的洞，也发现了两颗子弹都嵌在了挂靶子的树桩中。

他们只花上“一分钟”时间就确认好了。然而，他们没有挖出最外面的子弹，怎么会知道洞里有两颗子弹呢？毕竟目测是不能保证有不止一颗子弹的。他们挖过吗？正如我们所见，没有。现在轮到探路者了，他向前迈了一步，瞄准，然后开枪。

但是，天啊！大家感到很失望，简直没法相信自己的眼睛，因为靶子上没有任何动静，只有同一个子弹孔。

“‘如果有人大胆推断的话，’邓肯少校喊道，‘我想说探路者的子弹也没有射到靶子上。’”

由于大家都射中了靶子，这个“也”就显得很多余，但是没有关系，因为探路者马上要说话了。

“‘不，不，少校，’他自信地说道，‘那是一个很危险的判断。我没有给枪上膛，不知道枪里有什么。但如果是铅的话，你会发现这颗子弹打中了军需军官和射手的子弹，否则我就不叫探路者。’”

“从靶子那边传来的一声喊叫证明了这句话的真实性。”

这个奇迹还不够吗？对库伯来说是不够的。探路者“慢慢地走到女士们站的地方”，说道，

“‘孩子们，还没结束，没结束呢。如果你发现靶子动了，那就是我的失误。军需军官的子弹切割了木头，但我的子弹没有擦到任何木头。’”

这个奇迹终于完满了。他无疑看到了一百码的距离，知道子弹穿过了孔，却没有擦到其边缘。那个孔里有三颗子弹，它们依次嵌在了靶子后面的树桩里。没有一个人把子弹挖出来确认，但不知怎么搞的，他们都知道这个事实。

库伯不是个细心的观察者，但他很有趣。不管发生了什么，他都是那样有趣，更有趣的是，他经常意识不到自己在做什么。这是一个相当不错的优点。

我们现代人听库伯书里的对话总感到很别扭。如果我们相信这些话真会从人们口中说出，那我们就该相信时间对有话可说的古代人是毫无价值的。两分钟能说完的话说上个十分钟是一种习俗。书里一个人的嘴可以是一个轧钢厂，整天辛勤地把四英尺的思想内容轧细成三英尺的话语之条。对话总是偏离了主题，得不出一个结论。对话内容都是一些无关痛痒之事，有时会出现一点关联，但这种关联通常伴随着一个尴尬的眼神，因为没人能讲出是怎么谈到那里的。

库伯在写对话上绝对不是一位大师。他失准的观察力使他在对话上遭遇溃败，在其他方面也遭遇惨败。他甚至没意识到，一个人在一周之内讲了六天粗俗语言，在第七天也必定会不自觉地讲粗俗的话。在《杀鹿人》中，他有时让杀鹿人讲最书面的语言，有时又让他讲最低俗的方言。比如说，当某人问他有没有心上人，如果有，她住在哪里时，以下是他的严肃的回答：

“‘她在森林里，在树木的枝桠上，在微雨中，在草地上的露珠中。云朵飘浮在蓝天中，鸟儿歌唱在丛林中，清泉滋润着我的心田，她在上帝仁慈的恩典中。’”

在那之前，他说道：“朋友为何事开心，我定也为此事高兴。”

下面是他的其他的一些话：

“‘如果我生在部落的话，我也许会讲这些话，或者拿着战利品，在整个部落人面前炫耀一下；也许我的战利品只是一只熊’”，等等。

我们无法想象一个苏格兰退休司令官在田野里像一个啰嗦的通俗剧演员一样，但是库伯可以。有一个场景是一个大雾天气，爱丽丝和科拉在父亲的城堡周围被法国人追捕。

“你们跑不了了。”追捕者大声喊着，像在指导敌军行动。

“‘站着别动，我勇敢的孩子们。’她们头上突然传来这个声音，‘等着看看我们的敌人，你们要小心开枪，要横扫整个战场。’”

“‘爸爸！爸爸！’一声喊叫穿透云雾，‘是我！爱丽丝！你的爱丽丝！救我们，救你的女儿们。’”

“‘坚持住！’说话者喊道，声音中满怀痛苦，那声音传到了森林中，回声庄严激荡，‘是她！上帝把我的孩子还给我了！冲开隘口，跑到田野里去，孩子们，去田野。不要开枪，以免伤到羊群。用你们的铁棍赶走这群法国狗吧。’”

库伯的文字感确实不强。当一个人乐感弱时，他能伴随着音调的高低而升降调。他会尽量接近那个调，但很难在那个调上。同样，当一个人文字感不强时，就会产生文学上的升降调，你觉得似乎领悟了他所想要讲的，但好像又觉得他并没有那样说。这就是库伯。他对文字没那么敏感，他只满足于找个相近的词。我会用一些例子来证明这个论断。我的例子来自于《杀鹿人》书中的十几页。

他用“言辞的”来表达“口头的”，用“精确”来表达“熟练”，“现象”来代替“奇观”，“必要的”来代替“预定的”，“不复杂的”来表达“原始的”，“准备”来表达“期许”，“斥责”来表达“制服”，“依赖”来表达“导致”，“事实”来表达“条件”，“事实”来表达“推测”，“预防”来表达“谨慎”，“解释”来表达“决定”，“耻辱的”来表达“失望的”，“华而不实的”来表达“人为的”，“重大的”来表达“相当的”，“下降的”来表达“加深的”，“增加的”来表达“消失的”，“嵌入的”来表达“包含的”，“欺骗的”来表达

“仇恨的”，“站”来表达“弯腰”，“柔软的”来表达“代替的”，“回答”来表达“评论”，“情形”来表达“条件”，“不同的”来表达“相异的”，“麻木的”来表达“无知觉的”，“简洁”来表达“快速”，“不信的”来表达“怀疑的”，“心智愚钝”来表达“愚蠢”，“眼睛”来表达“视力”，“对抗的”来表达“对立的“，“殉葬礼”来表达“葬礼”。

世界上一些有胆识的人称库伯文笔不错，但除了郎兹伯里，其他人现在都死了。我记得郎兹伯里的原话没那么长，但是他说过类似的，他说《杀鹿人》是“纯粹的艺术品”。纯粹意味着没有瑕疵，所有方面都没有瑕疵，包括语言。如果他把库伯的文字和自己的相较而说出那句话，其实是可以理解的，但很明显他没有，因此很有可能只是他想象库伯的文字和他自己的一样干净而紧凑。现在，我深信，库伯的文字是我们的文字中最差的，《杀鹿人》中的文字又是库伯文字中最差的。

我也许错了，但在我看来，《杀鹿人》并不是一件艺术品。相反，它缺乏成为艺术品的各种条件。事实上，它在我眼中就是一个文学的震颤性谵妄。

它是艺术品？它没有任何创造，没有系统性、连贯性以及结局，它没有生动性、刺激性、骚动性和真实性，它的人物是混乱的，他们的行为和语言与作者所赋予的性格背道而驰，它的幽默显得可悲，感伤又可笑，对话简直不知该说什么好了，它的恋爱场景令人可憎，它的文字本身就是一块硬伤。

除去这些之后，便是艺术本身了。我想我们必须得承认这一点。

重现历史

>

这些章节是为孩子们写的，我会努力说得通俗以赢得尊重。但愿你们能认真倾听，笃信于我，下面听我讲讲吧。

学历史本来不易，学完不忘各个时期更是难上加难。但是历史阶段，像是牧场里的牲口圈一样，是十分有价值的。他们关着历史的牛羊，牛羊们各有篱笆，彼此界限分明，不至于混淆。历史不易记忆，源于这里面千篇一律的数字，单调乏味的表述，难以把握。形不成图像，就不会给人感官的刺激。图像才是重点，它们能让历史鲜活起来，让任何东西生动起来，尤其当你亲自去构建这个图像的时候。没错，关键是要自行构建。我可不是信口胡诌的，有经验为证：三十年前，我需要每天晚上去讲一个记忆性的课程，并且每天晚上我都需要自己整理一页纸的笔记，列举纲要。刚开始，笔记是句子的形式，共有十一个，就像这样：

“在那个区域，天气——”

“在那个时间，传统是——”

“但是在加州，谁也没听说过——”

一共是十一个。这些纲要，可以避免我混淆或遗漏，但是由于在纸上都是方方正正的，没有丝毫形象感，牢记他们的顺序简直就是痴人说梦。因此我要时刻带着这些笔记，不时地看一下。终于有一次，我找错地方了，搞得当晚错误百出，你简直无法想象。那时我发现，我必须另想新招，所以我把其中十个关键字的首字母按照适当的顺序——I，A，B等等记住，然后用墨水标记在指甲上，第二天晚上我就这样上了讲台。但是这并没有奏效。虽然开始时一切正常，但是后来我也开始犯迷糊了，再后来我都不确定动过那个手指了。我也想过每个标记用过后应该立马擦掉，但是那会引来太多诧异的眼光。没有擦标记都已经有很多人起疑心了！在观众们看来，我好像对指甲比对课程更感兴趣，课后还有人问我手怎么了。

这时，我马上想到了画出来，接着问题迎刃而解。不到两分钟，仅仅六幅图完美地取代了十一个关键字。画毕我就把图扔了，因为我确信这些东西已经在我脑海中有了生命。一晃都二十五年了，没过几年那些课我就淡忘了，但是那些图像我却依然可以随手画出来，记忆犹新。下图就是其中的三幅：

第一幅是响尾蛇盘在干草堆里，用以提挈对牧场的讨论——卡尔松溪谷[①]

① 卡尔松溪谷：美国加州一处自然景观。

的生活。第二幅是奇诡的大风，它能提示我每天下午两点从内华达山区刮来，侵袭卡尔松城的摧毁力量。第三幅相信你也看出来了，是闪电，用以提示我该谈到旧金山的天气了，在那里是没有闪电的，连雷都没有——百试不爽。

提一个温馨小贴士：在你倾听演讲的时候，不要摘记言语，要绘构图像。循迹找词是一件很蹩脚的事儿，它会打断你的演讲，让演讲变得琐碎。但是图像不一样，它们在脑海中鲜活而富有生命力，细致分明，即便是有外界干扰也不会搞乱，所以只要勾勒好了，你可以随时撕毁它。大家都会很高兴看到自己的记忆力惊人，然而也许你的记忆还不如我呢。

十六年前，孩子们尚小，女家教正在尝试灌输基本历史常识给他们。有一段很有趣，背诵自英格兰建国以来的三十七位领袖。娃娃们觉得这个太枯燥了，都十分抵触。这些都是历史，看起来都一样，当然不好记。光阴似箭，暑假就要过完了，这个君王的堡垒还未攻下：孩子们甚至都记不住其中的六个。

有了讲课的经历，我意识到我可以用图画为他们的困境找到一种新路，但是我希望这条路要轻松有趣，让他们学习这段王朝历史的时候如沐春风。最后，我成功了，短短一两日，他们就搞定了所有统治者。

灵感就是让他们亲眼看到那些统治，这一定会大有裨益的。当时我们在农场里，从屋廊到稍低一点的篱笆是一段缓坡，再过去就是我小工作室占据的一块高地，马路穿过这里直通山村。我就把这些英国君王们，从开国皇帝开始一个个记录在木桩上，插在道旁。站在楼廊里，你能看到从开国君主开始，每个领袖的在位时间，从征服到胜利，然后就是她四十六年在位时间，英国历史八百十七年，历史尽收眼底。

当时英国历史在美国是一个热门话题。一时间人们发现女王的位子上，已经有过亨利六世、亨利八世和伊丽莎白，而且人数还在不断增多。她的统治者本来是一长串名字，现在却变成了一个赛道——每个人都开始感兴趣。她会传给爱德华么？不无可能。传给亨利呢？有点悬。难道是乔治？绝不可能！每个人都这么说，但是我们眼睁睁地看到她把接下来二百年的统治留给了他。

丈量一路用了我八百十七步，每一步代表一年，每个王朝的起始点我都在道旁草场上钉上三英尺的白松木桩，写上名字和日期。廊中平齐处有一个大花岗岩花瓶，鲜黄色花朵倾泻而下。花名记不得了，但是花瓶叫征服者威廉，上书其名和即位年份：1066。以此为始，二十一步后是威廉卢夫斯统治，再十三步后是第一个亨利时代，再三十五步是史蒂芬王朝；再行十九步，刚好路过左侧的凉亭；接着是三十五步、十步和十七步分别代表亨利二世、理查德和约翰；绕过转角就是亨利三世的天下，平坦的五十六步长的一段。这时候就恰好到了房檐下，也在场地中心。这块地对于这段太平的统治来说，简直是绝配。你可以站在桩上，就算闭上眼，余光也能瞥到两边的桩子。

这么串起来的道路，很节省空间。虽然有些部分很曲折，但是历史的感觉并没有受到影响，当然这也得益于坡都很缓。而且间距的大小加上方位的安排，只需一瞥，就很容易将这些人物辨别。

即便今天我远在他乡，在这个瑞典的小村落，那些桩子也在落雪前就脱落，但是对那场景我依然记忆犹新。而且，每当我想起一个英国君主，对应于他的木桩、位置、间距等等种种细节就会浮现在我眼前。想起你学过的王朝历史，你的脑中是一片空白么？当你想起理查德三世，想起詹姆斯二世，你对他们统治的时间会不会茫然呢？我跟你们不一样，我会经常想到他们之间有一步路的差距。当你想起亨利三世，你看得到笔直的大道上延伸出的空间了么？我看到了，就在末尾的地方，爱德华一世给我们画上了节点。我常常看到一个缀满了绿色果实的小梨子树。当我想起联邦，我会看到成簇的小树苗，我们当时叫它们橡木休息室。当我想起乔治三世时，我看到石阶杂陈，延伸到山脚下。若说道史蒂芬，我能精确定位到一英寸，因为属于他的那部分正好就在凉亭边。维多利亚女王的“统治区”几乎都到了我的书房门口最高那小石阶了。想想如果把历史铺陈到今天，还有十六英寸需要加进去。我相信，这样的话，会拓展到一个大的松树边，那个松树早已代替我承受了雷劈而粉碎不存了。

在这条历史的道路上，写满了我们的欢乐。当然，还有比赛。我们小跑着从征服者到书房，孩子们喊出那些名字、时间、当政期限，当我们走过长期执政的君王的时候，要健步。而走过玛丽和爱德华六世这样的人旁边就会慢下来，到当政那么短暂的斯图亚特和金雀花王朝时，几乎就停下来了。比赛奖品是苹果，自然是我来提供。我把它扔得尽量远，谁第一个说出它落到区域所属的君王，谁就能获得奖励。

我还鼓励孩子们，不要这样指认地点：“在亭子边”，“在橡木林里”或者“在石阶上”，取而代之的是例如史蒂芬、共和国时期或者乔治三世那儿。他们都轻松地习惯了这种方式，这么精准地在这么长的一段路上做到这些，对我还是有些好处的呢。因为我有丢三落四的坏毛病，每次都把书和其他的文章散落得到处都是，要命的是我还不能很快记住这些被命名的地点，所以最初就不得不自己去拾取，但是现在我已经能喊出遗失方位的名字了，这下子派孩子们去了。

而后我就想着如何丈量法兰西的统治了，打算就把它们设置在英格兰统治的旁边，这样我们在英格兰小区内走动的时候法兰西统治就能一眼洞穿了。我们把桩子钉到了百年战争之时，我已经记不清为什么接着又改了主意。后来，我们为在欧洲区的英国桩子加了篱笆，美国也一样，而且效果还不错。英国以及其他国家的诗人、政要、艺术家、英雄、战役、瘟疫、天灾、改革等等——

全都被我们一一按照日期添加到了篱笆墙内。听明白了么？我们把华盛顿的诞辰写在了乔治二世的桩子上，把他的死写在了乔治三世的桩子上。乔治二世遇到了里斯本大地震，而乔治三世见证了独立宣言。歌德、莎士比亚、拿破仑、萨佛纳罗，贞德、法国大革命、南特令、克莱夫、惠灵顿、滑铁卢、普拉西、帕泰、考彭斯、萨拉托加、博伊恩战役、对数的发明、显微镜、蒸汽机、电报——应有尽有，包罗万象——都按照出现的日期不分国界的整理在英国史桩的旁边。

如果路桩方案没有成功的话，我大概会通过绘图把这些君主的事情教给孩子们，事实上我也试过。不过我失败了，因为他们都还是小学生，画出来的图都简单得只能看出来是什么。没有精通，是因为真正让图画印在脑海里的是他们绘图这个过程，但是我的孩子们都太小，那时侯还不能完成这些绘画。另外，他们缺乏艺术天分，这点儿不像我。

然而现在，我要开始那个画图的方案了，希望你能掌握它。天气恶劣无法外出去钉桩子时，在室内这个方法也收效良好。让我们想象一下，这些君王们组成队伍，从阿克城出发，开往阿拉若山训练，现在开始回来上曲折的道路。这样方便一眼看到好几位，每一个折道代表君主的在位期限。

等等，等等。你会有很大的空间，因为我的小策划里，你可以利用你的客厅墙。你不必把它们标在墙上，那样太丑了。你可以贴上纸片或者指印，这样他们就不会留下痕迹。

拿出你的笔，准备好二十一片白纸片，两个平方英寸大小就行，我们要搞定征服者当政的那二十一年。每个方块纸上画一个鲸鱼然后写下日期和持续期限。我们选择鲸鱼（Whale）是有原因的：它与威廉（William）同首字母，前者是水中体型最大的鱼，而后者则是英国历史上最耀眼的里程碑式人物。还有一个原因就是鲨鱼画出来是最容易的。当你画了二十一条鲨鱼并写下“威廉一世——1066-1087共二十一年”二十一次之后，这些细节就会内化进你的脑海，非狂轰滥炸不能抹去。下面就是一个供你观摩的例子：

我把他下巴画得太高了，不过没关系，他在寻找食物。也许鲨鱼并没有在背上竖起鱼鳍，我确实记不清楚了。安全起见，还是留点余地，起码竖起鱼鳍比不竖要好看一些。

刚开始画鲨并且附上文字和数字时务必用心，这样你就不必每次都对照已有的图了。贴近例图，和你的模仿成果细致对比。如果确认万无一失了，你就可以闭上眼睛，想一想图，说出附上的文字和数字，然后把例图和模仿的图都反过来，凭着记忆画下一个。以此类推，要成竹在胸地完成接下来的二十条。这大约需要二十到三十分钟。但是结束后你会惊讶地发现，自己可以比一个会画沙丁鱼的生手更加娴熟于画鲨。而且，以后任何一个人问起威廉的当政期限，你都可以对答如流。

下面你会得到十三片蓝纸，每一片两英寸见方，这就是威廉二世了。

让他向前喷水而不要向后，要把他画得小一点，身上插一根鱼叉，眼神要凄楚。如果不是这样的话，你大概会这样把其他的威廉王室接下去，这样就搞乱了，说不定就毁了。把他画小是对的，他只有大约十一年当政期，这期间也没有看到任何他父辈的伟大精神。鱼叉的倒钩本不应该那样画，因为朝下穿进鲨鱼身体，应该看不到，但是这也没办法，若无倒钩人们会想鞭尾都刺进去了。所以最好还是就让倒钩这样放，这样大家都明白那是一个鱼叉。记住，只观摩一遍，其他十二个要自己从脑海中构建。

现在真相是，只要你临摹一幅画和它的注释一次，然后详细地回想两三次，每一个细节就会异常明晰地刻在脑海里了。之后，你可能会仅需要为这位统治者画鲨鱼头和喷水，直到他当政结束，每次注释也不用写了，改为复述一次注释。在威廉二世的案例中，要把鱼叉分离出来，每次说一遍注释。你看，第一次的时间会是第二次的两倍，如此以来你能明显感觉到当政时间的长短。

下面是亨利一世，三十五片红纸。

那是一只母鸡（发音 hen），以第一个音节代表亨利。重复“亨”和注释，直到你完全确定，下面的三十五次仅仅需要画头部，每次说一次注释就够了。这样贴画于墙上，你就会开始明白这个过程。首先是征服者的二十一条鲨鱼和喷水，二十一片白色方形纸形成白色条纹大约 3.5 英尺长。十三个威廉二世的蓝色方纸片加上去，一个蓝色条纹两英尺两英寸长，紧跟着就是亨利的红色条纹，五英尺十英寸长，如此如此。色彩的区分会十分灵巧地在当政期限长度之外，给人以视觉上深刻的比例记忆和理解。

下一个是斯蒂芬国王[①]。他需要十九个两平方英寸的黄色纸片。

那是一头公牛（steer）。听起来很像斯蒂芬（Stephen）的名字对吧，所以我选了这个。不兴奋的时候，我会把公牛搞得很差劲，但这一个还行，对于历史来说他是一头好牛。尾巴有点缺陷，但是它只是希望吓唬一下你。

接下来就是亨利二世。给他三十五见方的红纸，这些亨利们必须跟着他们的前辈，继续面朝西。

这个母鸡有些与众不同，那是在探究坎特伯雷发生了什么。

理查德一世呢？称理查德勇猛，是因为他是一名勇敢的战士，很少过问家事，自己最满足的莫过于领导巴勒斯坦十字军东征。

那是一头狮子，意在提醒你那个雄心勃勃的理查德。他的腿有点毛病，但是我也不太确定，起码看起来不好。我猜是后面的那两条腿出了问题，前面的

---

① 斯蒂芬国王：英国国王，在法国布卢瓦出生。

还好，而且左右分开些可能更好。

接着就是约翰国王，境遇不太好，都叫他“缺土地”。他把王权给了教皇，分给他十七平方的黄色纸片。

那家伙是个雏，看起来像个商标，纯属巧合绝非有意，因为史前它就灭绝了。在旧志留纪时代[①]，他常常在地球上咆哮，产蛋、抓鱼、爬树，以腐肉为生。因为顺了当时的潮流，它是一个混合品种。它本身凶猛，导致其他物种对它心生畏惧，但是这只算是温顺。客观地说，它没有代表性，但是它的想法已经有所传达了。刚开始我把它画成坐下的，后来换成这个姿势，因为我觉得这样它看起来更富吸引力、更有精神。注意到了吧，最后一个在狂奔。我喜欢想象这种姿势，因为看到男爵在拉尼米德[②]为他准备的东西，约翰正欢快得兴奋起来，朝我们奔跑。而另一个给我们的感觉是，他坐下扭着自己的手臂，面带痛苦。

下面就是亨利三世。自然是依旧的红色方纸片——五十六片。我们必须把亨利王室选成同种颜色，这样在墙上就能很清晰明了地显示他们当政的期限。这个幸运的姓氏，听起来就很久远。在所有八个亨利王朝中，只有两个较为短暂，其他六个加在一起前后二百二十七年。所有皇族王子命名为亨利可能再好不过，但是发现时已经太晚。

这是最好的一个了。在英国历史上（1265)，他正去查访第一所英国国会下议院。这是一件纪念意义非凡的大事，是那个世纪里第二个伟大的自由里程碑。我把亨利画得比较俊朗，这完全是出于意外。

---

① 志留纪(Silurianperiod):(笔石的时代,陆生植物和有颌类出现)是早古生代的最后一个纪,也是古生代第三个纪。

② 拉尼米德:是位于英国泰晤士河边的草地。

再接下来是爱德华一世：浅褐色纸，三十五片。

那是一个校编，他在尝试思考一个词语。他以校编惯有的姿势把脚支撑在椅子上，这样有助于他更好的思考。我不关心这个。他的耳朵长得略有不同，然而，校编需要爱德华的声音，他会成功的。如果我有一个模特的话，我会画得更好，但是我画的这个全凭自己的想象。没什么特别要义，不管怎样，他们看起来都类似：自负、讨厌、冷漠。爱德华是第一个真正没有霸占王权的英国国王。图中这个校编的表情，很像第一颗炮弹落到身边时爱德华的表情。他的全部态度都展现在这惊慌失措和震惊的自我满足和骄傲之中。

现在轮到爱德华二世了，二十片蓝色纸。

另一个校编。耳朵后面是铅笔。每次在你的手稿中发现亮点时，他会用铅笔勾掉。这让他开心得笑起来，像图里画的，他露出牙齿，这是他惯有的方式。正在勾出来的是一个很出彩的点子，他正坐着摆弄衣衫的小孔，目光贪婪，如同所有的校编一样，充满了嫉妒和怨恨。这幅图提醒你，爱德华二世就是第一位被罢免的君王，他还被迫亲手签下了罢免书。他那时发觉王位相当令人厌恶，跟他很不称。可以从他的表情中看出，他乐意接受退位。他已经永远地放下了蓝色铅笔，那只当政期间勾掉了很多良策的铅笔。

下一个，爱德华三世：五十张红纸片。

这意味校编很严厉。他已经拿出他的雕刻刀和战斧开始对一本早餐书下手。他手臂放错了地方，刚开始我还没有注意到，但是现在看得一清二楚。不管怎样，他把右臂放在自己的左肩上，左臂放在右肩上，两个手臂的背面就展露在我们面前。

他是左撇子这件事就这样公诸于世，除了在一家博物馆里，你还真难以发现这个事实。如同所有的艺术呈现一样，这样勾画很自然，没有雕琢的痕迹。

你开始做一些简单的小东西，毫不怀疑自己的天资开始暗中萌芽、爆发、最后疲乏后戛然而止，一阵抽搐之后，你如沐春风。这就是灵感。

就是那么突然，你都不明白它怎么来的。我曾经思索了一年，想搞清楚像这个左撇子的男人一样稀奇的事物，未果，有些事情真是难以理解，你越去拷问，你就越迷茫。但是有了灵感，就会出现意外。你只要激发出自己的灵感，就无往不利。看一看波提切利的“春天”。那些阴险的女人是难以理喻的，但是感谢上帝，灵感让他们保全。现在想认出苛刻的校编已经太迟，就随他去吧，他会提醒我们的。

接下来，理查德二世：二十二片白纸。

又用狮子，因为还是理查德家族的。就想被迫退位的爱德华二世，哀伤地看着自己的皇冠被摘走。地方不够，做得有点小，但是，无论如何，他都没有与他相配。

现在，我们转过世纪的街角，开启全新的王朝——兰卡斯特王室。

亨利四世：十四片黄色方纸片。

这只母鸡孵育了一个新的王朝，并将其推向盛世。她一如既往地注视着，你会发现我在不断改进着母鸡的线条。起初画得还有点四不像，但是这个已经很正统了。说这个是想告诉你们，熟能生巧。之前我也常画动物，但是接受教导之前总是难以辨认，现在我已经可以了。鼓足勇气，你也一样的，不管你信不信。这个亨利死于贞德出生的前一年。

亨利五世：九片蓝色纸。

看，他在记录着阿金库尔战役的烈士纪念碑前陷入沉思。法国历史记载，两万名英国人击败了八万名法国人，但是英国历史却记载为，英国以六万名伤亡击败法国。

亨利六世：三十九张红纸。

这就是可怜的亨利六世了，他在位虽久，却命运多舛。两次大灾难：让法国败阵给贞德，丢掉王位从而结束了亨利四世创建并推向盛世的王朝。在图中我们看到他忧郁疲乏，灰心丧气，权杖从他无力的手中掉下来。盛世升起的太阳就这样悲剧地落下了。

爱德华四世，二十二片浅褐色纸片。

优雅的着装，悠闲地交叉双腿，关注着贵妇们的装扮，以便在自己的文章里渲染描绘获得贿赂赚得财富，他就是一个社论编辑。他扣眼里的那朵花是玫瑰：一朵白玫瑰，纽约玫瑰。这将有助于提醒我们的玫瑰战争，而且白色是为爱德华得到王位、结束兰开斯特王朝而庆祝的胜利色彩。

爱德华五世：三分之一片黑色纸片。

他叔叔理查德在塔里将他杀害。当你把这个统治贴在墙上的时候，这无疑很显眼，因而好记。除了简·格雷夫人当政仅仅九天外，此人在英国历史上当政最短。简从未被官方认定为英格兰的君主，但是如果你把带过王冠的人也一并算进去的话，这个也必不可少；当然，这样只是为了公平准确，特别是在我们得不到任何好处，搞不好还会因此丢掉性命的时候。

理查德三世：两片白色纸片。

那可不是一头好狮子，理查德也不是一个好皇帝。你可能认为狮子有两个头，其实不是，有一个是它的影子。身体每一部分都本该有影子的，但是天气阴霾光并不够。他驼背，硬心肠，在博斯沃思战役中战死。这地方的花朵，名字不详，但是我们把它作为理查德的标志。传说，全世界只有博斯沃思广场上才有这种花，而且理查德王室的热血洒在它深埋地下的种子上，它才开始发芽的。

亨利七世：二十四片蓝纸片。

亨利七世厌恶战争和动乱，喜欢和平、安定和繁荣。他喜欢坐在自己付账和政府付账的蛋上，孵出小鸡然后数数结果。驾崩时，他留下了当时即便是君王也非同小可的两百万英镑。哥伦布的伟大发现，激发了他探索的欲望，他派塞巴斯蒂安·卡伯特到新大陆为英格兰开疆拓土。角落里那是卡伯特的大船。那是英格兰历史上第一次远赴别国扩大领土——这也揭开了序幕。

亨利八世：三十八片红纸片。那就是亨利八世，傲慢时期压制了修道院的君王。

爱德华六世：六片黄色纸片。

他是爱德华王朝的末代君王，头上的最后（LAST）就是指末代鞋匠。

玛丽：五个黑色纸片。

这幅图代表的是在烟雾中被烧死的烈士。玛丽（Mary）名字的前三个字母与烈士（Martyr）相同，在她统治下，殉节（Martyrdom）消失，烈士稀少，但是她自己却造成了伤亡。这就是为什么有时候称她为血腥玛丽。

近五百年（确切数字是四百九十二年）的历史更迭后，我们到了伊丽莎白王朝。我想剩下的已经不需要多说，你自己已经能找到艺术或灵感了。你应该有底了，统治者的名字和政绩会提供绘画的素材。努力创造这类东西，其价值不仅在于帮助记忆，更在于艺术独创。想想这些对我的意义吧。如果你发现客厅容不下全英历史，那延伸到餐厅和别的房间去。墙壁会因此焕发光彩，富于启迪，它不再是简单的平板，它会把这个家联系得更紧密。

难以忘却的刺杀

注：1898年9月10日，奥匈帝国皇后在日内瓦遇刺，那时马克·吐温正住在奥地利的卡尔滕洛伊盖[1]，那是维也纳附近的一处避暑胜地。他得知此事后，随即致信朋友，信中写道：

皇后为人宽厚友善，却死于一个丧心病狂的人手中。如今，我再次站在了历史的中央。在去年的王后庆典上，警察进攻了国会。如今皇后又被无情地残杀，千万年后人们还会不断说起这些事，也定会添油加醋。我的

① 卡尔滕洛伊盖：是奥地利下奥地利州默德林县的一个市镇。

朋友与皇后交情甚好，她天黑时分闯进我家，哽咽着说道："天啊！皇后被刺杀了！"我们还没来得及盘问详情，她就奔回了家。她把这个消息带给了我们，我们自然而然地成为了其中的一分子，对此事件的兴趣也日益浓厚起来。这就像你的邻居安东尼，跑到你家，告诉你："恺撒被杀害了，世界领袖从此陨落了！"

如今，人们只谈论这件事。世界各地的人们满怀真诚来哀悼皇后，无一不震惊于这次骇人听闻的刺杀。黑暗笼罩着整个奥匈帝国。下周六正值皇后出殡，届时，维也纳也将成为世界的焦点。

这场悲剧深深触动了他，他感到自己必须要写点什么了，即写了以下文章，却并未送去出版，可能是觉得他那时与皇室成员太亲密了，发表个人看法会不合时宜。而现在，好像没有再阻止它出版的必要了。

——《马克·吐温自传》

我越细想这次暗杀，越发觉得它情节重大，令人惊骇。一座城市遭受摧毁是大事件，但千年之内总是会发生好几次。一个国家的三分之一人口死于瘟疫和饥荒是大事件，但历史上也总会出现好几次。国王遭到谋杀也是大事件，但这已不再是什么新鲜事了。

然而，皇后遭到刺杀，却牵动了大多数人的神经，在所有事件中占据榜首。纵观两千多年的历史，我们找不到能与之相提并论的事件。基督教世界最古老的家族居住在罗马，一千七百年间，没有人听说过哪个皇后被杀害，直到今天也没有。在这一千七百多年中，这个家族的成员经常听到一些令人震惊的大事件，如城市焚毁，王位争夺，国王遇刺，改朝换代，宗教迫害，新制诞生等，而且还不止一两次，甚至是数十次，听到这些事件的发生。但是，有关皇后遇刺的记忆，这个家族却从未有过。

这次事件使得每个生活在当下的人都与众不同了：他们真真切切地经历了此事。然而在以前的二十多个世纪里，他们的祖先从来没遇到过类似情况。而且在接下来的二十多个世纪里，他们的后代也不太可能经历这种事。

罗马时代之后，世界早已发生了翻天覆地的变化。在罗马时期，皇后遇害，甚至是恺撒被杀，都不足以像此事一样能引起世界轰动。一方面，当时并没有一个所谓的大世界，大家所熟知的世界，是狭小且人烟稀少的。另一方面，消息的传播是很缓慢的，它所具有的轰动效应在日复一日，年复一年的散播中，早已变得十分微弱了。当它到达更远的地方时，那种效应已所剩无几。它不再是一件新鲜事，而成了遥远的过去，它也不再能称之为新闻，只能被叫作历史。然而，现在的世界辽阔无比、人口庞杂，这是一个变化。另一个改变则是，好或坏的消息，都以迅雷不及掩耳之势传播开来。悲剧发生三个小时后，我在奥地利的小村庄里，听到了这个令人瞠目结舌的消息，“皇后被刺杀了!”那时我就知道，在伦敦、巴黎、柏林、纽约、旧金山、日本、中国、墨尔本、开普敦、孟买、马德拉斯和加尔各答，这个消息早已是旧闻了。世界各地的人们，都在咒骂这个罪大恶极的杀人凶手。随着电报的触角伸得越来越远，世界上越来越多的地区都能同时感受到巨大灾难所带来的震惊。然而，如此重大的事件，刹那间震惊了全世界，在历史上却是头一回。

那是谁创造了这样一个“奇迹”，给世界带来这样一道“风景”呢？答案充满了讽刺的意味。这个人生活在社会最底层，正如他的学历和价值观所揭示的：他是一个无业游民，衣衫褴褛，脏兮兮，没有任何才干，没有受过教育，没有道德观念，没有品格修养，没有一丝一毫的魅力可言。他没有怜悯之心，举手投足也没有任何风度，连流浪汉和妓女都不会嫉妒他半分。他是一个无信

的士兵，无能的切石刀，无用的走卒。总之，他就是一个卑鄙无耻、肮脏下流、胆小懦弱、令人作呕的臭猫。对人类的讽刺能促使人们往上爬，爬到遥远的山顶，去点亮社会天空中普世的理想：荣耀与力量，辉煌与神圣。我们明白了这次遗憾，既展现又隐藏了我们真实的自己。没有了衣服和地位，我们就是穷人，且千篇一律，我们的尊严都不是真实的，什么都是浮华和虚伪的。就算我们再好，再高贵，我们也不会是太阳。即便我们再怎么伪装或自我催眠，我们也只是蜡烛，一个游手好闲的人都能将我们吹灭。

现在，我们也明白了另外一件我们之前经常想去忘却的事：没有一个人是百分之百正常的，所有人在某种程度上都是疯子。有些人为钱疯狂，这种疯狂症轻微的话是无害的，这些人可以健康地过一生。而当疯狂症发展得越来越厉害，最终操控了这些人的时候，他们就会去行骗、抢劫、杀人。当他们从富可敌国到一贫如洗的时候，这种疯狂症就会把他们送进精神病院或者棺材里。爱也是一种疯狂，一旦受阻，就会疯狂地滋长，有时甚至会发展到一种疯狂的绝望。就像曾经神智正常、才气逼人的王子鲁道夫，为爱疯狂，抛弃了帝国的王位，结束了自己的生命。欲望、偏爱、厌恶、野心、激情、挂念、悲伤、悔恨，这些情感都是潜在的疯狂，说不定某一时刻就会滋长、发展或者彻底膨胀。没有人是正常的，除了偶然性之外，没有什么能拯救我们。而这种偶然性的发生，就是由于我们的疯狂没有受到终极考验。

最常见的一种疯狂的形式是：渴望被人关注，享受被人关注的快乐。也许这不仅仅是常见的，更应该形容为是普遍的。在它最轻微的阶段，它无疑是普遍的。每个小孩都对他人给予的关注欢欣不已，有些小孩把所有时间都花在吸引来客的注意上，简直令人难以忍受。男孩子们也总是爱“炫耀”的。当他们做了一件事，吸引眼球且与众不同，并且给大家带来了话题，他们的快乐是显而易见的。这种常见的疯狂，在后天可以发展成为，要么渴望美名远播，要么希求臭名远扬。渴望成为焦点和谈资的这种疯狂，深深扎根于国王和万千臣子心中，于是他们用华美亮丽的服饰装扮自己。而国王们总是攫取他人的财产，争夺他人的王位和国土，屠杀他人的臣民。同时，这种疯狂也促成了很多人的出现，比如职业打手、诗人、村长、或大或小的政治家、慈善家、单车冠军、土匪头子、亡命之徒和拿破仑们。人们做任何事就为了出名，就为了让全乡的、全镇的、全市的、全州的乃至全国的人大喊道，“看，就是他，他就是那个谁！”在五分钟内，不费吹灰之力，这个衣衫褴褛的意大利流浪汉就打倒了所有的人，胜过了所有的人，从此，其他人都销声匿迹了。然而，在一些愚蠢的报纸、宫廷、国王和历史学家的帮助下，这个流浪汉的名字就会流传千古，只要人们那时还用语言来交流。噢，如果这不算悲哀的话，那就只能称为荒谬了。

皇后没有任何的错，她的心灵和人格都是如此的美丽，不管她头戴皇冠，还是默默无闻，她本该是上天对人类的恩赐，她本该显示上帝伟大的创造力，然而那个残害她的畜生却将这个谜题一直持续下去。

她性格中的特质为她赢来了尊敬和爱戴，她很有品位，天性善良，志向远大，一生都致力于一些高尚的活动。她也曾有过苦涩和悲伤，但灵魂却从未遭到侵蚀。她也曾有至高无上的荣耀，但却未被光环冲昏头脑，只是过着简单的生活。她认识各个阶层的人们，赢得了他们的拥戴，还和他们成为了朋友。一个英国渔民的妻子说道，“当有人遇到困难时，她不是派遣别人来解决困难，而是亲力亲为。”皇冠点缀了他人，而她却使自己的皇冠熠熠生辉。

这个刺客称得上是一夜成名，他成名的背后也夹杂着一些奇怪的现象。上周六的中午，这个世界上没有人会认为，自己和这个人的交集值得一提；也没有人会觉得认识这个人有什么值得吹嘘的；就连最谦卑老实的擦鞋匠，也不会以在某时某刻见过他而倍感骄傲。他完全湮没在人群当中，就连最底层的官员也不会注意到他。然而，三小时之后，他成了全世界人们的话题。高官们谈论他，国王王后们舍弃了日常爱好，聊的也是他。只要有人，不论身份地位高低，碰巧在某刻见过那个刺客，都会记起那一刻，不仅暗自欢喜，还会刻意去提到，因为现在这已使得他与众不同了。然而，这样一来，人类的尊严就被踩到了脚下，尽管现在人们还没意识到，但这确实是事实。如果有国王记得他曾经见过这个刺客，也会装作不经意地在过去一周里多次提到这件事。毕竟国王也是人，他的构造和其他任何人没有差别，想和大事件有点关联也是人之常情。我们私底下都会为此沾沾自喜，我们都一样，国王之所以会当上国王，只不过是运气好，我们之所以没能成为国王，只是我们没那个福气罢了。我们都是泥土捏出来的，脆弱得不堪一击。

这些天，总是风传着国王的手下们说的一些话，对我来说简直就是耳熟能详：

司令官说："他在我的军队里。"

上将说："他在我的旅里。"

上校说："他在我的团里。他就是一个流氓，我记得很清楚。"

上尉说："他在我的连里。他就是个到处惹事的无赖，我记得他。"

中士说："问我认识他吗？当然，就像认识你一样。为什么？因为以前每天早上……"等等等等，一个很长很动听的故事，讲给那些充满好奇的耳朵听。

女房东说："他经常住在我们这儿，我可以把他住过的屋，睡过的床指给你看。还有，他用炭笔在墙上涂鸦，我的宝贝约翰尼亲眼看到的，是吗，宝贝?”

在报纸上，我们很容易发现，地方检察官、警察和狱卒们都把这个刺客说过的话、做过的事当作宝贝一样。他们一整个星期，都沉浸在这种令人艳羡的与众不同之中。受访者也是一样，他尽力不表现出自己因和这个刺客有接触而洋洋得意，毕竟其他人连看一眼这个人的机会都没有。但是，他也是人，就像其他人一样，他丝毫掩盖不住他的虚荣心。

有些人认为这次刺杀是对蚕食欧洲、摧残平民的罪恶军国主义的一次极端化反抗，我承认有很多犯罪事件是针对军国主义的，但这次绝不是。人们不大会认为这个刺客是为贫民挺身而出，也不大会认为他是为伟大事业而战。他看着自己的照片，自言自语道：“我要出名!”便袒露了促使他犯案的念头，他只是急于出名罢了。在历史上还有一桩类似的案子，那就是焚烧以弗所①寺庙事件。

在各种臆测的刺杀动机中，我们不愿相信高层，而愿意相信有些人所说的，这次刺杀是一次特殊的暴力犯罪，而且是由高层指使的。我想高层是会不高兴这种论断的吧。如果这次刺杀真是高层所指使的，那么这个罪犯几乎不用为此事负责了，日内瓦法庭也因拿不出确凿的证据来判刑了。法理就是法理，如果我们藐视法律，连最虔诚的神学家都会被欺骗，他们则会倾向于这样的论断：除非是有避雷针的庇护，否则不应轻易地下判决。

我和朋友在维也纳的豪华崭新的宾馆，透过窗户，看到了皇后的殡葬队伍。我上午就进了城，从车站一路走到了宾馆。所有的房子上都悬挂着黑色的

① 以弗所(EPHESUS,土耳其):基督教早期最重要的城市之一,以弗所在古代安纳托利亚(Anatolia)是一座爱奥尼亚(Ionian)希腊城市,在公元前10世纪由雅典殖民者建立。

BROOKLYN ACADEMY OF MUSIC, FEB. 7th
Tickets at 244 Fulton St. and
172 Montague St.

旗子，整个场景就像礼拜天一样。人们在人行道上安静而缓慢地走着，几乎没有人抽烟，女士们都穿着深色褫在默哀，男士们都穿着黑色褫，似乎是一个规定。马车往不同的方向穿梭，仆人和马车夫也都身着黑色褫，头戴黑帽子，店铺也都关门了，很多窗户上都贴着皇后的照片。有的是她17岁时的美丽新娘照，有的是她慈爱而庄严的中年照，还有的是她身着黑色，没有任何装饰的照片。九年前，她的儿子去世了，她的心也碎了，生命的意义似乎也随之消逝了。从此，她总是一袭黑衣。成群的人们站在这些照片前，人们会不时地看到一些女士和小女孩扭过头去擦眼泪。

宾馆门前有一个露天广场，顺着广场走到尽头有一个教堂，这里会举行皇后的殉葬仪式。这个教堂狭小古旧，十分普通，外围粉刷着白漆，没有任何装饰，只在门上的壁龛里有一尊和尚的雕像，壁龛之上挂着一个黑色小旗子。然而，在教堂的地下室里沉睡着哈布斯堡王朝的几位伟人，其中有玛丽亚·特里莎（奥地利公主），拿破仑二世，当时的莱希斯塔德公爵。这一代原是罗马军营，马可·奥勒留在这里去世，一千多年后，哈布斯堡王朝开始统治维也纳，这距今也有六百多年了。

这个小教堂夹在现代化的商店和楼房之间，它们的窗户边也挤满了人。在一隅的一座房子的楼上，透过平板玻璃窗，你可以看见下面穿戴精致的人们排成梯形，他们的着装黯淡，发着微光，就像水下的人们一样。我们下面的广场悄无声息，却密密麻麻的全是人，穿着制服的官员们也在四处走动，例行公事。在一个门阶上坐着一个人，他穿着极其破烂的衣服，打着赤脚，谦卑地低着头，他看起来才十八岁或者二十岁，透过窗户，可以看到他撕扯着并大口嚼着他从某个地方捡来的破烂。鲜亮的制服跟他擦肩而过，和他下垂的发霉的破布形成了强烈的反差，但他丝毫不在乎，他来这儿不是为了哀悼这个国家的灾难，他有着自己更深的忧思。两队步兵从两个方向走进沉默的人群，一声低沉而清脆的口令之后，人群消失了，除了人行道外，整个广场上变得空旷了，哀悼者们都消失了。另一声令下，士兵们分开站好，在广场上筑起了两道人墙。整个过程如此迅速而精准，没有任何吵闹声，就像一个完美有序的机器。

现在已是晌午了，两个小时的沉寂和等待后，一驾驾马车，载着两三百宫廷名流和达官贵人，飞驰而过，这些人有特权进入教堂。很快，广场上人头攒动，但他们不是平头百姓，而是身着华丽制服的陆海军官。他们站得很紧凑，只留了一条道给马车驶向教堂，他们中间没有平民。这样也好，免得灰暗的衣服破坏了这一道亮丽的风景线。在教堂前的台阶和人行道上，站满了穿制服的人，形成了一些大红，亮金，雪白的色块，他们旁边的平民更加黯淡了。在他们对面，也就是马车道的另一侧，浅蓝衣服上方，有一束像瀑布般下垂的亮绿色的羽毛，在发光的四周形成了十分显眼的色块。这一片全是亮色的海洋，但是这两队人确实是最高调的。戴着绿羽毛的是四五十个奥地利上将，而他们对面，主要是马耳他骑士和德意志手下的骑士。他们大多数都头戴镀金的头盔，或者是像镜子一样光亮的军帽，只要一走动，就会有反光，其效果不言而喻：整个广场就像一个五光十色的大花园，很多耀眼光亮的小太阳照耀在它身上。

想一下，那个被终身监禁在日内瓦监狱的意大利流浪汉，竟把这么多人集结在了这里，国王和皇帝从街边进入教堂也是拜他所赐，这真是一件万分奇特，难以理解的事。

三点时，马车还是一路纵队地驶入，三点过五分时，红衣主教带着他的随从来了，一些主教也跟着来了，后面还有一群大执事，所有人的衣服都色彩鲜亮，给这次“盛宴”增光添彩。三点十分时，神父们拿着十字架经过，一会儿，又来了一队神父，隔了一会儿后，来了两个纵队。三点五十时，来了很长的一队牧师，他们身穿绣着金色，镶有白色蕾丝的长袍，手中拿着十字架和印有大幅照片的横幅。过了一会儿，就消失在远方了。

钟声响起来了，但并不刺耳。等到三点五十八分时，来了一群穿着晚礼服的绅士们，在靠近广场时停了下来，退到了人行道旁的士兵组成的人墙边。他们衬衫胸前的白色就像雪花一样，在一众暖色调中显得特别扎眼。

又是一阵等待。四点十二分时，殉葬队伍的负责人终于出现了。先是来了一队骑兵，四人站成一排来开道，然后又来了一大队身穿蓝衣，头戴镀金头盔的长矛轻骑兵，之后是三驾六匹马拉的赴丧马车，警卫和马车夫一袭黑衣，头戴白色假发和翘起的帽子。接着是穿着光鲜制服的军队，红的，金的，白的，极其显眼。

现在是脱帽仪式。士兵们举起了枪，依稀听得到隆隆的鼓声，八匹装饰着黑色驼鸟羽毛的黑马，拉着豪华庄重的灵柩车慢慢进来。棺材抬进了教堂，门关起来了。

人们戴起了帽子，其他殉葬队伍继续前进着。首先映入眼帘的是匈牙利卫兵，他们穿着不可名状的光鲜亮丽的制服，传承着野蛮时期的壮丽。紧随其后的是骑马的队伍，很长很显眼。

之后，广场中的“皇冠”碎裂开来，“彩虹”也碎开了，在闪亮的人流中消融了。一转瞬之间，只见三个肮脏无比、衣衫破烂、满脸笑容的来自贫民窟的奥地利小女孩，在偌大的空地上欢呼雀跃，这对比是多么明显啊。

皇后两次来到过维也纳城。第一次是在一八五四年，她十七岁，嫁进了维也纳城。当时城中盛况空前，彩旗飘飘，乐声环绕，街道两边的群众欢呼着迎接她。第二次就是上周三，她的棺材进了城，城中一片死寂，到处飘着黑色旗子。她的棺材行进在同样的街道上，周围是同样紧凑的人墙。但是，现在到处是死寂，骑兵踏过铺着沙子的人行道，马蹄声是微弱的。灰白头发的妇人，在四十四年前见证了皇后进城，那时她们还和她一样年轻和天真，现在，她们低声啜泣着。而这些声音并没有打破反是加深了这种沉寂。

冯·伯杰男爵最近写了童话剧《哈布斯堡》，其中一个人物提到，年轻的皇后第一次来维也纳，在他的叙述中描绘了一个很好的场景：我翻译这些诗句做不到尽善尽美，但是我会尽力去传达它们的精神：

我看到游行队伍从我身旁庄严地走过，
我看到了皇后高高在上，
我完完全全被她吸引了，
她美丽纯洁，像精灵一样，
玫瑰般的她宁静、高尚，
让我想到了远处笼罩在蓝色之中的高山，
就像晨曦冲破了云层，站在光荣之梦中，
凝视那些在山谷中辛苦劳作的人们。

说谎这门艺术

我不认为人们已经摒弃谎言这个传统了。相反，谎言作为一种德行、一种原则，永远存在于人世间。谎言作为一种娱乐、慰藉和逃避方式，不容易在历史上存活，却通常为人所爱。它是人们的好伙伴、好知己。它永垂不朽，只要人类尚存，它就不会从地球上消逝。在这里，我仅仅是哀叹谎言作为一门艺术的衰败。除了那些品格高尚，耳聪目明的人，其他人都没法真正参透谎言的含义，以至其变得拙劣如今。因为他们都只悲观地看到了这门崇高艺术的丑恶一面。在那么多经验丰富的人面前谈论此话题，我自然信心不足，感觉自己就像一个以色列的老处女，千方百计给母亲们讲解育儿事宜一样。我不会因这事批评你们，因为先生们，你们几乎都是我的长辈，在这个问题上都比我富有见解。如果哪天，你们发现我到处苛责你们，其实大多数时候，我只是以一种敬仰而非挑刺找茬的心态在谈论这事儿。说实在的，如果你们能够适当关注和鼓励这种非凡而出色的美好艺术，并且认真地践行、发展它，正如这个社团所致力于的那样，那么我也不会在这里唉声叹气，也不会悲痛流泪。我这么说绝不是为了奉承谄媚，而是出于我的公正之心和我对这门艺术的赏识（这里我试图提及一些名字和说明性的范例，但你们能看得出，有些是我自己的影子。我尽量注意做到关注细节，并且避免一概而论）。

毋庸置疑，谎言是生活的必需品。生活就是不断地演绎，进而养成不言自明的习惯。任一美德都需要经过谨慎、细致和持之以恒的培养，才能发挥其巨大作用。毫无疑问，谎言这种德行也应该在学校里发扬光大，甚至扩展到报纸杂志。试想，一个一无所知、毫无教养的骗子，有多大本事能与一位富有见识的专家对峙呢？我，若与作为律师的皮尔先生争执起来，有可能获胜吗？说出精明有利的谎话，这正是社会所需要的。有时我想，人们宁愿不撒谎、实事求是，也抵过从嘴巴里吐出一个笨拙的谎言。一个拙劣而不科学的谎话，和说实话一样，费劲人们的心思，却毫无价值。

让我们看看哲学家们的说法吧。大家是否听过这样一个推崇备至的寓言：孩子和傻瓜总是实话实说。既然这样，那么很简单，我们可以推断出：成年人和智者假话连篇。历史学家帕克曼指出："事实本身有可能就是荒谬的。"他在同一本书的另一个地方又指出，"常言道：事实不必反复重提，因病态地担忧道德良知而成为习惯性妨害准则的人，通常是那些天生愚笨或者令人生厌的

人。”这话语气虽重，但丝毫不假。没人能忍受和总说真话的人在一起生活，谢天谢地，我们也用不着那么做。一辈子实话实说的人不可能存在，过去不曾出现，将来也不会有。当然总有人错误地认为自己从没撒过谎，可正是这种撒谎而不自知的行为，令我们所谓的文明蒙羞。人人都会说谎，不论何时何地、何年何月，谎言出现在人们的梦中、嬉笑声中，或是哀悼之时。尽管有人试图控制自己的舌头，但是他们的手脚、眼睛和神情都注定会出卖他们。甚至有些人在布道时都会说谎，不过这都司空见惯了。

我曾居住在一个遥远的国度，那里的妇女们常假借友好而又颇有人情味的探亲访友之名，四处游玩串门。当她们回家后，便会兴高采烈地欢呼：“我们拜访了十六位友人，有十四个不在家。”她们并不是觉得十四这个数字多有意义，这完全是挂在口头上的数字而已，以此来强调很多人不在家这个事实。虽然她们看似对朋友不在家这件事显得哀伤，但她们说话时的神情早已将她们出卖。现在她们又给出想见那十四位及另外两位好友的借口（哦，对了，他们应该心底埋怨着在家的那两位好友吧），这真是世上最常见最善意的谎言，可谓是与事实相距甚远。这合乎情理？不，这只是美丽而神圣的假话，她们并非要榨取钱财，而是传达对十六位好友的思念之情。铁石心肠的人爱说真话，坦率认真，他甚至会表露自己不想见好友这一事实。这样一来他就太蠢了，而且可能会招致他人不满。而那个遥远国度的妇女们，她们的理由千千万万，但千万别担心，那些理由都是善意的，这正是对妇女们智慧和良心的诠释。那就让事实一边去吧！

那个国度的男人们也无一例外谎话连篇。连日常见面的问候，也都满口谎言。他们并非殡仪馆的员工，不需要在乎你的感受。遇到如此的问候，你通常只需回之以假话。你并没有时间认真诊断自己的状况，只能敷衍了事，要么就闭口不言。你可以非常美妙找借口，骗他们说身体日渐不适，这并不伤你分毫，又能愉悦众人。如果一个陌生人的拜访打搅到了你，你道声："见到你真高兴，欢迎光临寒舍，不过现在已经是晚餐时间了。"他要走的话，你可以装作不情愿地说，"非走不可吗？"他当然会说："下次再联系便好。"你所做的对他人无害，没有欺骗或伤害任何人。而倘若你道出了事实，反而会伤了感情。

我觉得这样出于礼节的谎言是一门非常奇妙的艺术，值得发扬。完美无瑕的礼貌正如一座美丽的建筑。这优美而金碧辉煌的建筑，从底座到穹顶，都是由无数仁慈、无私的谎言堆砌而成的。

赤裸裸的真话日渐普遍，这才使我痛心。让我们尽力去剔除这坏现象吧。一句伤人的真话较之一句恶意的谎言，没有高下优良之分。两者皆无存在的道理。有人生怕说了谎话，灵魂得不到救赎，就说些伤人的真话。严格说来这正反映出他们灵魂的肮脏鄙陋。有人为了帮人摆脱困境，不得不说些善意的谎言，那么连天使都会为之称赞："哇，这伟大的英雄，牺牲自己的利益为邻居两肋插刀。让我们歌颂这位善意谎言的伟大缔造者。"

伤人的谎话是不值得称赞的，伤人的真话也不值得推崇。这是诽谤法所认可的事实。

在其他众多谎言中，沉默不语也算是一种，人们只简单地保持缄默，隐藏真相。许多顽固而又正直商人热衷于此类消遣，他们认为，沉默不代表谎言。在我居住过的那个遥远国度，有个可爱的女士，她本性热情而纯洁。有一天我在她家享用晚餐，席间我说："一般说来，我们都会说谎。"她很诧异："你是指所有人吗？"那发生在很久以前，我给她的答案并不符合如今这个时代。那时我直接说："对，人人说谎，无一例外。"她好像被冒犯了一样："为什么？也包括我吗？""当然喽，"我说，"你甚至称得上是个专家呢。"她说，"嘘，孩子们来了!”孩子们一来，话题就变了，我们聊了一些其他的东西。不过孩子们一离开，那位女士又轻巧地转回到这个问题上说：“我曾发誓一辈子不说谎，至今为止我从未背叛我的誓言，一丁点也没有。”我说：“我并非心存恶意，但事实上自我坐下那刻起，你的谎言正如那些飘渺的烟一样，虽然看似飘忽，却真实存在。这让我很痛苦，我非常不适应这些。”她要我举个简单的例子来说明，我就这样说：

“这是一张空白表格的复印件，是奥克兰医院要求一位护士交给你的，这位护士曾在你侄儿病重时照顾过他。这张表格里包含各色各样审查护士行为的问题：‘她有没有在看护期间睡觉？她有没有忘记喂药？’表格要求你认真、仔细、毫无隐瞒地填写答案。医院为了保证良好的服务质量，若发现护士们玩忽职守，会及时对其处以罚款或者其他处罚。你告诉我，你对这位护士的行为非常满意，她的优点千千万万，却存在一个过失：她曾让约翰尼坐在冷冰冰的椅子里干等她换暖和的床单，却不给他穿上哪怕一点点的暖和衣服。你填完了这张复印表，由护士返还给医院。你怎么看待这个问题呢？‘是不是那个护士一直都犯疏忽，让病人干巴巴等很久，惹来感冒之苦？’别执迷不悟了，在加利福尼亚，任何事情都是一场赌局，你回答那个问题时，十有八九在说谎。你说：‘我没说谎，我什么都没填。’‘只是你的沉默也是个谎言，别人以为你对她的服务相当满意。’你说：‘这也算谎言吗？她这么好，我怎么忍心说出她唯一的那个缺点呢？那样太残酷了。’我说：“人们总不自觉的说谎，为了能成全好事。你的反应是合理的，但你的判断却很草率。这些都是不明智的做事方式。看看你这个不专业的偏好判断所造成的恶果吧。你应该知道琼斯先生家的威利由于猩红热而重病缠身的消息吧。由于你对那位护士评价甚高，她被派去看护威利。他们那可怜的人家只管睡着安稳的觉，将重任都托付给护士，笃信于她，把宝贝孩子的命运也寄托在护士身上。酿成这事，正是因为你太有名气，一如年轻时候的乔治·华盛顿。如果你明天有空，就与我一同参加威利的葬礼吧，当然，只是作为以一个个体，以一个送葬者的身份去参加而已，但愿你别觉得诧异。”

一切并非像我描述的那样结束。我话没说到一半，她立即上了马车，以每小时三十英里的速度直冲向琼斯的家，设法解救危在旦夕的威利，并尽其所能揭露那个护士的恶行。其实一切都毫无必要，威利压根没生病，我一直在说谎罢了。但就在那天，她给医院寄了一张单子，说明了实情，用的当然是最正式的口吻。

现在你们看吧，那位女士的过错不在于说谎，而在于不明智。她本可实话实说，只要在表格下面给那个护士留下一句欺骗性的赞美之言即可。她大可这样说，“从某些方面看来，这个可恶的护士还不错，比如她值班时从不打瞌睡。”只要人心存一丝善意，就可以把原本刺耳的谎言变得易于让人接受。

说谎这事儿很普遍，在所难免。明智之举即好好锻炼说谎的能力，把谎说得周到、合理，充满善意。谎话要为他人着想，切不可只为一己之私。谎要能治愈他、服务他人、施展慈爱，而非口蜜腹剑。谎要说得漂亮优雅，而不愚蠢拙劣。要说得坚定直白，而非犹豫懦弱，如同羞于启齿我们崇高的口号一样。那么我们是否应该摆脱那些腐蚀人类根基、丑恶有害的真相？是否应该活得靓丽光鲜，配得上在世界上立足？除去极其恶劣的天气情况，我们伟大善良的大自然也时常会说谎。在这门伟大的艺术面前我也只是一个力不能及、无法掌控的新手。

玩笑归玩笑，特定情况下人们会说谎，这也无可厚非。我觉得有必要认真调查一下，哪些谎话于众人大有裨益，哪些又需要尽量避免。我愿把这事交付给这个富有经验的组织，我对其信心满满。我可以丝毫不谄媚奉承地告诉大家，这个组织里的成员们个个成熟历练，堪称大师。

奇特的历史碎片

马里恩城，一座小乡村，坐落于密苏里州密西西比河畔；1845年。

拉波拉斯，也是个乡村，位于法国；1894年七月末。

早些时候我在马里恩，现在我在法国了。时光飞逝，斗转星移，但今日我仿佛被推回至密苏里的村庄，重拾旧日时光。

上周六，法国共和国总统遭一名意大利刺客暗杀，昨晚一群暴民在我驻足的宾馆外大吼大叫，恬不知耻，高唱《马赛进行曲》[1]，不时向我们窗

---

① 《马赛进行曲》：法国国歌。

户砸来乱石。我们这有意大利服务生，那些暴民嚷着要立刻将他们驱赶出去，打他个屁滚尿流，一个也不放过。直到深夜，宾馆里的人都毫无睡意，好似在经历一场暴力袭击，像书中常常提及的那样。那些意大利或法国暴民步步紧逼的气势，毫不退让的嘶吼，乱石击穿玻璃刺耳的声音，都让人心生怯意，不得不撤退，重新布置计划。不过，紧接着那死寂的沉静更让人汗毛竖起，不寒而栗，远远超出了围攻呼嚎时带来的恐惧。房东和村里的两位警察坚守阵地，终于压制住了暴民。他们撤退了，意大利服务生也躲过一劫。今天四名头目被判处严刑，成了当地的英雄人物。

那是发生在大约半个世纪前，密苏里村庄的一个小小事故。后来这事故不断重演，演到了法国。

在我们那个村庄，我们有自己的民族英雄。过去五十年，我们经历了大大小小各类事件，和近两三年里法国国内不断上演的暴力战争极其类似。

从某些方面来看，这些事件的确都如出一辙。比如，以前在密苏里，要是有人当众反对黑人奴隶，就等同于他承认自己是个疯子。他毁谤了人民心中的神圣之事，自己也绝不可能神志正常。三年前在法国，要是有人标榜自己为无政府主义者，那他大抵也是个神智混沌的疯子。

任何组织，都会褒奖和推崇头一次向其发出质疑的人。追随和效仿他的人，可能只是演技派，只图私利，但他绝对是真心诚意，连心都在呐喊反抗。

罗伯特·哈代是我们中第一个倡导废奴的人。他在一家巨大的制桶厂工作，靠制桶工作维持生计。他工作的那间制桶厂，是马里恩城里独一无二、颇以为傲的产业。罗伯特来自于新英格兰，是个异邦人，自然受到轻视。轻视别人的本性大概自亚当就开始了，代代相传。哈代自己也心知肚明，深有被他人嫌弃之感，这是自古以来当地人与外地人之间的金科玉律。哈代三十岁，是个单身汉，天性纯真，爱好幻想，博览群书。他略显矜持，又倾向自闭。得不到朋友多少称赞，但也不至于有怨恨。不过毫无疑问，在别人眼里，他只是个懦夫。

他毫无预兆地当众声称自己是废奴主义者，坦言黑人奴役是种臭名昭著的酷刑。这座城市顿时沉浸在惊愕之中，没过多久，城市里的人们便狂躁不安，纷纷拥入制桶厂，惩罚哈代。而卫理公会牧师为此发表了重要演讲，控制住了民众情绪。他告知全体人民，哈代已疯，言不足信，理智之人绝不会口出如此狂言。

哈代就这样保全了性命。既然疯了，那他就大可口出狂言了，他也很是得意。好几个晚上，他都在发表废除黑奴制度的演讲。全市人民都蜂拥而至，嘲笑他那可笑的样子。他乞求人们相信他的一片真情，他为黑奴们痛苦惋惜，为恢复黑奴的权利提供了很多对策，希望黑奴们不再血流成河。

那相当有趣，但是不久后一切都变了。有一个黑奴从帕尔米拉城叛逃过来，离这大概几英里。第二天清晨，他正要乘独木舟，逃往伊利诺伊州，不巧被警官抓获。哈代刚好经过，竭力解救那个奴隶。杀死警官后，哈代带黑奴越过河流，一路逃跑直到脱离险境，而他回去自首了。这事儿花了哈代不少时间，密西西比河可不是小溪流，它宽达一英里，绝对称得上是条大河了。城里面看守森严，但牧师早已和警官互相妥协后达成一致意见。尽管暴民们纷纷想将其抓获以泄愤，哈代还是由士兵严守，安全转移至村里的拘留所。读者们应该会开始思索，为什么那个牧师反应这么灵敏，又这么聪明呢？他叫做威廉，全名叫达蒙·威廉。当然这只是公共场合的称呼，私下里他叫诅咒威廉[①]。这么

① 诅咒威廉:英文是Damnation Williams,与其全名Damon Williams发音较为接近。

叫因为他有巨大能量与诅咒这东西抗衡，时时刻刻都在抗衡。

出人意料的是，那个警官竟然是城里第一个被杀死的人。这在全城也算有史以来最大的事件了。一刹那的工夫，这座无名小城名气陡增，连二十英里外的人们都深有耳闻。当然，那个被人瞧不起的外来人罗伯特·哈代也因此深入人心，人们纷纷议论他。其他的制桶工人，也受到了尊重。他们是有身份的人了，不过也不一定，要看他们与这位新兴名人的交情如何了。那仅有的两三个与罗伯特交情甚好的工人，的的确确发现自己成了公众或同伴艳羡的对象。

村里的周报前不久来了位新编辑，那家伙事业心很重，但通常都把事情做得一团糟。他发行了另一份报纸，四处张贴海报，扬言要报道此事。报纸中印有那个谋杀犯有趣的自传全集，甚至还有一张他自己刻在木板背面的自画像，令人毛骨悚然。村报上首次出现的那幅画，简直聒噪一时，全村人民引以为傲。报纸的印刷量比以前增了十倍，全部售出。

审判开始时，人们纷纷放下手中的农活，从四处的农场赶来，有从汉尼拔来的，有从昆西[①]来的，甚至还有人从基奥卡克赶过来。但是法庭却只能容下一大群人中的一小部分。审判过程在村报上刊登出来，还附上了被告最近一些苦不堪言的照片。

哈代有罪，被判处绞刑，真是荒唐。人们带着蛋糕、苹果汁从四面八方赶来，围观绞刑仪式。妇女小孩，好似外出野餐一般。村里聚满了人，我从未见过如此庞大的人群。完后，那根绞死哈代的绳子，被分成很多段。人们纷纷抢购，纪念这重大的事件。

身负恶名的牺牲自有其吸引人的地方。不到一周，村里的四个年轻小伙，便打起了废奴主义的旗号。哈代在世时从未能扭转局势，虽然人人都嘲笑他，

① 昆西：美国伊利诺伊州西部一城市，与汉尼拔，基奥卡克一样，皆为城市名。

但没人讽刺他的精神。四个年轻人慵懒地在大街上闲逛，帽子遮住了脸，似乎暗示着废奴的微弱可能性。人们觉得生活被打搅了，惊恐之情难以抑制。后来人们更加吃惊，对那四人的想法完全不解。废奴主义者本身带有羞耻和憎恶的意味，这四个年轻人非但不以为耻，反以为荣。他们都是令人敬佩的，在教堂中长大，有着良好的家庭背景。爱德·史密斯，印刷工学徒，今年十九岁，做礼拜时，是孩子中的头头，曾有次一口气念了三百行经文。其他三个分别是：迪克·萨维奇，二十岁，是个面包师的学徒。威尔·乔伊斯，二十二岁，是个熟练的铁匠工人。亨利·泰勒，二十四岁，是个烟草工人。他们都多愁善感，爱读浪漫小说，都会写诗，但写得平平。他们自负愚蠢，从未怀疑过自己的品行。

他们脱离社会大众，不随大流，变得越来越神秘，也越来越令人恐惧。最近他们得到讲坛优待，引起一阵巨大的骚动。这份荣耀简直惊天地、泣鬼神，他们得到了众多年轻人的艳羡。一切都自然而然，他们的队伍慢慢壮大，有了自己的秘密番号，不对外泄露。在公共场合他们仅仅是废奴主义者，有自己的暗号和符号。他们也有秘密会议，入会仪式通常在深夜里，隆重召开。

他们称哈代为“烈士”。每到午夜，他们身穿黑衣，脸带面具，伴随着打鼓的敲击声，列队从主干大街缓缓游行至烈士的坟墓，在坟墓周围诅咒和抱负烈士的谋杀者。游行前，他们四处分发小传单，警告人们乖乖呆在屋内，熄灯、静坐。传单上画有交叉头颅的威胁符号，人们不得不遵循告示。

这事持续了八个星期之久，接着很自然，一些有勇有谋的人从恐惧的噩梦中醒来，他们不再被吓得六神无主，开始嘲笑的无能，也嘲笑大众对于儿戏的忍耐力。他们要立即结束这场闹剧。人们一下子振奋了，恢复了活力，勇气倍增，重获新生。这天是星期六，就在这一天，所有人都感悟到生命有了新的活力和色彩，重获力量和灵感，大家都欢欣鼓舞。午夜时分，一群充满斗志的人，将所擒之物赤裸裸放在眼前。那个礼拜六，长老会的那个牧师，堪称最好、最伟大也最苦情的演讲者，谴责了那四人的罪行，声称要再次登上他的讲坛布道，说次日要宣布这个糟糕社会的秘密。

真相永不可知。凌晨两点半，一声巨响打破了村里的死寂。镇上巡逻的士兵看见牧师的房子被炸得四分五裂。牧师死了，连他唯一的黑人女仆，一起死了。

小镇再次陷入瘫痪，这不是平白无故的。挣脱敌人的束缚本是值得骄傲的事，总有一群人翘首以待、准备战斗。而对于要挣脱一个暗中干些见不得人勾当的组织，就得另当别论了。人们可以勇敢地发起攻击，但也要学会控制。

人们吓坏了，不敢去参加葬礼。这位牧师，曾有无数人听他布道、谴责不法之徒，却只有寥寥无几的人来给他送葬。由于没有目击证人指出幕后黑手，牧师最后被验尸陪审团裁定的死因是：“上帝的邀请。”当然如果真有凶手，他也会逍遥法外的。似乎没人痛心难过，也没人愿意接受笼罩在秘密中的社会再度陷入混乱。人人都希望灾难趁早过去，慢慢漠视，慢慢遗忘。

所以当那个铁匠工人威尔·乔伊斯站出来，声称他是刺客时，一切都变得惊悚与不可理喻。他显然不是怕与荣耀失之交臂，既然广而告之了，他必然要经受考验。这是个不吉利的征兆，极其令人恐惧。一种非常棘手的动机出现了，那便是虚荣，或者说对恶名的渴望。如果有人为了赢得恶名，为了取得报纸上显赫的荣耀而杀人，为此他可以经历一场考验，或者完成一个光荣的任务，怎样才能抑制这种渴望呢？小镇现在正处于这种慌乱之中，却不知如何改善。

伟大的陪审团们别无他法，只能接管此事。他们立了法案，现在已经上报给县级法院了。这审讯也引起了不小的轰动，原告的首要目击证人进了监狱。他详细解释了暗杀行动，甚至把细节描述得一清二楚，比如：他是如何放置火药，如何瞄准对象，从这个屋子到哪个地点之类的。还比如乔治和亨利当时是如何抽着烟过来。他如何借了亨利的雪茄烟，点燃了那堆火药，并大喊："奴隶主都去死吧！"又比如他俩是如何不费吹灰之力将他擒获，逃之夭夭，再也没有回来作过证之类的事情。

但他们现在必须出来作证，一看便知他们是多么不情愿、多么恐惧。人们聚在法院里，听乔伊斯说出那可怕的故事，他们倒是听得津津有味、上气不接下气。大家都屏息倾听，直到最后乔伊斯不停地大吼"奴隶主都去死吧"，方才打破了这片死寂。不过乔伊斯吼得如此突然，以至于在场的所有人都惊诧了，他们甚至能清晰地辨认出乔伊斯的呼吸和喘气声。

审讯最终定稿，犯人的头像和传记都公布出来，还有一些乱七八糟愚蠢丑陋的照片。这个版本难以想象的畅销。

处决乔伊斯这事儿是一场极其有趣的闹剧。一大群人们纷纷赶来，那地方树木成荫，座位设置在围栏处，每个座位得花半美元呢。柠檬水和姜饼销量甚好。乔伊斯在绞刑台前作了一番慷慨激昂的攻击性演讲，其中不乏学生作文班的雄辩，他也可以得个演说家的好名声了。后来，他的名字出现在历史记录里，被叫做"演说家烈士"。他死于屠杀，指望社会为其复仇。如果他对人性有所认识的话，他必定晓得在当日出现的人群中，许多年轻人都充满艳羡地视其为英雄。

他被绞死了，这又很荒唐。他死后的一个月里，社会里又出现了二十位新战士，很多人都坚定真诚。他们不再去触犯法庭，而是通过死亡仪式来运动。这个充满疑惑，遭人蔑视的罪行因此变得神圣起来。

这样的事情在国内频繁发生。起义团体的人鲁莽地牺牲。暴动叛乱自然而然地出现，全国上下受到巨大冲击。这些都必定会发生的，不可避免。这就正如世界开始前，就已经在酝酿一场革命一样。

字母表

我一直对英文的简化拼写法情有独钟，从三年前这项运动的发起开始，我就对此抱有希望，但也并没有激动到什么程度。对我来说这就是把一个不完整的东西替换掉，就好像是用粘土、黄金和陶瓷填补好旧的牙洞，最重要的是要有一副新的牙齿。那也就是说，现在最重要的是要有一张新的字母表。

现在问题的关键在于字母表不合理，我们不知道如何拼写，也学不会。这跟其他的字母表都如出一辙，但是速记字母表就不一样，它是世界上唯一可胜任人类语言的字母表，它自己能正确拼写，且能按照我们的语言发声。

只需花上一到两个小时，我们就能学会这个如此美妙而令人钦佩的字母表了。一个学生花上一星期就能比较灵活地记下它，读出来就更小菜一碟了。我之所以这样说，因为四十五年前我在内华达的一所公立中学见过这样的试验，那真是太震撼了，至今我仍然印象深刻，无法忘却。

我希望我们能在书面语中运用这张字母表。我指的仅仅是这张字母表，主要包括元音和辅音，并不包括那些缩写词，比如那些速写员为了方便记忆故意压缩的词。我不喜欢这样，我要把每一个单词全部拼写下来。

我把字母表插在这儿，这是我在语音速记法中发现的，它根据皮特曼的表音速记法整理编排。皮特曼是个发明家，科学表音速记法之父。他发明的速记法在全世界范围内通用，这值得铭记。七十三年前他将速记法公之于众。艾萨克父子[①]公司如今仍在纽约矗立，继承这位伟大发明家的工作。

我们应该学什么呢?

首先，我们必须会拼写，且拼写正确，任何一个单词，听到声音，就能拼写出来。我们现有的字母表没法实现这个假设。比如说，举个常见的单词“PHTHISIS”（肺结核），如果我们仅仅依靠它的发音来拼写的话，我们可能把它拼成“TYSIS”，这样一来就会被识字的人取笑了。

其次，我们在拼写过程中应该更加省力。

简化拼写法使得好几百个单词的拼法都变得简单，但是我们必须学习新的拼写法。你没法光靠声音来拼写单词，而必须在书中认识并记住这些单词。

但是即使我们知道了单词的简化拼写法，速记字母表仍然会比简化拼写法

① 艾萨克父子公司，英文名为Issac Pitman & Sons，为了纪念简体字母表的开创者。

更有优势，效率更高，且听我分析。

现在的单词形式：though，laugh，highland。

简化的单词形式：thru，laff，hyland。

速记的单词形式：需要画图，此处略去。

要写through这个单词，我们手中的钢笔要写二十一笔画。

写thru这个单词，钢笔只要十二个笔画，省了不少。

要通过速记拼写法写同样的单词的话，钢笔只有三个笔画。

要写laugh这个单词，钢笔要写十四个笔画。

要写laff这个单词，钢笔的笔画数与上一个相同，笔者没省什么事。

而用速记拼写法记的话，只需三笔画。

要写highland这个单词，钢笔要写二十二笔画。

要写hyland这个单词，钢笔要写十八笔画。

而用速记拼写法写的话，只需五笔画。

要写phonographic alphabet这个词组，钢笔需要五十三笔画。

要写fonografic alphabet,钢笔要写五十笔画。对于写作者来说，其实真的没有省下多少事。

用速记拼写法写一个单词（里面有元音），钢笔只需十七笔画。

如果没有元音的话，只要十三笔画。在这里，元音不是必要的。

我们写一个m要用五个笔画：先下，后上，再下，再上，最后下。总共五个笔画。速记拼写话只用一笔就能完成一个m，就是一根曲线，像一个喝醉酒的括号回家后，脸贴在前门上，人们看到都会感叹一声，啊！

当我们写的m不是一个单词的词尾，而是出现在其他地方，那它必须和另外一个字母连起来，这样在你除掉m前，就需要另外一笔画，总共六画。

BATH.

但不要刻意去关心那些连笔，忽略它们好了。如果不算连笔的话，我们的二十六个字母一共需要八十笔画，平均每个字母需要三笔画来完成。

这比速记拼写法需要的笔画数多了三倍，就是说每个字母都比速记拼写法多了一笔画。

我的笔迹，怎么说呢，也不知是什么笔法，但是我能认出来。这样的话，我一分钟可以写二十四个单词，不是说造词，而是抄写，并没有什么清楚的造词笔迹在里面。

好吧，我抄写的速度是一千四百四十字每小时，就算成是一千五百字每小时吧。如果我能熟练地使用速记拼写字母的话，一千五百字我只要二十分钟。我可以在三个小时内完成本需要九小时抄写完成的单词，我也可以在一年内完成原本三年的量。另外，如果我有一个嵌有速记拼写表的打字机器，哇，那我就可以创造出奇迹了！

我并非假装要写出一手好字，我从没上过课，只会从书本上抄写单词，但我能如愿达到我的目标，让读者清晰地辨认出我的字。要是我们能把现有的字母表用新的代替，只需一台打字机，或者一支钢笔，就能运用到书本、报纸中，那样的话真是太好了。

人，狗，马。我觉得这幅画面很优美，要是打印出来就更和谐了。我请求你们再次想想，这省了多少事！十笔画就能把上面的画面完美表现出来了，而其他字母表的话要三十三笔画。我说的是某些方面，并不是绝对的，但大多数情况下都是对的，且合乎情理，那就暂且忽略那少部分的情况吧。官方保证其特权的方法大概是在七十三年里始终使用我们这个可笑的字母表，放着现成的更合理的字母表在手边不用。

简化乔叟所谓的可恶的拼写方法大概花了五百年时间，坦白说，估计会再次经历五百多年的时间，简化字母表才能真正被大众接受和顺利使用。那个时候我们人类也不会进步多少，我们仍拥有着与现在修改简化拼写法差不多的特权，任何人都可以改变拼写法则。

但是你不能改速记拼写法，没办法，它总是随着声音来的，如果你想要改变它，必须先要改变发音。

注意，我是个简化拼写者，我属于那个躁动的协会。我极其耐心、而又充满希望地等待着这个陈旧的字母表被淘汰，有朝一日拼写自然会变简单。总之，字母表迟早会改善的，当他们尽其所能，成功地革新字母表后，一切都会变得入眼，但他们没法再寻求出比这更好的字母表了。他们别无他法，只能把手头的威士忌换成简化字母表。

简化拼写法最大的缺陷在于：打印出来后，一个简化的字母与这个国家是何等惊人的相似！当你把一堆简化单词组合成队列时，那场面简直没法忍受。

但是，请允许我这样说，有必要浪费时间么？

看我们熟悉的字母以不熟悉的方式排列组合在一起，真是伤眼睛，词汇的表意失去了生动的形象。

“La on, Makduf, and damd be he hoo furst krys hold, enuf!”

这并不像以往那样令人惊恐，这些简化词早已阻断了人们惊恐的权利。

但是我们不会被陌生的书面语冒犯，比如希腊语、希伯来语、俄罗斯语、阿拉伯语或者其他一些语言，它们可能长得奇形怪状，我们却仍能发现其中之美。象形文字也同样如此。如果我们不懂某种文字，我们总能发现它可爱和魅力之处，其中隐藏的神秘感总令我们入迷。我们除非是想要刻意地去读懂印刷好的速记表，否则我们根本没能力去谈理解。

很好，我现在要求大家接受和运用的不是速记法，而是速记字母表的普通写法。一旦用了我们的字母表，一分钟之内你可以多写三倍的单词。它的确是速记写法，外表也姣好，极富魅力。我刻意粗陋地在里面写些东西。

即使是我歪歪扭扭的字体，也比简化拼写更好看。简化拼写表需要一百二十三笔画，而速记表只要二十九笔画。

无论如何，让我们先暂且这么抱着希望吧。

（此文写于1899秋季，是马克·吐温最后一篇非人物类题材的散文）

我生命中的转折点

I

巴萨[1]这个机构邀请我们写些有关一生中转折点的文字，如果我理解的没错，应该是写我事业上最伟大的转折点。不过，也可能转折点本身就是指开创一种新的生活方式。这样看来，它便极其与众不同，听起来满是卓越与声望。在一条满是转折点的长链子上，只有最后一环才决定根本的结果，虽然它不一定比前面那成千上万不引人注意的环节重要。一万个环中的每一个环节，在它特定的时期都对整体计划起着特定

① 巴萨：BAZAR，欧洲一个出版社。

的推动作用，每个环节都必不可少，少一环都会影响整个计划，并有可能带来其他未知的结果。我们习惯说："这个或那个事件是我生命中的转折点。"但是我们不应该这样说。我们不应该把这个事件看作仅仅是位于结构中最显眼的最后那环，它真正起的作用未必比它前面的环更重大。

也许横渡卢比孔河[1]是有史以来最出色的转折点，史维都尼亚斯曾这么说。

史维都尼亚斯在卢比孔河与他的军队一同上岸后，停了一会儿，心里反复思忖着他正要迈出的这一步所蕴含的巨大意义，转向身边的军队说："可能我们仍得撤退，一旦越过了这座桥，除了全副武装、奋力战斗，就再无所念了。"

这是个极其关键的时刻，所有恺撒生前的大事小事，都是一步步、一环环为了这件大事做铺垫的。这是最后一环，仅此而已，并不比其他环节来得重要。但是我们凭着越发模糊的想象力回首时，这最后一环巨大得如同海王星的轨道一般。

作为读者，相信你对最后一环情有独钟，我也一样，相信人都会这样的。它是你生命中的一环，也是我生命中的一环。当恺撒沉思时，让我们放慢呼吸，静静等待。你我的命运都掌控在他的手中。

当他因此犹豫不决时，又发生了一件事。一个富有贵族气质兼具优雅外表的人出现在他身边，正坐着玩弄着他手中的烟斗。不仅是牧羊人，就连一大批战士也都蜂拥上前，倾听他的言论。里面还夹杂着一个号兵，他抢了其中一个人的小号，跑到河边，吹起一阵刺耳的小号声后，横渡了那条河。恺撒见后大吼道："那是神的旨意和敌人的邪恶在召唤，让我们出发，无论到哪！大局已定。"

他紧随其后横渡了河流，也因此永久改写了人类的历史。那个陌生人只是

① 卢比孔河：意大利北部的一条河流。

恺撒生命中的一环，也是个必不可少的环节。我们无从得知他的姓名，自那以后也再没听过他的消息。他只是平凡的一个人，但他的出现是那么时机巧合，但又并非意外，他注定是恺撒生命中的一环，用吹起的惊天号角来振奋凯撒的意志。正因为有了他，恺撒改变了主意，也改变了整个人类的历史。

要是这个陌生人没在就好了！但偏偏他就出现在那里。恺撒横渡了大河，引发了一系列巨大的事件。每个都是人类命运之链的一环，每个事件都孕育着下一个事件，如此循环往复，比如说：共和国的毁灭，帝国的建立，帝国的分裂，废墟中崛起的基督教，宗教在其他大陆的传播，等等。这样一环紧扣一环，每一环在特定的地点特定的时间发生，美洲的发现就是其一，大革命就是其二，英格兰人和其他移民的涌入就是其三，西进运动就是其四，密苏里州的定居就是其五，我的诞生就是其六。这么说来，我就是他越过卢比孔河后一个必然的结果。如果那个吹号角的陌生人不出现的话（但这是不可能的，因为他是必然的一环），那么恺撒就不会渡过那条河了。那么将会发生什么呢？事实上我们永远无法得知。我们只清楚如果发生过的事情不发生，那么它们可能会被同样惊人的事情替换掉，它们的本质和造成的结果都是我们没法想象的。我感兴趣的话题是，如果它们不发生，那我就不会在这了，可能会出现在其他地方，说不定我就成了个黑人呢。好吧，对于他渡河这事儿，我还是比较欣慰的。虽然我之前从没想过这事儿，但现在看来我真的是充满感激。

II

对我来说，我所拥有的文学创作能力是生命赋予我最重要的天赋。我已经从事专业写作四十多年，生命中出现过许多所谓的转折环节，但是那引导我从事文学创作的环节是最光彩夺目的。它是最后一个环节，尽管也不比前面那些环节重要。除了横渡卢比孔河那一环，前面那些环节全都不显眼。但是它们都可以作为影响我文学创作的重要因素，当然也包括横渡卢比孔河。

我深知自己是如何渐渐对文学痴迷起来，下面我将会一步步详细讲到。

横渡卢比孔河并不是第一环节，甚至也不能算是比较近的一环。也许我得追溯到先于恺撒的那个年代去寻找第一环。为了节省篇幅，我就只往上推几代，从我小时候的一次事故开始讲起吧。我十二岁半时，父亲去世了。那是个春天，不久夏天就到了，麻疹肆虐，那时几乎每天都会有个小孩因麻疹而死。我们的村庄处于一片恐惧，痛苦和绝望之中。一些没有得病的孩子像囚犯一样被困在家中，以免外出而造成感染。每一个家庭里，失去了微笑，听不到音乐，除了庄严的赞美诗，歌声也消失了，只有祈祷的声音，人们不允许嬉戏，不允许吵闹，甚至不允许欢笑，全家人只能蹑手蹑脚，家庭处于幽灵般的静谧中。我就是一个“囚犯”，我的灵魂整天沉浸在这可怕的沉寂中。时不时我都因为恐惧全身发抖，我常对自己说：“我得病了吗？我会死吗？”生活在这样悲惨的境遇下，还不如死了算了，最后我下决心让自己染上那病吧，我总归要寻求一种方式来解脱。我逃离了家，到了邻居那里，一个玩伴正病得不轻。时机一到，我就蹑手蹑脚地走进他的房间，爬上了他的床。不料被他妈妈发现了，我被送回到家中，继续过“囚犯”的生活。但最后我还是染上了病，没人能医好我。我快死了，村里人都对此很感兴趣，十分关心，每天都会探望我的情况，一天好几次呢。所有人都认为我会死掉，但是在我得病的第十四天，病情有了些好转，全村人似乎都很失望。

这是我人生的一个转折点（第一个环节）。我康复后，母亲阻断了我的求学生涯，并要我跟随一个印刷工做学徒。她已经为阻止我胡闹而厌烦了，而且麻疹这件事后，她决定对我严加管教。

后来我成了印刷工人，我的生命之环也开始不断增加，为我最后的文学工作做铺垫。这是一条漫长的道路，但是当时我并不知道这点，正如我过去不知道目标是什么，即使我有目标，也尽量无视它，这对我来说也是一种满足。

这个年轻的印刷工到处游荡，试图找到一份工作。必要情况下，他得不停找工作。需要这个东西就是一种形态，这种形态掌控着人们的生活。它一旦下达命令，人们不得不服从。当然人们有权与之争辩，好比落地的苹果有权与引力争辩一样，但这毫无意义，人们还是得服从它。对此我已困惑十年之久，在形态的指引和胁迫下，我最终来到了爱荷华州的一个小城市，在那工作了几个月。在我读的那些书中，其中有本关于亚马逊的书很是对我胃口。一位旅行者给我讲述了他那诱人漫长的旅途，他坐船一路自帕拉逆流而上到达了马德拉河的源头，其间他穿越了一片令人心旷神怡的土地，那里富有热带奇观，鸟儿和动物种类繁盛，如同博物馆一般，当之无愧是一片浪漫的土地。短吻鳄、鳄鱼、猴子虽在动物园，它们都如同在家一般自由自在。另外，他也讲了一个有关可可的惊人故事，可可是一种号称有神力的农作物，传言说它非常滋补，吃完后精力充沛，马德拉的山民都会彻日彻夜上山下山寻找这种农作物，在紧要关头会把它制成可可粉。他们无法靠其他食物来维持生计。

我强烈盼望进入亚马逊，也渴望在全球开辟一片销售可可的市场。那些日子里，我始终心怀梦想，努力驶向帕拉，在这个伟大的星球上开启我那辉煌的事业，但一切都是徒劳。人可以尽可能计划一切，直到如魔术师般的形态介入并起作用，否则什么都不会发生。最后，形态向我伸出了援手。不知是帮助还是伤害，它令一个人在街上丢失了五十美元大钞，令我捡到了那笔钞票。我随即张贴海报告之我的发现，动身去亚马逊。这是我生命中的又一个转折点，是又一环。

在五十美元的基础上，形态可以命令另一个当地的居住者到亚马逊开拓我那个全球的可可生意吗？这是行不通的，我是唯一一个。过去有很多思维肤浅的傻瓜，他们的思维就是很肤浅。他们与我不一样，我代表的是另一种人，我是唯一。

形态是非常强大的，但它不能独自起作用，必须依附于一个伙伴。这个伙伴就是人类自身的性情。性情并非人后天培养成的，人不能控制它，也没法为其呈现出来的行为负责。人也不能改变它，没有什么东西可以改变它，除非是暂时性的。它是永久存在的，就好比人类的眼睛颜色和耳朵形状一样，都不会变。蓝眼睛在一些不寻常的灯光下会显现出灰色，但一旦那个灯光消失后，眼睛还是蓝色的。

形态在制约人行为时，不会因为人的性情不同而有所差异。如果形态命令以恺撒那样的方式把钞票抛出，那么他的性情也不会使他投身于亚马逊，而是强迫他做一些与金钱有关的交易，不过现在这一切都没有发生。形态也可能使他张贴出那张说明，并且苦苦等待。我们也不知道。或许它会让他到纽约，买入政府中去，这样一来当轮到特韦德任职到时他便没有什么可学习了。

非常好，形态配备好了资本，我的性情告诉我该如何使用。有时，性情也表现出糟糕的一面，那种情况下它的主人必定也是个蠢蛋，不会改变。训练、经验和合作可以迅速培养一个人，慢慢他便会发光发亮，人们会相信他是个坚定的人，但是其实那是个幌子，虽然暂时看起来他坚定有信心，说到底，他始终是个蠢蛋。

我天生就是个爱做事儿的人，先做事，后思考。所以我二话不说毫无顾忌地启程去亚马逊，那是五十多年前的事了。那段时期我的性情并没有变化，哪怕是一丁点也没有。但也多次因先做事后思考这样的习惯而受到苦难的惩罚。

这些苦难于我无益，我还是极端地遵循形态和性情的指挥来做事，然后再思考。当我反思时，哪怕是耳聋的人都能听到我努力思考的声音。

我经由辛辛那提市，往下经过俄亥俄州和密西西比州。我本想在新奥尔良坐船去帕拉，询问后我发现并没有船只前往帕拉，一直以来都没有过。我开始思考怎样过去，幸好一位警察过来了，我把自身情况跟他陈述了一遍。他要我继续前行，警告我要是再被看到在公共场合思考，就要被抓进去了。

几天之后我花光了身上所有的钱，接着形态就来引导我了。这是我生命中的又一个转折点，它是全新的一环。我一路下行，和一个领航员相识，我恳求他教我航行，他答应了。后来我便成了一位领航员。

不久之后形态又来了，它引发了内战，将我推到另一个阶段，要我从事文学行业。我不再航船了，我的生计因此被打断。

形态在援救我时带来了我人生中一个新的转折点。我弟弟被任命为内华达州新疆域的部长，他邀请我与他同去，帮他分担公务。我答应了。

在内华达州，形态使我头脑发热，我去了矿山，以为能大赚一笔，但事实并非如此。形态的意思是让我在文学事业上再迈出一步。我潦草地为弗吉尼亚市的一家企业写了些东西，这纯粹是出于消遣。人要做一个成功的巨匠，必须十年如一日地写上无数篇不管好坏的文章，由此不断学习，起初是无意识的，然后是有意识的，并且在心智的局限性内，学会区分这两类，同时他还得在潜移默化中掌握了叫做风格的东西。我的努力获得了认可，那个企业正式雇用我为他们的员工了。

后来我就成为了一名记者，这是我生命中的又一环。不久之后形态又发挥作用了，萨克拉门托联合送我到桑威奇群岛出差五至六月，要负责写糖这种东西。我写了，把很多与糖毫无关系的东西扯进来，但正是这种无关性又增添了我生命的另一环。

我一下子名声远扬，旧金山邀请我去讲课，我去了，收入可观。我一直有个愿望想环球旅行，现在形态表现出友善的一面，出乎意料地将我带上了这个平台，我加入了“奎克市游览协会”，终于可以美梦成真了。

我回到美国时，形态已带着最后一环在码头守候。最后一环非常显著、完善，也预示着胜利。有人要我写一本书，我写了，起名为《傻子国外旅行记》。我最终成为了文学公会的一员，这发生在四十二年前，从那以后我一直都是会员。撇开老早以前的卢比孔河的事件，我可以这么说，我之所以能从事文学这一行，还得归因于十二岁那一年的麻疹病。

III

现在所谓的那些吸引我的细节，吸引我的地方在于没有一件事是预知的，没有一件事是在我计划内，事实上，我也从未真正预见过当中任何一件事。形态与我的性情协同作用下，成功制造出了这些事件，控制它们的进展。我经常想掺和进去，就算怀着再好的意图，也总是没法得逞，这是个粗鲁的规则。事情从来不能按我计划的进行，它们总是出人意料，让我根本不能有什么指望。

现在的我已不像年轻时那样，佩服作为知识分子的人类。那时我总是在书中了解不同的人，其实我并不认识他们。当我读到哪个将军做出了哪般巨大贡献时，我总信以为真。但其实并非如此，形态和他的性情造就了他的伟业。如果发生在另一个不同性情的将军身上，形态可能就失效了。这个将军可能有机会成就伟业，但由于诸多方面的性情因素，比如行动迟缓或过于急促，做决定时可能犹豫不决，他就没法成功了。有一次格兰特将军被问到了一个备受公众和报纸争论的问题，他毫不犹疑地给出了答案。“将军，谁提出要在乔治亚游行的?”“敌人!”他补充说，敌人通常是那些为你做决定的人，有时敌人的疏忽或者由于形态所迫等情况，给了你做决定的机会，你得看到那个机会，立刻把握住它。

毫无疑问，形态帮我们做了所有规划，当然还得有我们的性情在一旁辅助。在一个人和一块表之间，我看不出任何区别，除了人是有意识的，而手表连意识都没有。人总是想要做规划，而手表连这个都懒得做。手表不用自己上发条，也不用自己校准，这些都是由外在因素帮其完成的。外界的影响和形态，同样给人上发条，并管制他们。若是单单一个人的话，那他压根不能做事有条理，时间对于他来说也不会有任何意义。有些人他们好比名贵的手表，有金色的外衣，补偿摆轮，等等奢华的因子。有些人只是简单朴素的手表。我就是其中之一，有人这么说。

一个民族是由无数人构成的。它若自己做规划，形态也会出来扰乱其行动，所幸把事儿闹大。有些爱国主义者倾销茶叶，有些爱国主义者则摧毁巴士底狱。原计划并没有造成多大的影响，但是形态出人意料地悄悄一来，就将这些小骚乱变成一场大革命。

可怜的哥伦布啊，他详细阐述了自己寻找一条通往古国新航道的计划，但是形态改变了他的计划，他便发现了一块新大陆！至今他仍备受推崇，其实他对发现新大陆并没有任何贡献。

你我生命中真正的转折点必然始于伊甸园中。链条中的第一环在哪里被锻造，它最终引导我进入文学公会。亚当的性情是神赋予这颗星球上人类的第一条指令，这也是唯一一个亚当没法违背的指令。它说：“你要变得弱小，变得柔和，变得平凡，变得易于说服。”后面要求不食用禁果的这个禁令，当然是被打破的。不是亚当自身没法遵循，而他的性情没法遵循，这不是他创造的，也无权干涉。性情才是真正的人，用衣服打扮的名为人的东西仅仅是个假象而已。你应当杀人，就是一只老虎的性情，你不应当杀人，就是一个羊的性情。如果要发出其他指令，比如让老虎放下手中肥胖的猎物，让绵羊双手浸染狮子的鲜血，这些都是没必要且没法遵循的。否则将会违背性情这条定律，而它本身就是至高无上，优于其他所有权威的。我不由自主地对亚当和夏娃感到失望，那是蕴藏在他们本身的性情中的。这两个可怜的人哪，被由黄油做成的性情折磨着，那黄油马上就与火接触而消融掉。我止不住地希望亚当能活得迟一些，与马丁·路德和贞德[①]相见，这两个人的性情都不是黄油，是石棉。不论用甜美的说辞或是炽热的火焰，撒旦都必须要引诱他们吃下那个苹果。本来那个苹果到今天可能仍将是完整的，人类可能还没有出现，你我也不会出现在这世上，那么这样一来，这个发生在很久以前，将我送到文学公会的计划也许就荡然无存了。

① 贞德:法国民族女英雄,1412-1431。

威廉·迪恩·豪威尔斯[①]

四十岁是一个人心态最旺盛的时候，之后就开始走下坡路了，这是真的吗？奥斯勒博士负责地持肯定态度。我已经记不清他是否这样说了，但如果是，我就可以提供给他一个可证明他观点的例子。为此我要提出豪威尔斯先生的名字，作为一个例外来证明该观点。

大约四十年前我读了他的著作——《威尼斯的日子》。我把这本著作和豪威尔斯关于马基雅弗里的论文作了比较，

① 豪威尔斯（William Dean Howells 1837- 1920)：美国小说家、文学批评家。现实主义文学奠基人。同时期现实主义作家：亨利·詹姆斯，马克·吐温等。

THOMAS NAST'S CARTOON OF MARK TWAIN COLLECTING THE OFFENDING CLOCKS

找不到任何其英文的不完善之处。四十年来他的英文不断给我惊喜，不断展示出某些杰出的品质，例如清晰、简练、语言的准确性、自然而然而漫不经心中出现的优美措辞等等。我相信他在英文写作圈无与伦比。我确定这只是个保守的评价。也有其他人具有他的这些好品质，只是分散地表现出来，就像月光分散在黯淡的夜色中，而豪威尔斯的月光则在万里无云的夜空中朗照。

在语言的准确性方面，无人可与豪威尔斯先生相比。他几乎总能抓住那个难以捉摸、一闪即逝、如同金子般的词汇。其他人在这方面多多少少，时不时要差那么一点，只能说他运气更好。其他人是使用金盘的矿工，总会有一些金子被洗掉。而他在我的想象中，是流过浅滩的水银，鲜有金子能逃过他的法眼。正确的词汇非常有力，能照亮读者的前路，使其一马平川。一个差不多的近似词汇也能凑合，能帮上不少忙，但我们不会被它折服，不会欢迎它、为它鼓掌、为它高兴。无论何时，只要我们在书或报纸上读到一个强有力的好词，我们的身心都会为之一振。其精致就像酥脆可口的美好浆果，涂了上好黄油，入口即化，直入心扉。人无需花时间检查单词，对词的识别是自动且即时的。有很多的文学手法可以用来退而求其次，但这就像雨中的美景，对的词马上可以展现彩虹，令观众为之赞叹。豪威尔斯写作的时候从来都是雨过天晴。

而他又是从哪里获得了轻松流畅的语言？从哪里获得了起伏有致的节奏？从哪里获得了结构上建筑般的完美优雅的表达方式、简介精练的品质和所有的一切？这无疑都是他与生俱来的。一开始，这些品质就井然有序，发出非同寻常的光彩。四十年笔耕不怠，如今这些品质依然善良如新。他早就过了四十岁，但他当今完美的英文能力，可以令他多年以前的英文面露羞色，自惭形秽。

现在我回到关于马基雅弗里的论文上来，我请读者从我附加的地方开始检查这篇文章。我说的可不是粗略浏览，而是仔细阅读，而且理所当然地要读出声来。这可能是我的错，但我仍然深信光凭默读不能体会精心锤炼出的文学的全部精华。

戴尔先生着实同意这样一个最早由麦考利提出的观点：马基雅弗里是个认真的人，虽然他的种族应该被评判，但他不应作为一个我们时代的政治道德家而受到评判。他认为马基雅弗里是认真的，除了理想主义者没人能像他这样。马基雅弗里是第一个把自己想象成现实中的理想主义者，不由自主地把眼皮底下的事转变成遐想中的事。马基雅弗里以恺撒·波吉那样的暴君作为统治者反思的镜子，他是政治上的共和党，社会上的公正之人。在意大利，马基雅弗里看到四处都是文明的混乱，充满着无秩序的压迫，非爱国主义的反抗。当有像波吉那样的恶棍出现，明显改善暴君和叛乱的状况时，他很可能成为某一类空想者魂牵梦绕的救世主。马基雅弗里赞扬那邪恶的力量时的态度，和卡莱尔几次颂扬毁坏自由与秩序的强权者一样真诚。卡莱尔不再被误认为是一个改革家，但马基雅弗里仍然逃脱不了被误解的命运，大家都普遍认为他人性邪恶。

你可以看出，这文章有多么轻松流畅，多么不被生硬、笨拙、零碎的行文破坏，多么简单易懂，连你和我这样的人也能搞得清楚，那么透彻、易于理解，那么不被交叉的支流、涡流、暗流所打乱，那么看似不加修饰实则处处精雕细琢，如同空谷幽兰一般，而且那么简洁紧凑，没有处处用沾沾自喜的标志来吸引读者眼球。

这篇被引用的文章共有二十三行。朗读几遍之后，你会发现它麻雀虽小五脏俱全。它是行文紧凑的一个典范。当我把其文本拆开处理，按我的方式组合起来，我发现这么多的内容根本放不回原来的地方，篇幅不够用了。这有点像女人帮男人打包行李：他能把东西都拿出来，但是再也放不回去了。

给出的这个段落是一个公平合理的样本，这篇文章的其余部分也一样的紧凑，一句废话也没有。此样本还有其他合理的地方：其透彻、流畅、优雅、节奏感并不比其余部分更甚。同样，非常精致的措辞在文中其他地方也不鲜见，别的段落里俯拾皆是。这是相当高的评价，类似的样本面对着措辞上的挑战："现实中的理想主义者，不由自主地把眼皮底下的事转变成遐想中的事。"一个作者可以用一百个词抓住一个飘忽的想法、在具体的条件下固定下来，变得可见、可靠、可理解并且完全正确。作品像个卷心菜，大师只用二十个字，写出的作品却如花儿开放。

大家也可以从作者引用的短语中窥见某些品质，令我们为之折服并久久难忘，起初我们不理解何以如此：所有的词都正确，没有华丽词汇，看上去都平白无奇，我们不禁在想究竟是什么让这些文字如此摄人心魄。

长满青苔的大理石
靠在他们盛放的
嘴唇

而他爱听到的那些名字
许多年来已被刻在
坟墓上

这些文字就像动人乐曲梦幻般的千变万化，其中没有一个刺耳的音符。所有的词都是"对"的词，而且都能和谐自洽、前后一致。我们一开始还没注意到。我们有那种直达心底的感受，不知何以如此。这种感受就在那些对的词振聋发聩之时愈加显著：

荣耀归于希腊，宏伟属于罗马！

当我从老豪威尔斯回到年轻的豪威尔斯时，我发现他遣词造句很不错，而且这本领现在也未有失色。他将眼见之像转换为形式色彩都焕然一新的文字，就像将抽象的东西凝固一样妥当。

雪一落在威尼斯的街道上，就立马被几百个半裸的法基尼人铲到运河里。而现在，在圣马可广场，无数铁锹的乐曲在我耳边奏响，我看到抢占广场的斗争中瑟瑟发抖的穷人们。但是雪还在下，当最坚定的行业好像只是在例行公事，透过飘落雪花的暮色，所有这些辛苦遭逢，看上去就像梦中疲倦的徒劳。钟楼高大的屋顶被隐藏在落雪的褶皱中，而我也看不到最顶端的金色天使了。往广场一眼望去，圣马可大教堂的美丽轮廓依然完美地呈现在空中，这结构过于精致的魅力让我觉得这只能是魔法的创造，其周围雪花的迅捷丝线也被编成魅惑的魔咒。温柔的雪怜悯这美丽建筑所遭受的时间的过错，将其破败污损之处通通隐去，大教堂看上去就像刚建成一样，或者毋宁说，刚从建筑师的构思中成型一样。巨大正门拱顶上的砖块有着一种奇迹般的光鲜色彩，整座教堂矗立其中的优雅和谐，或是举重若轻支撑着圣徒雕像的大理石卷轴和繁茂的枝叶，都无数次被飘落的纯白雪花变得空灵。雪轻轻地停在广阔圆顶上，好似停在如孔雀冠一样发抖的金色手套上，用最柔软的雪白覆盖着它。雪给圣像穿上貂皮的袍子，雪在它的所有杰作上舞蹈，仿佛在为自己的美丽而欢呼雀跃。这美丽让我充满微妙而自私的渴望，想让我的生命再多维持一会这种转瞬即逝的美好。这美丽又让我充满绝望，想到即使这可怜而无生命的雪的光影，也不能在图画或诗歌中好好表现出来。

飘摇的雪中，皮亚泽塔广场花岗岩柱子上的圣西奥多没有显出一贯的严峻，另一根柱子上长翅膀的狮子在温柔的光亮下，就像羊羔一样温顺驯服。岛上教堂的灯塔泛着遥远黯淡的光，船索具上的水手们在桅索之间像幽灵般地工作着，吊船在隐秘的航路上进进出出，比任何时候都无声而朦胧，一种几乎显而易见的安静笼罩着这世上最沉默的城市。

威尼斯的精神就在这里：对于一个饱经风霜的城市，收到过全世界其他城市政策和商业上的伤害和排斥，然后他们的国人却始终不愧对自己，逛街消费，寻欢作乐，这就是他们业余生活的习惯。

在工作季，他们有时在波士顿做生意，这个未被发现的国度也受到了他们的感染，原本威严高贵的屋主们都早已搬家，街道慢慢被摧毁，最后变成了巫师和占卜师栖居之地。

那是多么诡异，忧沉的屋子！多么诡异，忧沉的街道！我觉得自己从未在这条街生活过，这里竟然有这么多英国血统，喜欢被叫做女士而非夫人的职业女性。那个老旧的地方，总是弥漫着一股诡异的气息。每个屋子里的人，好像都很害怕你从那经过，要是被你发现他们未着装可能会恐惧至极。我不知道其中之因，但是这些象征社会腐败的符号，令我备受折磨，一间忧沉的屋子比一位微醉的女士更加恐怖。在这样一条街道里，那原本是个家。

豪威尔斯先生的照片不仅仅生硬、残酷、精确，它们同样带着感情。有人可能会说，它们就如在梦中拍摄的照片一般。

我尽力不对他的幽默作评价，但如果我能用适当的词表现他至高无上的地位的话，我会尽量去尝试的。我不觉得别人能像他那样把幽默玩弄得如此优雅、精致和怡人，也没有人能像他一样随意玩弄幽默，又不被察觉出他肆意玩弄幽默的姿态。这些幽默是不显眼的，他们都安静地以他们自己的方式生存着。他的幽默在全文中随处可见，新鲜怡人，令人耳目一新，但安静、静谧，不像血液流动那般吵闹。

在豪威尔斯的书中，另外值得注意的一点是，他喜欢运用“舞台指示”，舞台指示是指作者运用一些手段，把人类的自然状态在一个场景或一段对话中表现出来，给读者展现一方面的含义，帮助他们理解另一方面单靠言语没法展现出来的含义。有些作家过于表现“舞台指示”，他们阐述得过于累赘，花大量时间告诉我们，一个人怎样说一件事，他神态怎样，动作怎样，以至于我们都累了，多么希望他们什么都没说。而另外一些作家的“舞台指示”则过于简单，但是简单又非简练，不能传达有效信息。这所学校的作家衣衫褴褛，在处理“舞台指示”这个问题上，他们大多不需作何描述，通常一支雪茄，大笑，脸红，热泪就能解决所有问题。他们穷其所能把这些可怜的小事都发挥到了极致。他们这样说道：

“……阿尔弗雷德边回答，边用手抖掉了雪茄的残灰。”

(这句话什么都没有，侵占了些地方。)

“……理查德笑着回答。”(从来没有什么可笑的，作者习惯把笑加进文章中。他没注意过自己的文字，不然他便会发现没什么可笑的。通常如果一句话没有任何意义的话，他尽力靠增强舞台指示的方式欺骗作者：理查德会发出“疯狂的无法控制的笑声。”这不禁让读者为之心痛。)

“……格拉迪喃喃自语，涨红了脸。”(这可怜的被用烂的脸红也真令人苦恼。我们宁愿格拉迪从书中跳出来，扭伤脖子也不要再涨红脸了。她总是这样，通常还都是毫无来由的。无论遇到什么事情，她总是喃喃自语，涨红了脸。这是她唯一的神态，不久我们便看不下去了，与我们对待理查德时一样。)

“伊芙琳重复了一遍，突然哭了起来。”(按这样下去整本书都快湿了。他们除了哭不讲其他东西。他们毫无理由不停得哭，知道真有事需要哭时连眼泪都没有了，他们只能啜泣，但哭不出来。我们也不会再感动了，而是幸灾乐祸。）

我讨厌这些陈腐老旧的舞台指示。很久以前的一些老电影，现在都不能引起我的任何兴趣了。如果他们可以从文学的责任中解脱出来，像曾被祖父辈们珍惜后被丢弃的骏马一样消失不见的话，那倒是不错。但我觉得豪威尔斯的舞台指示不错，它们更加出色，与众不同，胜任舞台指示应具备的要求：告知大众。有时，它们能非常精彩，如果有人能把舞台指示读给我听，我几乎可以从中理解场景中所要表达的精神意义，完全不需要场景中的对话了。比如说，在《未被发现的国度》中有个场景如下：

"……她把手以一种充满恳求的姿态搭在了父亲的肩上。"

"……她撇了一下他的姿态，回答说。"

"……她说，紧张地大笑起来。"

"……她问道，身子迅速侧过去，看他那副奇怪，四处寻找的样子。"

"……她含糊地回答说。"

"……她极不情愿地承认了。"

"……但她的声音越来越稀薄，而她就站在那里，困惑地凝视着他的脸。"

豪威尔斯先生从不重复他的表达，也没必要这么做。他可以无止境地发明新的表达方式。我觉得，我们会对小说产生厌烦情绪，在于他们中间一些低等、常见、毫无新鲜感的表达方式总在不断重复。我们不介意一个或两个重复，但是当我们翻出新的一页，老是看见重复的表达，那我们立马就会生厌，希望能有些改变。

"……艾尔弗雷德边回答，边斗掉了雪茄的残灰。"

"理查德回答道，笑了一声。"

“格拉迪斯脸红着嗫嚅道。”

“艾佛琳重复道，突然大哭起来。”

“厄尔回答说，弹了弹雪茄的烟灰。”

“送葬者回答道，笑了一声。”

“女清洁员脸红着嗫嚅道。”

“窃贼重复道，突然大哭起来。”

“乘务员回答说，弹了弹雪茄的烟灰。”

“阿克怀特回答道，笑了一声。”

“警察局长脸红着嗫嚅道。”

“家猫重复道，突然大哭起来。”

如此下去，直到不能再有别的方式。我通常会注意一些舞台指示，他们总是令我苦恼，我希望尽量摆脱他们的束缚，就如汽车一样：首先很新鲜，然后他们慢慢变得单调，最后他们报废了。

豪威尔斯做了很多工作，这些工作的精神价值和实际功能一样美丽。这么多年来，我一直都钦佩他，热爱他。我明白在他日渐变老时，他的心始终一如往常，他的文章也如此。时间不能衡量一切。让他继续创造更多的舞台指示吧，造福于我们。

普利茅斯石[1]和清教徒

“一个非新英格兰土生土长之人，其祖先也从未在此生活过，因此，他并非新英格兰血统。他历经艰难险阻来到了这里，生儿育女，成为了真正意义上的第一批新英格兰人。他白手起家，在文学上勇攀高峰，作为新英格兰人，他当之无愧。荣升至此，并非易事。面对芸芸对手，他无所畏惧。吐温先生尽其所能，其名声在这片土地上永垂不朽。”

——罗林斯总统

N. E. 协会一周年晚宴上的致辞

费城，1881年12月22日

①普利茅斯石：美国马萨诸塞州普利茅斯港的一块大岩石，据传1620年移民到美洲的清教徒由此处登岸。

多年来我始终保持缄默，这次我必须提出抗议，我发自肺腑地认为这件事缺乏足够的理论依据。你们的庆祝是图个什么呢？他们是生活在一六二〇年的祖先们，是乘坐五月花号[1]过来的族群。我想说，你们庆祝他们干嘛呢？等等，我旁边的这位先生向我保证，你们不是庆祝清教徒本身，而是庆祝他们在十二月二十二日登陆了普利茅斯这件事。那么你们为什么庆祝他们的登陆呢？跟其他那些听似不堪一击的借口比起来，这竟然是有史以来我听到的最为荒唐的借口。其他借口若是如纸巾、锡箔或鱼鳍一样脆弱无力的话，那么庆祝登陆这件事是片金叶子！我特想知道他们的想法。你们知道原因吗？那些清教徒在海上漂泊了三、四个月。那时正值隆冬，冷得跟科德角半岛[2]一样。他们为什么不上岸呢？如果他们的登陆地点变了，是否依然能找出其他理由来庆祝此事呢？可能会出现一些谁也没法容忍、稀奇古怪的庆祝仪式吧。先生们，如果换作是你们，大概就不会登陆了吧。你们也没有庆祝的权利，你们的祖先连家产都毫无保留地给了你们，我想不出你们像清教徒那样登陆的理由。难道单纯是为了证明这个再合理不过的过程之非同寻常性？还是为了创造这二百六十年来需要得以敬仰、赋予殊荣的罕见狂欢？这事不提也罢，一匹马尚且知道着陆的时间，何况是人。等等，我右边的这位先生又向我保证，他们庆祝的不仅仅是登陆这件事，而且是清教徒本身。那么我就困惑了，一个人说是庆祝登陆，另一人是说庆祝清教徒。这种不一致也是你们这个棘手族群的特点，你们从未在波士顿的问题上达成一致意见。那么，你们庆祝那些清教徒是干什么呢？你们深知他们是支强大的队伍。我非常情

① 五月花号:17世纪早期,清教徒遭到英国国教迫害,大量流亡。其中,第一批从英国出发前往美洲的清教徒乘坐的船就叫做五月花号。

② 科德角半岛:美国麻萨诸塞州东南部的海角。

愿承认，他们比那时的欧洲人更具风度，更加优雅。我保证他们比前辈更卓越优秀。但又如何？这一文不值。人类在马不停蹄地进步。青出于蓝而胜于蓝，你当然比你的祖辈父辈更加优秀（这是我第一次对前辈的不敬，我认为这样做不恰当）。你们这一代人中间，可能有些人没机会接受良好的教育，但相比起他们祖辈父辈来也优秀得多。就凭这一点，我就可以为你们的优秀喝彩了吗？显然不可以。我再重复一遍，那些清教徒是支强大的队伍。他们自给自足，比你们的祖先更加优质。我是来自密苏里州边郊的恶棍，之后又成了在康涅狄格州被收养的北方佬。我心中融合了密苏里州和康涅狄格州的文化精髓。先生们，这样的组合才能造就完美之人，但我的祖先在哪里呢？我应该庆祝谁、去哪里找寻他们呢？

先生们，我的第一位美国祖先，是早期的印第安人。你们的祖先活活剥了他的皮。我成了一个孤儿，体内已没有一滴鲜血来自他的静脉。我失去了祖先，孤身一人站在这里。他们剥了他的皮！如果他们真要他的皮，我也不会干涉。可是，他们是活生生地就把他的皮剥去了啊！这是有什么深仇大恨啊。他本是个敏感之人，腼腆羞涩，他的万般痛苦可想而知。如果他是只鸟，也许会舒服很多，毕竟鸟类没那么敏感，它们的羽毛像衣服一样保护着它们。但他不是鸟，先生们，他是个人啊，是个一丝不挂的人啊。我希望你们设身处地为他想想。你们就算是帮我个忙，算是出于正义，也算是从你们祖先遗留下来的美好品德——忠诚的角度想想吧。我希望全世界的人们都来想想这个问题，不要被善于伪装的人们欺骗，所有的新英格兰人都擦亮自己的眼睛好好看看。不要再庆祝这种空洞虚幻的现代狂欢了，你们一定是服饰多得没处展现了吧。下次只要朴朴实实，带着心中的敬意，面含微笑，身着祖先们传给你们的简便服装，安安分分过来就可以了。

后来，我的祖先便成了教友派[①]教徒威廉·罗宾逊、马默·杜克、史蒂文森等人。殊不知，你们族群因宗教信仰问题，驱逐他们出国，警告他们回国必将面临死刑。后来，你们的祖先也被迫离开了家园，在海上冒着千难万险，与恶劣的天气抗争，在野蛮的荒野中战斗，终于获得了至高无上的恩赐。那片新大陆上，每个人的宗教信仰都出于自己的良心使然，他们也不允许教友派信徒从中干涉。你们的祖先打破了政治奴役，那片土地上的人们因此拥有了选举投票的权利，但并不包括那些非正统教会的人。你们的祖先的确很强大，他们也在一定范围内赋予我们宗教信仰的自由，也给予我们教会允许范围内的投票权。而作为失去祖先的人，我孤独地站在这里，尽我所能庆祝他们的贡献。

教友派女信徒伊丽莎白·胡顿也是我的祖先之一。你们对她残忍得无以复加，这点你们必须承认。但是可怜的人啊！我相信她在死之前已经改变了主

① 教友派：又名贵格会。兴起于17世纪中期的英国及其美洲殖民地。教友派没有成文的信经、教义，最初也没有专职的牧师，无圣礼与节日，而是直接依靠圣灵的指示，始终具有神秘主义色彩。

意。她已经被劝服进你们的阵营。我有理由推定，她生前已经和你们的祖先站在一条战线上了。这真是一大遗憾，她是一个多么善良的女人。罗杰·威廉斯也是我的祖先。我记不清你们的祖先是如何惩治他了，但是他被驱逐到了罗德岛[①]。后来，他们也意识到这种做法过于严厉，缺乏正义。出于同情，便将他活活烧死。他们真做得出来！所有那些塞勒姆女巫也都是我的祖先。你们的祖先将她们赶尽杀绝！是的，他们真那样做了。她们死在重压和绞刑架下。从那以后的一百八十九年里，我的家族中再没出现过女巫，自然也摆脱了绞绳的捉弄。你们祖先从非洲带到新英格兰的第一个奴隶也是我的祖先，我是个混合血统，绝对是个杂种。我不是你们手中的海泡石烟斗，可以在一周内迅速染上颜色。我的肤色是由八十代人遗传得来的。在这个年代里，我找到了很多亲戚，通过购买、交换和其他一些方式认识了很多人，也与他们相处融洽。但后来，你们家系凭着一贯的倔强个性，发起战争，将他们一一从我身边夺去。我又一次沦为孤家寡人，再也找不到与我同血统的人了。

呵，我亲爱的朋友们，听从我的建议开始改革吧！我希望你们安乐，并非出于一己之私。你们已经听过那些演讲。解散这些新英格兰协会吧，这个充满着赞美之语的系统，好比一个幼稚园，如果不加束缚任其发展的话，在不久的将来，它可能会把你们带入一个充满推诿和吹嘘的世界。哦，在你们对祖先的欣赏还处于比较温和的阶段时，必须停止这一切。听我一句，我恳求你们站起来，像拍卖一样卖掉普利茅斯石。那些清教徒们只不过是简单和无知的民族，他们从未见过更好的岩石，至少从前没见过比这更好的岩石，所以沉溺于欣喜与疯狂之中。他们立马上了岸，在这里建起了铁栅栏。但是，先生们，你们都

① 罗德岛：美国的一个州。此州属于美国东北部新英格兰的一部分，是美国独立革命中的早起13州联盟之一。

是受过良好教育的人，你们有智慧的头脑，因此熟知在这片土地上，富裕的新英格兰到处都是岩石。这块石头，就从外观来看，也不过值三十五美分。在它没被风化前卖了它吧，或者把它制成药品申请个专利，赚些小钱吧。

没错，听从你真正朋友的话吧，他是你唯一的朋友，请倾听他的声音。解散那些协会吧，它们是罪恶的温床，是道德沦丧的地方，那里充满了对祖先的盲目崇拜。在这里，我能看见水、牛奶，也能看见致命的柠檬水。这些都是堕落的标志。接下来我们应该会看到茶、巧克力，还有咖啡。请记住我的话，几年后恐怕我们会见到苹果酒。先生们，停下吧，以免为时已晚。你们正在通往堕落的大道上，你们会面临破产、道德沦丧、血淋淋的犯罪和绞刑架！我恳求你们，以你们那些可怜的朋友的名义，以你们遭受苦难的家人的名义，以你们可以预见的寡妇和孤儿的名义，停下来吧！解散那些新英格兰协会，放弃这些腐蚀灵魂的狂欢，停止粉饰你们早已生锈的祖先的名声，他们只不过是些虔诚的普利茅斯海盗。回家吧，试着学会做人！

但是，抛开那些胡言乱语，我想我可能和你们一样，尊敬和欣赏清教徒们看到的那块岩石。我赞成我祖父曾说的一句话。他是个有独立意见的人，意志坚定，从不奉承谄媚。他说："人们可以不停谈论自己对那帮清教徒的喜爱之情，但是说罢之后，他们很难做出改进。我不介意站出来告诉大家，他们压根没有能力做得更好，除非他们也和我一样，出生在密苏里州！"

伟人的遗言

尼尔元帅的遗言是："L'armee fran-caise!"（法国陆军！）

一位伟人若在结束其辉煌的一生时，剽窃了他人的话，是多么可悲啊！拿破仑的遗言是："Tete d'ar-mee" (军队主人)。这些言论都不能算作遗言，它们都没法反映遗言者的伟大气魄。

伟人要慎重对待他的遗言，正如他要慎重对待自己的生死一样。他应该提早把遗言写在小纸条上，拿去让朋友们过目，让他们判断是否可行，而不该把这事留到人生的最后一刻才

去做，那时他不可能脱口而出富有智慧，并且能令其名垂千古的话。到那个时候，人已经过度疲劳，思维混乱，即使他肚里有货，也没法表达出来。另外，他周围的朋友也个个悲痛欲绝，泪眼汪汪，那种情况下他甚至可能还没开始说话，就咽下最后一口气了。人不能时时刻刻指望自己能聪明睿智地表达，尤其在这种时刻更是如此。聪明只不过是虚幻的假象而已。从没见过哪个人临死之前能道出一番颇有意味的言论，当然也没见过哪个人愿意把话留到最后，眼巴巴看着自己默然离世。这也是荒谬至极的。

让我们来看看丹尼尔·韦伯斯特这个人吧。他不受外界干扰，无所畏惧，在关键时刻可以发挥自己的才智。这是怎么做到的呢？他必须反复训练自己的意志，遇到重重困难，都能一一克服，直到最后还有机会说“我仍活着”，并能站起来。

当然现在他不在了，因为他死了嘛。他并没有留下任何遗言，这可真是失败。在他临近去世前的一周里，他本有十五分钟的时间来思考遗言，本有机会可以留下些有益于自身及家族世代发展的话。

还有一个人叫做亚当。他能力非凡，遇事沉着、冷静，死时也没有遭遇太多痛苦，但后来他怎么样了呢？他死在众议院，当时他平静地说：“世界末日到了。”世界末日！为何是“世界末日”，我们不还活得好好的么？如果他说那是夏天的最后一朵玫瑰，或是鲥鱼的最后一口呼吸，也许更合乎情理一点吧。也许他想表达的是：“人类始于亚当，也终于亚当。”但是他的留白太多，没人能揣摩透，最后他不得不带着那些留白安然离世。

接下来我们看看拿破仑的遗言：Tete d'armee（军队主人）。那也没表明什么，从字面上来看就是“军队之主”的意思，还不如说“警察之主”呢。但是如果拿破仑不让医生在一旁干涉，他本可以好好做番研究，留下些有水准的遗言。半世纪都在拿破仑统领下的尼尔元帅，死前除了剽窃其主人的遗言外，没能想出更好的话。其实那根本不值得去剽窃。“法国陆军”，真是牛头不对马嘴，毫无意义。但如果他能闭上眼睛好好想想，说一句：“我的牺牲将会带来法国军队的壮大。”然后幽默地离去，这将会是令人铭记的大事啊，于其后半生都充满意义。我希望伟人们不要在临死前说一些毫无缘由的话了，我们可以预先收集好他们的遗言。如果不满意，再去征求一些更令人满意的话语即可。

公众不喜欢老是被这些乱七八糟的遗言激怒。

但是如果我们让伟人们稍稍准备一番的话，就完全是另一桩事儿了。我们甚至立马能看到公众态度的转变。

再来看看切斯特·菲尔德爵士。终其一生，他始终以谈吐优雅、演讲流利、能说会道、行为高雅而备受称赞。你可以想象他不懂遗言的巨大魅力么？他一方面始终在追求美好的声誉，一方面却又在不断自毁？不，绝不会的。他事先早有准备。他一直在盯着时钟，手指也紧紧把着自己的脉搏，他始终在等待机会的到来。可是，当他知道最后一刻已经到来时，却假装是在接待新来的拜访者，伴随着喉咙里不停的颤抖声，他对仆人说，“约翰，请那位先生入座。”而后，他就在众人的掌声中离开了。

接下来我们看看本杰明·富兰克林先生。作为《穷理查历书》的作者，富兰克林是不朽公理的建设者。他经常夜以继日地工作，把陈词滥调换成一些清脆有力的格言。他曾说：“为善最乐。”他也说：“拖延是时间的窃贼。”他还有“时间不等人”和“需要是发明之母”等格言。善良的富兰克林先生就像是十八世纪的乔治·比林斯一样，虽然比林斯在谚语的原创性上略胜一筹，但是富兰克林却在拼写的正确性上更加出色。富兰克林追求的是什么呢？他用了整整两个星期思考他的遗言，而当死亡降临时，他说：“英雄才能配美人。”而后就快乐地死去了。如果他活着，除非他傻了，或许一辈子都不会说出比这更甜蜜的话。

拜伦就更糟了，在去世之前他什么也想不出来，只说了一句“奥古斯塔—妹妹—拜伦夫人—告诉哈里特斯托比彻”等等，等等。而莎士比亚似乎有所准备，他说，“英格兰愿普天下人都能尽职尽责。”赢得了众人的喝彩。

还有一些精心准备的睿智遗言，比如：

贞德说，“踢踏，踢踏，踢踏，男孩们正在行进。”

亚历山大大帝说，“如果有一个圣诞老人敲门的话，请开门。”

约瑟芬皇后说，“不是乔……”就此断气了。

克娄巴特拉说，“老卫兵誓死不降。”

沃尔特罗利爵士说，“刽子手，我可以借你的磨刀石用一用么？”尽管不知其有何用途。

约翰·史密斯说，“唉，我是我族群中的最后一位。”

伊丽莎白女王说，“让我的王国多留在我手中一会儿吧——我已忘记了自己的遗言。”

里德杰克特，那个防卫种族迫害而活得成功的高尚的印度人，他的口中流露出一些感人肺腑的文字，“Wawkawampanoosucwinnebayowallazvsaga-moresa-skatchewan。”棚屋里的人们都哭了。

不要让这个教训在我们的身上上演，让他们好好为自己的遗言考虑一番，想好一些简洁有力的话语。让路易·拿破仑这样说，

“我非常愿意追随我的叔叔，可是我不愿改变他的遗言，我也说这句话‘军队主人’。”

加勒特戴维斯说，“让我背诵删节的字典。”

贝格先生说，“每次就搬运我的一部分吧，我太重了，怕你们搬不上灵车。”

安德鲁·约翰逊说，“我是个市议员，国会议员，州长，参议员，总……再见，剩下的你们知道的。”

西沃德说，“阿拉斯—加。”

格兰特说，“喔。”

上面的这些我都已经提交，并致以最崇高的敬意。——马克·吐温

补充说明一下，我不得不省去插图，艺术家们为伟大的遗言提供插图是不符合常理的。

战争的祷告

>

这是一个伟大庄严、振奋人心的时刻。马上就要开战了，举国上下一片哗然，人们心中满含炽热的爱国主义情怀，锣鼓喧嚣、枪声阵阵、爆竹声声，远处由千万只手挥舞着的旗帜在苍茫荒原中飘荡，俨然可见大片的屋顶和平台。青年志愿者们每天身穿新制服在大道上行进，家中引以为豪的父母和亲戚们都欢呼雀跃、高声呼吼。晚上志愿者们气喘吁吁地聚集到一起，倾听爱国者们的演讲，这无疑激起了他们内心浓浓的爱国之情。在短短的演讲间隙，他们致以最热烈的掌声，每个人都热泪盈眶。而在教堂中，牧师们在宣讲为祖国做贡献的重要意义，邀请上帝在战斗中予以帮助，每位听众都心潮澎湃、难以抑制。这的确是个盛大的时刻，那近一半大胆反对战争、怀疑战争正义性的人都遭到了严厉的警告。如果他们再敢为了个人安全而反战的话，就必须立刻消失，这种形式的抗议绝不允许出现。

周日的黎明到来了，第二天那些战士将奔赴战斗前线去了。教堂里人山人海，青年志愿者们也在那里，战斗的梦想映照在一张张年轻的脸庞上。依稀可见，他们奋力前进，集结后奋力厮杀，军刀闪烁，敌人闻风丧胆。硝烟弥漫中，敌军最后还是未能逃脱他们的极力追赶，慢慢败下阵来。士兵们凯旋，他们都如英雄般，被人民拥护、爱戴和敬佩，沉浸在无限荣耀之中。志愿者的亲人与他们坐在一起，内心激动难耐，骄傲之情溢于言表。有些街坊邻居们没有儿子，因而没法到前线参与伟大战斗，不管战士们是赢取胜利或是壮烈牺牲，他们都羡慕极了。仪式继续进行，刚刚读完了旧约中有关战争的一个篇章，我们已经完成了第一次祷告，伴随着足以撼动建筑的器官爆裂声，以及足以使整屋人跃跃欲试的冲动。

上帝啊！多么恐怖啊！那些天生的勇士，吹起你们的号角，擦亮你们手中的剑去战斗吧！

接着是一个长长的祷告。它言语优美，字里行间充满了富有感情的恳求，没人能真正把它记下来。这个祈求的主旨在于，我们慈祥仁爱的天父，将会目睹我们崇高的年轻战士作战，并给予他们帮助和支持，鼓励他们为祖国奋斗。除此以外，上帝还会为他们祝福，保护他们免受战争的伤害，防止他们遇到危险，用他万能的手爱护他们，让他们变得强大与自信，能在血腥的厮杀中立于不败之地。上帝还会帮助他们粉碎敌人，赐予他们以及他们的队伍和国家以不朽的荣耀和光辉。

有一个陌生的中年男子走进了教堂，他脚步轻缓地走到了主道上，两眼紧紧盯着牧师，身着一袭长袍，秃顶，白发快长到脖子了，面色苍白得可怕。所有人的目光都聚集到了他身上，不知他下一步有何举动。他静静地向前，站到了牧师的一边，就在那儿静静站着。牧师没有意识到他的存在，仍继续他的祷告，最后以这样一段文字结束了他的祷告，他强烈呼吁道，“上帝保佑我们的战士，赐予我们胜利，上帝啊，你是我们的天父，是我们国家和土地的保护神！”

陌生男子碰碰牧师的手，示意他该站到一边。牧师被惊呆了，于是那男子走到了牧师的布道台上。有些时候他总是非常严肃地审视着台下困惑的听众们，他感觉不可思议，语气深沉地说：

“我是神的使者，把全能的上帝的消息带给你们！”这番话顿时震惊了整屋子的人，而那个陌生人似乎毫不在意。“上帝已经听到了来自他的仆人，也就是你们的牧羊人的祷告，如果你们真心渴望如此，他将授予你们此种权利。我是上帝的使者，你们必须先听我向你们传达所有一切的重要性，因为它与平常人的祷告不同，它已经超过了上帝不需思考就可批准的祷告了。

“你们和上帝的仆人向他祷告，他需要思考的时间吗？你们的祷告仅仅是个祈祷吗？不，实际上有两个祷告，而你们说了一个，还有一个没说。但上帝能听出两个来，因他能听出所有恳求，无论是明的还是暗的。请想想我说的这句话，并请将它谨记于心。如果你们想为自己祈福，千万要小心！以免在祷告时给邻居增添苦难。如果你们为自己的庄稼祈求雨水，你们这样祈求，可能也诅咒了邻居们的庄稼，使其失去雨水滋润，不能茁壮成长。

“你们已听到了你们仆人的祷告，就是那说出来的一部分。我受上帝的委托，来将未说的那部分告知你们。你们和牧师，其实在心中也在暗暗祈求这一部分，却假装无视它，不是吗？上帝认为你们的确如此。请你们认真听：‘主啊！请赐予我们胜利！’这已足够了，你们所要说出的这一部分都紧凑地安排在这些字中了，我们无需解释。当你们祈祷胜利时，你们实际上也为其他很多很多没有提及到的结果做了祷告。那些不得不跟随在胜利后面的结果，都暗藏在你们的祷告之中。听到你们的祷告时，上帝也看到了那未说出的一面。他要求我将它们诉说给你们听。请听清楚了！

“主啊我们的天父，我们的爱国青年，我们的偶像，将要去战斗。请你的灵紧随他们。我们也从温暖的火炉边走到前线打击敌人。上帝啊，请助我们用有力的盾将他们的战士杀得血肉模糊，助我们让他们横尸遍野，助我们让他们的尖叫声淹没雷鸣般的枪声，助我们让那些无罪的寡妇们陷入极大的悲痛之中，助我们让他们的孩子无家可归、四处流浪、衣不蔽体、忍饥挨饿，忍受酷夏太阳的火焰和严冬冰冷的寒风，并最终恳求你向你避难。主啊，我们如此敬佩你，请毁灭他们的希望，破坏他们的生活，增加他们朝圣的苦难，让他们步履维艰，让他们的泪水淹没道路，让他们的鲜血浸染白雪皑皑的道路！我们以爱的名义恳求您，您本是爱的源泉，是人们忠实的庇护所，是所有谦逊和痛悔之心的朋友，并都将给与其援助。阿门！”

“你们也为此祈祷了。如果你们仍想继续祷告，尽管说！上帝的使者正洗耳恭听！”

后来有人认为这个男人是个疯子，因为他说的话毫无意义。

华盛顿[1]将军的黑人侍从

>

对于这个富有声名的黑人，我们若谈及其生命中最令人激动的时刻，可能还得要从他的死亡开始说起。也就是说，他传记中最引人注目的地方是他的死亡。去世前他始终默默无闻，但自打他死亡那时刻起，他的形象就如烙印般刻在我们脑海中。我们常常能听到人们谈及他，这经久不衰。他的职业本身就特别惹人注目，而他的职业生涯也令他的传记更加出彩。因此，我仔细整理了

① 华盛顿：全名乔治·华盛顿，美国首任总统(1789-1797)。他同亚伯拉罕·林肯被学者们并列为美国历史上最伟大的总统。

他的生平素材，这些都是取自于真实可靠的信息。现在我将其呈现给公众。我硬性地把一些可疑的信息都去除了，希望我的工作成果能引入中学教育，指导我国青年更好地发展。

这位著名侍从的名字叫做乔治。他精心服侍了华盛顿将军半个世纪之久，享受着主人的高度重视和信赖，而最后却要接受神圣的任务——将他心爱的主人安葬在波托马克河[①]边。十年后，那是在1809年，这位侍从年岁已老，本该享受荣誉环绕，而他却去世了。所有认识他的人都为其哀悼。波士顿公报在当天也报道了那事。

作为华盛顿将军最亲爱的侍从，乔治上周二在弗吉尼亚州的里士满去世，享年九十五岁。他始终聪明睿智，记忆力顽强，直到去世前几分钟，记忆力才慢慢受损。从华盛顿将军的第二次就职开始，一直到将军的葬礼，他始终陪伴在将军身边，目睹了所有引人注目的光辉时刻。

从他死亡开始，这位侍从似乎已淡出人世。但是在1825年的五月，他又成了人们讨论的对象，因为他又一次神奇地离世了。这伤心的消息被《费城日报》报道。

上周，在佐治亚州梅肯，一位叫做乔治的黑人，原是华盛顿将军最喜爱的贴身侍从去世了，享年九十五岁高龄。去世前的几个小时里，他身体健朗，能清晰地记起华盛顿将军第二次就职时的场景，将军去世和安葬时的场景。康华利投降的时刻、特伦顿战役的场景、瓦利福奇村[②]受苦受难的场景等等，他都历历在目。死者在梅肯全体人民的守护下被安葬如土。

---

① 波托马克河：美国的一条河流，流经华盛顿。

② 瓦利福奇村：在费城西北，美国独立战争时华盛顿率领部队在此度过艰苦的1777年的冬天，衣单粮绝，牺牲很大。

1830年7月14号，1834年和1836年的同一天，在演说的讲台边，这样的主题又重复上演。1840年11月，他又再次如经历了死亡仪式一般。圣路易斯共和党在当月的二十五日称：

“又一位革命的神圣遗物离开了。”

“乔治·华盛顿将军最爱的侍从，昨天在约翰·莱文沃思先生在府上去世，享年九十五岁。直到死亡那一刻，他始终身体健朗，能清楚回忆起华盛顿将军第一次和第二次就任时的场景，也能记起康华利的投降，特伦顿和蒙默思战役的场景，瓦利福奇村受苦受难的场景，独立宣言宣布时的场景，帕特里克在弗吉利亚众议院宣讲时的场景，以及其他一些古老的令人印象深刻的回忆。白人去世时鲜有像这位黑人般令人哀悼。几乎所有人都出席了他的葬礼。”

之后的十到十一年里，这则新闻又在全国各地的国庆活动中出现，在演讲台边被大声宣读。1855年的秋天，他又死去了。加利福尼亚的报纸报道了这件事：

“一位迟暮英雄离开了我们。”

3月7日，乔治（曾一度是华盛顿将军信赖的侍从）死在一荷兰式住宅中，享年九十五岁。他的记忆就像一间珍藏美丽回忆的宝库一般，直到他死亡那一刻都保存完好。他能清晰地记起华盛顿将军第一次和第二次就任时的场景，康华利的投降，特伦顿和蒙默思战役的场景，在邦克山独立宣言宣布时的场景，布拉多克胜利时的场景。在荷兰式的住宅中，乔治深受人敬佩，据估计大约一万人出席了他的葬礼。

最后一次有关其死亡的消息出现在1864年7月，在我们没有任何其他反面消息前，这算是他真正的死亡了。密歇根州的报纸报道了这一消息：

“又一位受人珍爱的革命伟人去世了。”

黑人乔治，曾一度为华盛顿将军最爱的侍从，上周死于底特律，享年九十五岁。直至死亡，他始终睿智清醒，能清晰地记起华盛顿将军第一次和第二次就任时的场景，康华利的投降，特伦顿和蒙默思战役的场景，在邦克山独立宣言宣布时的场景，布拉多克胜利时的场景，波士顿倾茶事件的场景，清教徒登陆时的场景等。去世后他深受众人敬佩，众人将他安葬入土。

这位忠实的老仆人走了！我们将与他诀别，除非他再次出现。如今他结束了漫长悠久的职业生涯，安心入眠，与其他安眠的人一般，平静祥和。无论如何他都非常了不起，他的年龄超过了任何一位历史名人。他愈是活得长久，他的记忆愈加深刻地增长。我想如果他再次选择死亡，他必然能清晰地忆起发现美洲大陆的场景。

我相信上面所有相关传记描写都属实，虽然他有可能在其他一些报纸不曾报道的地方死去。在所有有关他死亡的陈述中，我发现一点不应该的错误：即在所有报道中，他都死于九十五岁高龄。这是不可能的。他有可能其中一次或两次死于九十五岁，但不可能始终是九十五岁。假如他第一次死于九十五岁，那么最后一次是在1864年，那时他应该已经一百五十一岁了，但是他的记忆并没有紧紧跟随步伐。他最后一次去世时，能清晰地记清教徒的登陆，那发生在1620年。而他在目睹这件事时，必定是在二十岁左右，因此可以保险估算，这位华盛顿将军最爱的侍从最终死去时，已经活了两百六十甚至七十多年了。

很漫长一段时间过去，验证他死亡的消息已经永远离开我们了。现在我将出版他的传记，供全国上下为其哀悼。

顺便提一下，我又看到一份报道称，这位著名的老人刚刚在阿肯色州去世。这是他第六次死亡了，每次都死在不同的地方。这件事已经不再新奇，早已失去了原有的魅力，人们也开始心生厌倦。赶快结束它吧！这位善良却让人摸不着头脑的黑人，安葬他的并不是六个不同的报业集团，他也没有骗取成千上万的人为他安葬，以换得他们的好名声。就这样让他安息吧，报纸也该接受前所未有的责难！以免在不久的将来，华盛顿将军最爱的侍从又一次从世间离去。

儿童出版物给我的启示

现在儿童中似乎变态地流行一种“聪明话”。在很多不该发表言论的场合，他们都会借助此类话语。从一些出版物中所说的“聪明话”来看，现在正茁壮成长的这一代孩子跟白痴差不了多少。如此说来，那些孩子的父母也好不到哪里去，因为他们中大多数人都叫嚣着杜绝低能，事实却大相径庭。我话语中似乎带着些火气，但不带感情色彩来说，我承认面对如今数量如此庞大的聪明孩子，我心里默默生气。孩提时的我几乎从未说过任何聪明话。我曾尝试过一两次，但发现那并不受欢迎。我的家人也从没寄希望于我的言论，所以他们通常都是冷落我的。但因为如此，我常常能非常冷静而清醒地思考。如果我像现在的四岁孩子那样说出一些聪明话，传到我父亲耳朵里，会怎样呢？我猜他定会狠狠惩罚我。如果我如此聪慧，他作为父亲的责任便可以告一段落了。这应该是他对我最宽容的处理方式了。我父亲生性严格，不苟言笑，痛恨一切形式的早熟。如果我说出刚提及的那些聪明话，飘进他耳朵，他会恨不得杀了我的。他确实会给我机会表达自己的观点，但我依然不可造次，一定要三思而后言。我有生以来，就有那么一句聪明话，黯淡了我的生活。那是我父亲无意中听到的，他找遍了四个道、五个乡镇来教训我。如果我完全成熟了，可能会认同他的做法，冠之以正确的名号。但那时候我还是个孩子，自然不知道自己做的事是有多么邪恶。

在那之前，我曾说过一些比较聪明但算不上俏皮的话，可那仍然导致我和父亲之间感情的严重破裂。那时我父母、叔叔婶婶，还有其他亲戚正谈论着我的名字，我则躺着玩弄各色各样的印度橡皮糖，想迅速做出个选择。我讨厌别人试图剪我的指甲，想努力选出一种糖来，好做一些其他事情。你有没有觉得护士给你剪手指甲很讨厌？很没耐心？这些事情犹如昨日发生的一般。对于一些孩子来说的确是的，但我不是。我只躺在那里玩弄印度橡皮糖，还记得我在观察时钟滴答地走着，再过一小时二十五分钟我就两个星期大了。我想象着自己做了多少事情，值得毫无保留地接受撒向我的祝福。我父亲说：

“亚伯拉罕这名字不错。我祖父就叫亚伯拉罕。”

我母亲说：

“亚伯拉罕的确是个好名字。很好，我们就给他取这个名字吧。”

我说：

“亚伯拉罕适合那种捐献者。”

PUCKOGRAPHS—NEW SERIES, NO. 1.
TRAMP ABROAD
J. Keppler
"MARK TWAIN,"
AMERICA'S BEST HUMORIST.

我父亲皱起了眉头，但我母亲看起来很高兴，而我阿姨说：

“这小宝贝太可爱了！”

我父亲说：

“伊萨克是个好名字，雅格也不错。”

我母亲表示同意，她说：

“没有比它们更好的了，我们把伊萨克和雅各也加进他的名字里去吧。”

我说：

“好的，伊萨克和雅各在你们看来是非常好了。请你们把那个拨浪鼓递给我，我不要整天嚼印度橡皮糖。”

没人给我的这些话做记录，以便以后出版。我自己亲自记下来，不然它们早就不知所向了。其他孩子智力发育阶段能受到父母的各种鼓励，而我则成长在父亲的严厉管制下。我母亲看起来又痛心又焦虑，我的阿姨表情里也流露一种不满，似乎我做得太过火了。我狠狠地咬了一下我的橡皮糖，偷偷打破了小猫头上的拨浪鼓，什么话也没说。而我父亲说：

“塞缪尔这个名字非常好。”

我意识到，麻烦正不紧不慢、义无反顾地向我走来。我放下了拨浪鼓，又把叔叔的银手表、衣服刷、玩具狗、玩具士兵、刨丝器等其他一些我习惯用的东西，一一从摇篮的另一端摔下去。我默默地思考着，听到那些东西发出一阵阵愉快的响声。当我想尽情享乐的时候，我会砰砰磅磅地摔东西，甚至猛击东西。我穿上了小工装，戴上了小帽子，一手提着鞋子，一手拿着香料，爬出了摇篮，爬上了地板。对自己说，我已经做好最坏的打算。于是我坚定地大声吼道：

“爸爸，我不要叫塞缪尔!”

“我的孩子!”

“爸爸，我是认真的，我不要。”

“为什么?”

“爸爸，我非常讨厌那个名字。”

“儿子，你这是无理取闹。许多伟人都叫塞缪尔。”

“可是老爸，我从没听说过谁叫这个名字。”

“什么！比如说先知塞缪尔。他不伟大吗?”

“我不觉得。”

“我的孩子，那是上帝呼唤他的声音。”

“是的。必须要呼唤他好几次他才出来。”

我不断回击，眼前这位严厉的老人也不甘示弱。那天中午采访结束时，他取得了胜利。我的名字就叫做塞缪尔，我还得到了一些于我“有用”的东西。我真是轻易就被打败了。自那妥协以后，父亲的愤怒平息了。但如果我不听话，我和父亲之间就会形成永不可磨灭的隔阂。就这件小事看来，如果当今报纸上报道的那些两岁小孩的阴沉沉的言语，传到我父亲耳朵里，他会怎么反应？怎么对我呢？我估计这下家里要出一个杀婴犯咯。

一篇有趣的文章

马克·吐温写作手法的幽默之处，也许在于他幽默地讽刺了那些不明其幽默的人。我们熟知马克·吐温会夸张地嘲讽记者们糟糕的讲故事能力，我们也听说宾州一位牧师无奈地把《傻子国外旅行记》[①]退回给售书代理人，说："那个在亚当墓前痛哭的人一定是个傻子。"然而，马克·吐温先生现在又多了一件辉煌的战利品。十月八日的《星期六评论》出版了一篇文章。此文评论了马克·吐温之前在英国出版

---

① 《傻子国外旅行记:旅行游记》:马克·吐温的新书,伦敦,1870。

的一些旅行传记，可以说评论文写得非常严谨、认真。我们可以想象，这位幽默大师读到对其笔力的夸赞时是多么高兴，以至于除了每月在备忘录上重复发表同样的文章，别无他法表达内心的激动之情。

——一位英国评论家

选自《波士顿广告报》

关于马克·吐温新书《傻子国外旅行记：旅行游记》的一些评论

以上的几段文字，似乎赋予我重新贴出《星期六评论》中那篇文章的权利。我非常想这样做，因为我自己也写不出如此甜美的文字。如果有只小狗能把这位英国人的评论读得朴实无华，我一定把它带回家。

那篇评论文章如是说：

麦考利爵士去世得太突然了。我从未如此深刻地意识到他的死亡，直到我完成了上面所说的那篇巨作。麦考利爵士离开得太突然了，除他以外没人能给予这位傲慢无礼、自以为是、漠视一切的作者以公正全面的评价。

要是说《傻子国外旅行记》是本神奇的书，评价它时一定得用非常委婉的语言，这就好比说马特霍恩峰[1]只是一座高耸的山峰，尼亚加拉大瀑布[2]只是精彩或美丽的瀑布而已。拿神奇这词来评价这本虚张声势、极端疯狂的书的确过于软弱无力，但我找不到更大气、壮丽的词了。让我们稍微浏览一下这本书，了解一下这位作者，好让读者信任后面的那篇文字。知识渊博的人类学的英国学生们，想象一下这位马克·吐温先生有能力将以下的东西描述出来，并且凭

① 马特霍恩峰：阿尔卑斯山峰之一。

② 尼亚加拉大瀑布：是世界第一大跨国瀑布，位于加拿大安大略省和美国纽约州的尼亚加拉河上。

借其难以置信的天真，悄悄把文章打印出来，出版成书。比如：

他说在巴黎时曾进了一家理发店，当理发师开始用剃刀理发的那一刻，他敏捷得从椅子上一跃，跳了下来。

这无疑是夸大了。在佛罗伦萨，他被乞丐们惹怒了，出于报复心理，他恨不得将他们活捉、生吃。这当然也不是真的。他曾想仔细找出一张一千七八百年前的剧目单，后来声称在满是垃圾污垢的大剧场废墟中找到了它。评论他这段文字用下面这句话就很充分了：在那样的条件下，即使是铁铸的节目单也不可能完好无损。在希腊，有一次他由于内心恐慌，直接出逃，但是后来他还厚颜无耻地遮遮掩掩道："我们悄悄地溜到比雷艾夫斯[1]去了。"的确是"悄悄地"！他毫不犹豫地将他在以弗所[2]的故事告诉我们，他的驴子迷路时，他引导它走回正路，教它怎样正确行走。于是他就重新上了驴背，欢欢喜喜地睡大觉，直到那只畜生再次迷路时才醒来。他又说，在船上曾遇到一位茁壮成长的青年，这位乘客有个习惯，就是在两餐之间要靠肥皂和麻絮充饥。在巴勒斯坦他讲述道，曾看见一群蚂蚁装备齐全，在沙漠中行走十一公里以度过炎夏。但是从他的口述可以得知，那个国家似乎不会炎热到那种程度。还有，他轻描淡写地提到，在耶路撒冷时，他曾借助于戈弗雷布永的剑，将一个穆斯林活活劈开。他声称，如果穆斯林有自己的坟墓的话，一定会遭到更加残忍的杀戮。这些说法真是不值得别人给予一丁点注意。不论是马克·吐温先生，还是其他外国人，在耶路撒冷犯下如此错误，一定会被围攻的，连命都保不了，但他为什么还津津乐道呢？为什么继续吹捧他大胆夸张的谎言呢？让我们适当地以下面的例子作结：他断言："在君士坦丁堡的圣索菲亚清真寺，他的鞋子被橡胶、

① 比雷艾夫斯：希腊中东部港市。

② 以弗所：古希腊小亚细亚西岸的一重要贸易城市。

煤泥和一些杂质粘住了，后来那天晚上，他用了两千多双脱靴器才把靴子脱下来，那时有几个基督徒甚至直接把靴子剪坏了。”这太怪异了，一听就是谎言，没别的好说。这本《傻子国外旅行记》就是一座错综复杂、无穷无尽的谎言库，竟然被美国几个州的小学和大学课本引用作教材。我好奇，读者会像美国人一样如此无知吗？

如果他的谎言只是令人苦恼的话，那他的天真和无知就足以让人气急败坏了，人们恨不得将书投掷于熊熊烈火之中，永生永世鄙视他。比如在一个月黑风高的晚上，当他见到一起谋杀案时，他是如此恐惧，怕得从窗户里跳了出去，而后却以儿童一样的口吻说，“我不害怕，只是非常恼怒。”我们真是被他戏弄得咬牙切齿。又比如，他丝毫不懂外国语言，却由衷地批评意大利人的舌头不甚灵活。他说，意大利人拼写伟大的画家达·芬奇时用“Vinci”，而发音却是“Vinchy”，最后他竟然说出了这样一句无知天真的话：“外国人比意大利人拼写能力强多了。”在另外一个场合，他又讽刺意大利人的某些说话方式极其可笑。在罗马时，谈到圣菲利普莫洛内里[①]因满腔的神圣爱意冲破肋骨的传说，他坚持认为那是仅有大学学历的作者因过度紧张而杜撰的。这个温柔的傻子说，“我只会好奇菲利普晚餐吃什么。”我们的作者历经千辛万苦找到他的住处，为的是验证他是否对狗具有毒害之力，万事俱备后，却发现他家里并没有狗。换作是其他聪明人的话，他们一定会紧紧保守秘密，以防众所周知，而这个无恶意的家伙竟又把什么都公之于众了。他在庞贝城，因为陷入足足有两千多年历史的车辙而伤了脚；当他凝视着从广场中挖出来的煤渣状尸体，想象着那可能是古代街道行政长官的尸体，于是他的崇敬之情瞬间化作见其变成煤渣后的幸灾乐祸之情。在大马士革，他参观了三千年的古井亚拿尼亚井，便像孩

① 圣菲利普莫洛内里：希腊神话中的一个人物。

童一般，惊喜地称，井水“新鲜清澈得像汩汩清泉”。他在那片圣土，看到那些阿拉伯文和希伯来文复杂的《圣经》名字时，感到绝望、窒息，最后擅自给那些经书起了名字，竟“为的是方便拼写”。

我们刚才讲述了这位作者愚蠢、天真和无知的本性，但我们不能像他忽略别人一样忽略他。我们不知从何讲起，如果我们知道从哪儿开始，必然也不知道从哪儿结束。我们就举一个例子，就一个。如果他不去罗马，就不会知道米开朗琪罗的死讯！后来，他不像原来那样掩盖自己的无知，而是看似虔诚又似感激地称，他心满意足了，米开朗琪罗终于走了，终于摆脱了烦恼！

不，读者们可能会觉得这位作者无知又缺乏涵养。考虑到这本书中蕴含的谎言之多、夸张规模之大，还有作者本身那种自满的品性，我可以说这本书绝对是危险的，而它竟然被收录进了美国的教材。

这个可怜的冒失鬼意识到旅行者应该具备一定的能力后，试图模仿一些精通旅游之人的伟大创作，也试图去学习一些必要知识，好能写出些优雅的文章来。但是他是怎么学习的呢？取得了多大进步呢？他是否熟悉意大利伟大的那一面呢？了解得如何呢？请读下文：

“我们若看到一位修道士同一只狮子一起仰望天空时，我们便知，那位修道士是圣马可。若看到一位修道士与纸笔为伴，安静地仰望天空，试图构思写作时，我们便知，那是圣马修。我们若看到一位修道士在岩石上打坐，安静地仰望天空，一旁横躺着一具尸骨时，我们便知那是圣杰罗姆，他总是孤身一人上路。若我们碰到其他的修道士，他们正安静地仰望天空，身旁无其他可辨别性的标志，我们总会向他们发问，这样做就证明了我们的谦卑，还有我们那爱好学习的本性。”

随后他列举了无数个类似的画面，用他那惯常的简明易懂的言语告诉大家，人们所见之物越多，阅历便越丰富。他深受鼓舞，相信自己最终会“对那些画面无法自拔”——他可真是条庸俗的莽汉。

毫无疑问，我们知道这是一部伟大的著作。但是对于那些穿制服的人来说，它似乎百害而无一利，我想我们也证明了这一点。书里的每一页内容，似乎都印证了作者大脑的不健全，心智的邪恶。既然我们已经做出了判断，就暂且把非议放一边。其实我们可以发现，这一卷里还是有一些好东西的。人们偶尔能从他的某些章节和段落中获益，比如他讲到加州和内华达州金矿银矿中的生活，讲到西边荒漠中的印第安人和他们吃人肉的习性，讲到用小桶的火药和两三茶匙鸟粪种植蔬菜的例子，讲到为了躲避关税在夜间用手推车运输小型武器的事儿，讲到洪堡矿区一些奶牛和骡子晚上爬下烟囱骚扰居民的趣闻。这些事情新鲜十足，值得人们了解。很遗憾作者并没有花更多的篇幅讲类似的故事。他写作能力强，语言富有幽默感，这本书差一点就是杰作了。

近来我收到了一些信件，也看了一些相关报道，说的都是同样的内容，万变不离其宗。我举一些典型的例子来说吧。其一是来自纽约一家报纸的报道，其二是来自老朋友的信件，其三是来自一位陌生的纽约出版商的信件。我努力变得虚心一点，他们评论中提到的文章完全出自我之手（他们的评论发表于十二月份《银河》期刊上，之前已经发表在伦敦《星期六评论》上，是一篇对于《傻子国外旅行记》的批评性文章）。

“《先驱报》报道说，伦敦《星期六评论》上有关马克·吐温《傻子国外旅行记》的‘严肃评论’最富价值。在读此书前，我们曾认为它是本“严肃”读物，甚至有可能会令人感慨万千，泪眼纵横。但自从买下它后，我们势必得承认，它是在马克·吐温的《跳蛙》之后，久违的一部富有幽默感和讽刺意味的小说。”——我不是每天都能得到这样的恭维的。

“我过去认为您的文章不错，但自从读了《伦敦评论》上《银河》里面的评论后，我觉得自己是个蠢蛋。如果按惯例要提出意见的话，我希望你把那篇文章放到你的《傻子国外旅行记》中去，另作一章，当然要看您是否敢于同那篇文章的幽默较量。那是我读过的最有意思的文章了。”——那是来自一位出版商的强烈表扬。

“那位伦敦的评论家是我的朋友，他并不蠢，不过是个看似‘严肃’的家伙。我读他那篇《银河》上的文章时，可以想象他时不时发出爽朗的笑声。但他是写给天主教徒，还有那些富有涵养、略微保守、颇具绅士风度的人看的，那些人需要有冲击力的文章来刺激神经。评论家看似对马克·吐温先生表示不满，实则言语里充满了幽默，着实是位伟大的幽默大师。”——既然他的文章幽默好看，我必须双脚合并，双手合十，向我终生的朋友及战友脱帽致敬，用阿拉巴马州的话说，“你让我颇感骄傲。”

我实在有愧于这篇文章，但我无意伤害任何人。我看到波士顿《广告者》报道说，伦敦的《星期六评论》上刊载了一篇文章，是对我在英国出版的那本书做出的一篇严肃的评论。我实在不敢相信，竟然有呆头呆脑、乏味无趣的英国评论家对我的书作评论。回家后，我立马写了一篇文章讽刺它，用我的话来说，应该是以它作乐。我从未见过《星期六评论》中批评的副本，直到我的讽刺文印刷出来后，才有机会看到它。当我实实在在拿到那个副本后，我发现它是何等粗俗、笨拙，充满恶意，的确是认真严肃地写出来的。写那篇报道的人，并没有说错那篇评论文的本质。

若有人怀疑我的话，我会杀了他。不，我才不会杀了他，我要打赌赢走他所有的财产。我敢下二十倍的赌注，任何一个纽约的出版商可以拿下股份，我之前提到的这本书的作家的身份，是真实可信的。也许我会因此飞黄腾达，我愿意接受所有赌注。如果有人希望赢得更多，我也可以满足他。但在他出钱时，他必须要清楚一件事：我是否对这盘赌局胜券在握。这下他可以到公共图书馆，研究一下十月八日伦敦《星期六评论》中提到的那篇评论。

保佑我吧，有些人认为我会输得一败涂地。

顺便提一下，我没法抗拒下面这篇如此赏心悦目、简单优雅、富有思辨性的文章，其中充溢着作者高调的自信心。这篇文章来自辛辛那提的《询问者》报。

“没有比优质雪茄烟的价格更难以捉摸的事了。十个烟民里，有九个会选择普通的国产货。如果不看价格的话，四分之三，或者至少二分之一的烟民会选帕特加。帕特加的味道非常细腻，适合那些习惯康涅狄格州烟叶的人群。这无疑是带着幽默口吻的。它质量越是上乘，越是不容易轻易辨认。马克·吐温甚至也被一个英国评论家的评论欺骗了。马克·吐温绝对是个上乘的幽默家，而英式幽默则比他更胜一筹，都把马克·吐温欺骗了，他误以为那是热情的赞扬，竟‘笑得停不下来’。”

为了做一个不以自我为中心的人，后来当我写了一篇自认为满意的文章而担心他人不满意时，我会声称那是出自一位英国人的手笔，摘自于伦敦的某杂志。我只需坐在背后，享受热烈的掌声。

后来，辛辛那提的《询问者》又报道：“马克·吐温发现《星期六评论》上关于《傻子国外旅行记》的那篇文章并不严肃，他因它销售惨淡而感到无比羞愧，于是采取了唯一的措施：在《银河》上发表了同样的文章，声称那是他亲自写的评论。这一招聪明之极，但很不幸，他犯了抄袭之罪。如果有读者致电，说他们看到十月八日《星期六评论》上的那篇原文，和在《银河》上出版的一模一样。对于马克·吐温先生来说，最好就是承认他被出卖了。”

以上文字显然是个谎言。现在就让我来给出证明。如果《询问者》的有关人员通过某个代理，在《银河》上出版了一篇与十月八日伦敦《星期六评论》上同样的评论文，那么我给那个代理支付五百美元。此外，如果我不能印出一篇与十月八日伦敦《星期六评论》上关于《傻子国外旅行记》同样的评论文，我会再支付那个代理五百美元现金。我把我的押金支付给位于纽约百老汇500号的谢尔登出版公司。《询问者》授权的任何在纽约的人士，请及时关注此事。这对于《询问者》的所有人员来说，是个非常有效的方式，只要他们说出上面的几段文字是否是个蓄意的谎言。他们会可耻地掩盖那个谎言？还是派个代理到《银河》办公室呢？我真觉得辛辛那提《询问者》报业公司里都是些儿童编辑。

巴黎笔记

巴黎人不经常旅行，他们只懂自己的语言，只读自己的文学，因此，他们相当狭隘，并且极为自负。不过，我们还是别太过绝对。有些法国人是懂外语的，这些人是服务生。其他的法国人呢，他们也懂英语，更准确地说，他们懂英语的程度和多数欧洲人一样，也就是说，他们可以说英语，但并不懂意思。他们说的英语别人很容易懂，而要让他们懂得别人说的英语几乎是不可能的事。他们认为自己懂了，他们装作自己懂了，但他们其实不懂。下面是我和这样的一个人的对话，我当时就写了下来，为的就是保证记录完全准确。

我：这些橙子不错，产自哪里？

他：再来一些吗？好的，我马上拿过来。

我：不，不用拿了。我只是想问一下它们产自哪里，在哪里生长的。

他：好的？（神情泰然自若，音调转高）

我：嗯，你可以告诉我他们产于哪国吗？

他：好的？（语气平静，声调转高。）

我：（沮丧）这些橙子不错。

他：晚安。（鞠躬，退下，对自己十分满意。）

这个年轻人如果适当努力，本可成为一名英语学者，但他是法国人，他不会那么做的。这跟我们国家的同胞相比是多么不同啊，我们的同胞会利用一切现有的条件去学习外语。在巴黎，有一些据称是法国传教士的人，他们建起了一座漂亮的小教堂，就在从凯旋门前延伸开的其中一条大街上。他们主张听取正确的布道，以正确的方式讲道，嗯，就用他们尊贵的法国腔调，主张要快乐。然而他们的小伎俩并不成功，每逢周日，我们的同胞总是先于法国人一步，占满教堂。当牧师走上台去布道时，他会发现教堂里满是准备好了只等他来的外国人，他们态度虔诚，手里拿着小书——看上去是一本有摩洛哥封面的圣约书，但仅仅是看上去而已；其实它是由贝洛斯先生编纂的法英词典，词条详尽，深受欢迎，外观、装订和大小跟圣约书差不多，原来，这些人是来学法语的。这个教堂被戏称为“免费法语学习教堂”。

这些学生或许能从中学到更多的语言知识，而非一般的信息。因为我听说，法国的布道跟演讲差不多，他们从来不会给历史事件命名，只用发生的日期作为标记；如果记不住历史日期，你就跟不上演讲的进度。法国演讲是这样子的：

同志们，公民们，兄弟们，唯一崇高和完美的国家的贵族们，让我们不要忘记，一月二十一日，那架飞机首次起航；八月十日，我们摆脱了可耻的外国间谍；九月五日，发生的事件其重要性自不必说，天堂和人类都共同见证；雾月（法国革命历第二月）十八日，埋下了自我惩罚的种子；七月十四日，对自由的强有力的呐喊昭示着复兴和新的一天的到来，并邀请地球上受压制的人们瞻仰法国神圣的面容，坚强活下去；让我们在这里记住我们对十二月二日加冕成王的拿破仑的永恒诅咒，要用雷声般的腔调，用法国本土的腔调，如果没有他，历史上也就不会有三月十七日，十月十二日，一月十九日，四月二十二日，十一月十六日，九月三十日，七月二日，二月十四日，六月二十九日，八月十五日，五月三十一日；如果没有他，纯洁、伟大而无与伦比的法国，它的历史年鉴书写至今天就不会风波四起。

我曾经听过一场法国布道，结尾古怪而又颇具雄辩力：

我的听众们，我们要记住一月十三日的这个人，那天的滔天罪行造成的后果同罪行本身一样重大。如果罪行没有发生，就不会有十一月三十日那令人悲痛的一幕发生！六月十六日也不会发生那么可怕的事，那个人也不会为人所知；也就不会有九月三日和毁灭性的十月十二日。那么，尽管一月十三日给你我和一切呼吸的生物带来了众多死亡，我们是不是仍要感激这一天呢？是的，我的朋友们，因为如果没有那一天，也就不会有现今的一切，此外，它给了我们补偿——神佑的十二月二十五日。

虽然对于多数我的读者来说几乎是多余的，但也许最好还是要解释一下。一月十三日的这个人是亚当；那一天犯下的罪行是偷吃禁果；十一月三十发生的令人悲痛的一幕是亚当和夏娃被赶出伊甸园；六月十六日发生的可怕事件是亚伯遭到谋杀；九月三日开始了前往挪得之地的流放；十月十二日，最后一座山头被洪水淹没。在法国如果你去教堂，最好带上年鉴书——要那种带注解的。

密西西比河上的风光

>

这是孟菲斯下游的一条大河。整条河流河水与河岸齐平。时常，河水会漫过河岸，倾泻到几英里远的陆地上，淹没片片树林和田地。有些地方，水深十五英尺，那儿人们辛勤劳作的成果全都化为泡影。带着困窘的物资和微弱的勇气，人们又得一切重新再来。这是一幅令人忧郁的景象，连绵不绝，蜿蜒数百英里。偶有几处灯塔竖立在三英尺深的水中。郁郁葱葱的森林边缘绵延数里，那儿没有农场，没有林牧场，也没有开阔的土地或任何缺口。这就意味着管理灯塔的人必须驾着轻舟驶过长长的一段水路，才能履行公务，而且多半是在极坏的天气里。然而，据说无论天气如何，他们都尽心尽责地完成工作。如果遇到男人生病了或有事无法上班，这时他们的女人就会顶上去。政府会提供灯油，每月发放十至十五美元的工资给管理执勤灯塔的人。每个月政府的船只会过来分发灯油和工资。

船岛地区依然与过去一样，树木丛生，荒无人烟。这座岛屿已经和大陆紧密相连，不再是一座岛屿了。如今马车行驶的大道是昔日里轮船航行的线路。当年宾夕法尼亚号船只的残骸早已荡然无存。未来的某一天，也许某个农民耕地的时候，会耕出它的骨架，那时定会令他大吃一惊。

现在，我们向下游驶去，逐渐进入到往昔黑人迁移的地区。这些可怜的人，他们是奴隶的时候从来不能去旅行，所以，今天他们在补偿过去的缺憾。他们一直住在种植园内，一旦有了想要旅行的愿望，就会打包行囊，招来一条轮船，尔后启程离开。没有既定的目的地，几乎任何地方都可以，他们只想离开。只要手中有钱，剩下的问题就解决了。如果只能维持五十英里路的话，那就五十英里吧；如果手中的钱不能支撑五十英里，那就走短一点路程。

几天内，我们经常接到他们的招呼。有时会见到一些有高高的水迹的破烂小屋，里面住满黑人，一眼望去没有白人的踪迹可循。这里到处都是寸草不生的干燥土地，有一些砍伐下来的树木。几头瘦骨嶙峋的牛、骡子和马匹，正在吃着树叶，嚼着树皮。在这片洪水过后的土地上，动物的食物除此之外别无他物。有时还能看到陆上孤零零的一处小屋，附近住的那户黑人家庭还跟我们打过招呼。大大小小、老老少少的一大家子人全坐在屋子里有限的一些家什上面。其中有一把锈迹斑斑的手枪，几床褥套，几个柜子，一些洋铁制品，几张凳子，一面破旧的镜子，一张古老的摇椅。还有七八条用链子拴着的黄色野狗，品种不好，毫无精神。家人牵着它们，他们必须养这些狗，没有狗是不行的。野狗从来都不情不愿，它们总是反抗。它们一个接着一个，按照令人发笑的顺序，被硬拉上船。野狗把四条腿都趴在地上，头几乎被拉掉了。可是牵狗的人还是坚定地往前走，专心于手头的工作。为了更好地用力，他们把绳索套在肩上。有时会有小孩被遗忘在河岸边，但是从没有一条野狗被丢弃过。

驾驶舱中仍然像往常那样谈论着奇怪的河上话题。63号岛屿拥有一处颇为可爱的“狭窄水道”或曰通道，当然这是过去的事了。他们谈到杰西·杰姆逊曾带着一个访问领航员一起在云雀号轮船上。那是个可怜人，退休了，身体衰弱。就是在这六十三号地区，杰姆逊把舵轮交给了他，让他当一段班。这位老水手驾驶船只穿过狭窄的水道，沿着外面的河流往下游走；之后又从上水位过了水道，向河流下游开。如此来来往往很多趟，然后将船交给接班的领航员。在勤勤恳恳工作了三个小时之后，他们的船只仍然停留在岛屿的脚下——他当初接班的地方！岸边一个黑人看着这艘船来来回回有十三次之久，说道：“我的天啊，如果这条航道上开来开去的都是云雀号的话，我肯定不会惊讶！”

有一件轶事诠释了声誉对观念变化的影响。伊克利号轮船因其快速敏捷而声名远扬。有一天，岸边一个年迈的黑人，专心致志地做自己的事情，并未注意从身边经过的轮船。后来有人问他：

“有船从这里往上游开去了吗?”

“有的，先生。”

“那艘船开得快吗?”

“哦，是——是慢吞吞地驶过的。”

“现在你还记得是哪艘船吗?”

“记不清楚了，先生。”

“怎么，大叔，那是伊克利号。”

“不会吧！真的吗？好吧，我打赌没准儿真如此，因为它刚刚从这儿飞速地开走了！”

还有一段历史说明了河流下游地区人们的粗鲁作风。在发大水的前几周，A家的栅栏被冲到了B家，而B家的却被冲到了A家。这种情况下，A先生说：“我用你家的栅栏，而你就用我家的。”B先生却不同意，而且也不愿意这么做。一天，A先生来到B先生家取回自家的栅栏，B先生却说：“我要杀了你！”边说边拿着左轮手枪冲向A先生。A先生这时回答道：“我手无寸铁。”如此，只为正义之事的B先生就扔下手中的左轮手枪，然后掏出一把刀子割了A先生的喉咙。由于主要的注意力集中在前面，B先生压根儿就没切断对方的颈静脉。在地上挣扎的A先生于是努力抓到了被丢弃在一旁的左轮手枪，射死了B先生。之后A先生的伤倒也逐渐养好了。

又继续八卦了一会儿之后，人们都下去喝午后咖啡去了，独留我一人当班。眼前的某些东西触动了我的回忆，让我想起在圣路易斯的最后一个小时中的情景。我当时大部分时间都是在船上的顶层甲板上度过的。在那里我遇到一个陌生人，同他一起攀谈起来。那是个活泼的年轻家伙，他说自己出生在威斯康星州内陆的一个小镇上，一周前才见到过轮船。他还告诉我，从拉克罗斯过来的时候，他一遍遍勤奋地考察了轮船。他十分热情，又充满兴趣，把船头到舵叶的整体情况都摸得一清二楚。他问我是哪里人，我告诉他自己是“新英格兰人”。“哦，原来是个北方佬！”他说。不等我确认或否认，他又继续聊开了。他当下提议要带我把这整艘船参观一下，告诉我各个部分的名称以及它们的用途。我还未来得及拒绝或找个借口逃脱，他又喋喋不休地开始了自己善意的活儿。我发现他对某些事物的称呼根本就是信口胡言，而且看到我这个远道而来的陌生人被他如此摆弄，他竟然有些沾沾自喜起来。于是我缄默不语，任他发挥。他给我编了一个谎言的世界，扯得越远，想象力越丰富，他也就越来越享受这种蒙骗。偶尔，用一个荒诞而离经叛道的谎言欺骗了我之后，他整个人都充满笑意，以至于不得不找些借口走开一会儿，以防引起我的怀疑。我一本正经地跟着他，直到他演完所有的闹剧。然后，他总结说已经把船上各种名称都教给我了，总算完成了任务；如果他遗漏了一些信息的话，尽管去问他，他很乐意补充讲解。“这船上不管是什么不知道名字或用途的东西，尽管来找我，我会教你的。”我说一定会请教的，然后离开了。我离开后，从另外一个方向走到他那儿，他看不见我。只见他独自坐在那儿，笑得弯下了腰，在无法停下的笑声中，他的身体不时颤抖着。他也许自己笑得都感到难受了，因此后来一连几天都没有露面。那时，这段插曲也从我记忆中淡去。

现在这事又突然出现在我的脑海中。我独自一人坐在驾驶座上时，这个站在驾驶室门边的年轻家伙手握门把手，安静而严肃地审视着我。我从未见过如他这样受伤的神情。他未置一言，单单站在那儿以责难的表情注视着我，一边又在深思着。最终，他关上门走了。一分钟之后在领航室那儿他停住脚步，缓缓地走回到门那儿，再次驻足，脸上仍然是那副悲伤的表情。他仔细打量着我，神色中有谦恭和谴责，然后问道：

“你就是那个让我教你轮船上名称的人，是吗?”

“是的。”我承认道。

“你就是他，对吗?”

“是的。”

“你就是那个人……”

找不到合适的语言表达。他停顿了一下，然后徒劳地挣扎着继续寻找词

语，终是放弃了。他哽咽着强烈地诅咒了我，然后永远离开了。在这段旅途中，后来我还见到过他几次，但是他很冷酷，从不愿意瞅我一眼。白痴！如果一开始他没有如此费尽心思地跟我玩那个愚蠢的恶作剧，我也许还会把他的思想拉到其他的方向，那样就可以阻止他那肆无忌惮又愚蠢无礼的行为了。

每天早晨，我都让别人叫我起来值四个小时班，因为在密西西比河上夏日看多少次日出也不嫌多。那景色极为迷人。一开始是一片无声的寂静，那种深沉的静谧笼罩着整个自然。然后，给人一种脱离这个世界的苦恼与喧嚣之外、萦绕不去的孤独寂寞之感。黎明悄无声息地来临，漆黑的森林坚固的分界线逐渐退变为灰色，无限广袤的河流也慢慢展现出它们的面貌。河水如明镜般光滑，泛出一圈圈幽灵般环形的白色雾气。一丝微风都没有，树叶纹丝不动。此时此刻宁静如海，给人无限的满足感。突然，一声鸟鸣打破了沉寂，群鸟和之。顷刻，鸟儿的鸣奏形成了一首喜气洋洋的喧闹的歌曲。目光所及，无一只鸟儿的踪迹，循声而去，唯余四周萦绕的鸟鸣。待到黎明的光线强烈一些，这时展现在人们面前的是一幅极尽想象力的柔和奇景。周围树叶的浓绿色一寸寸地变淡。一英里或更远处突出的海岬，色彩早已被渲染为春日柔和的嫩绿色。稍远一些的海岬，色彩几乎全都退去。最远处的海岬，远远地在地平线下几英里处，枕着昏暗氤氲的水汽沉睡其中，与海天融为一色。伸展的河流似一面镜子，河水中倒映着一簇簇的树叶、弯弯曲曲的河岸以及不断后退的海岬。所有这一切都勾勒出一幅美景，景色柔美，色彩丰富。当太阳完全升起来后，阳光在这里洒下一片粉色的光泽，那儿涂上一层金色，再和上一些紫色，美妙至极。那时你觉得自己看到的这些景色将永远刻在记忆中。

清晨，我们去了肯塔基州河湾地区，这里曾经发生过奇怪的悲惨事故。那是船长的小船，船尾用明轮推进。多年来，他和妻子以此为家。一天夜里，船只触上了肯塔基州河湾的暗桩，以惊人的速度下沉。船长来到船尾的时候，水已经没过了船舱的地板。他妻子还在上铺睡觉，因此，他用斧子从他妻子住的那间船舱顶部劈下去。舱顶比人们想象中要轻薄易坏，他的那一斧子不仅砍坏了甲板，也劈开了她妻子的头骨。

这个河湾现如今已经被填平了，河水改道。同样，曾经更为繁华的伟大的核桃湾也不存在了，它已经成为了一片荒僻之地，离开了来往船只通常的航道。

我们参观了海伦娜这个城市，还去了之前没有听过的一个小镇。那是最近刚成立的小镇——阿肯色市，这座小镇因为铁路而问世。从小石城经由密西西比河出发，到得克萨斯州铁路，就要经过那里。我们向当地的一位乘客打听了一些情况。“好吧，”他考虑了一下后说道，那时的神情好像需要时间来运量准确性，“那真是个鬼地方。”这种描述就像照片那样精确。几排破旧的木屋，满地污泥够这个城市用一百年。洪水最近才退去，街道上随处可见死水塘，偶尔可以看到十几个敞舱平底驳船，分散在各处，它们就搁浅在大水退去的地面上。河水退去后，人们步行着访友和购物。然而，这里仍是一派繁荣景象。它的后面有一个富裕的乡村，前面有个谷仓，还有一家精致的大磨坊，生产棉籽油。

在我生活的那个时代，棉花籽相对而言是不值钱的，现在一吨价格已在十二或十三美元之间，所以说没有人会将它们倒掉了。棉花籽榨出的油无色无味，即使不是完全无味，那也没有怪味。据说通过适当的加工，棉籽油的功用与其他所有的油无异，还比其他油便宜。精明的人将棉籽油运到意大利，将之改头换面后重新贴上商标，作为橄榄油再运回国内。这种贸易增长如此迅速，意大利不得不对此征收禁止性关税，以防它破坏意大利的食用油行业。

海伦娜占据了密西西比河上最优美的地段。它栖息于最南端的群山之中，人们从河流的另一端可以看到它。在正常情况下，这里是一个美丽的小镇，但是，最近洪水（或者可能地下渗出水）破坏了这个地方。泥水侵入了条条街道上所有的房屋，建筑的外部从地基一直向上仍然留有一圈污迹。四处可见搁浅或废弃的平底驳船。四英尺高支柱支撑的木质人行道仍然保存完好。地面的木板人行道则松散开来，全都毁坏了。几个人从上面快步通过，会给瞎子一种骑兵突击队快来了的感觉。到处都是很深的黑色污泥，许多地方还有很多滞水滩。密西西比的洪水所造成的灾难，那种荒芜悲惨仅次于一场大火。

我们在此处度过一段愉快的时光。阳光灿烂的周日，趁着船只靠岸卸货的时候，我们有两个小时的自由时间，在岸上逍遥一下。后面的街道上，一眼看过去白人不多，黑人倒很多，主要是妇女和女孩，全都穿着崭新的衣服，衣服做工精细，剪裁考究，几乎无一例外。与此地令人感伤的泥泞和地上的积水相比，她们便也形成了一种鲜明而欢乐的对比。

海伦娜是阿肯色州的第二大城市，据统计，这里人口大约有五千。这座城市的棉花贸易很繁荣，年交易量达到四万至六万包。这里拥有大宗木材和粮食交易。此外，城里有一家铸造厂、几家榨油厂、机械厂和马车制造厂。简而言之，海伦娜将一百万美元的资金投入到制造业上。这座小城拥有两条铁路，那是这里一大片繁荣地区的商业中心。新奥尔良的《泰晤士民主报》的报道称，海伦娜一年各种来源的净收入为四百万美元。

蜜蜂

我是通过密特林克开始和蜜蜂打交道的，准确地说是从心理和美学角度。我小时候接触过蜜蜂，但那只是生意上的接触。很奇怪，都快过去六十年了，我竟然还记得这种无聊的事情。

蜜蜂专家口中的“蜜蜂”一般都是指的雌蜂，因为蜂群里扮演重要角色的蜂种都是雌蜂。蜂巢里只有一只成了婚的蜜蜂，称为“蜂后”。她育有五万子女，其中一百个儿子，剩下的都是女儿；她们中有些是“黄花闺女”，有些则是“老姑娘”，不过都不能生育，且终生如此。

每年春天蜂后携一儿子出巢并与之交配，度过一至两小时的短暂蜜月之后，蜂后便弃夫回巢，足可产下两百万个卵。就这一年来说这个数目可谓达标，但也仅仅是达标而已，因为每天都会有上百个卵溺死，又要给鸟叼走几百个。而蜂后的职责就是保持人口足量，大概五万只蜜蜂，在繁忙季节——也就是夏季，她必须保证随时有这么多可投入劳动的子女，不然整个蜂群就酿不出足够的蜜来过冬。蜂后根据需要每天产卵两至三千，这其中她得审时度势，蜜源紧缺时，产卵不能超过劳动力需求量，蜜源丰富时，产卵又必须满足需求，否则蜂群董事会就会将她罢免，重新选举一个更为明智的蜂后。

蜂群里随时都有几个继承人等着上位，一个个都是摩拳擦掌，急不可耐，也不管抢的是自己母亲的位子。这些公主都是足不出户，从小锦衣玉食，养尊处优，吃的是最为精致的蜂王浆，过的是无比奢侈的上流生活，自然地，她们也就长得比其他工蜂姊妹更为庞大肥壮。另外，其他蜜蜂长的都是直螫针，只有这些公主是弯刀形螫针。

普通蜜蜂叮不择人，而王室蜜蜂则专挑自家人叮。普通蜜蜂之间要是起了什么纠纷，都是以叮咬来置对方于死地，但若是到了杀蜂后的份儿上，就是另一回事了。当蜂后变得年老体衰无力产足蜂卵时，她的女儿就有权向她发起攻击，其他蜜蜂则作壁上观，欣赏一场“公平搏斗”。交战双方以她们特有的弯螫针为武器展开决斗。如果一方招架不住弃战跑路，她就会被抓回来重新迎战，跑个一次两次还可以允许，但要是再逃，等着她的就是司法处决了。她的儿女们会把她团团围住，困她个两三天，直到她饿死或是窒息。与此同时，胜出的蜜蜂光荣上位，并开始履行她神圣的蜂后职责——产卵。

至于这“依法弑后”中的伦理道义，那就是他们的政治问题了，留待后文适时讨论。

在她五至六年的短暂人生里，蜂后基本终生深居于宏伟而幽暗的王宫，终日只有那些低微的仆人伴于左右，他们向她献上空洞的舔舐以填补她内心真爱的空虚，同时他们又为那些觊觎王位的继承人充当耳目，向她们通报蜂后的缺陷和弱点，还不忘添油加醋一番。这些家伙人前对她谄媚逢迎，人后对其恶意中伤，在她当权得道时奴颜婢膝，在她老弱失势后便将其无情背弃。蜂后落寞地坐在王座上，没有慰藉同情，没有贴心陪伴，没有日思夜盼的深情爱抚，一切都只因她那外表光鲜的狗屁王位。她是自己土地上孤苦伶仃的流放者，被迫整日面对那些周而复始的繁文缛节和千篇一律的顶礼膜拜。上天赋予了她一双翅膀，她本应自由翱翔，振翅碧空，穿梭花丛，却因为一个王室的出身便遭遇荒唐的命运逆转，千金难买的继承权注定换来不见天日的幽禁、徒有其表的显赫以及一段无爱的人生；到头来还只落得无限骂名、凌辱与惨死，她骨子里的自尊还只得安慰自己，她死得其所！

然而，哈伯、卢博克和密特林克这些蜜蜂研究领域的权威人士却一致认为蜜蜂是没有人性的家族。我可不知道他们为什么要这么做，但一定是出于不可告人的动机。因为，他们自己煞费苦心进行了充分彻底的多次实验，解密了无数事实，结果证明，如果世界上真有“大智若愚”之谓，那么蜜蜂最为当之无愧。就是这样。

不过专家就是这副德性！他会用长达三十年的时间堆砌无数事实，只为了证明某个理论；继而他深深地陶醉于自己的伟大成就中，以至于往往忽视了最有力的那项事实，从而使他的实验完全走向了另一个方向。你给他写信指出错误，他置之不理；你登门拜访据理力争，仆人便支支吾吾不放你进门。专家都是摆着一副臭架子，除非你随声附和他们的理论，那时候你跟他开口借钱他都是笑呵呵的。

平心而论，我还是要承认偶尔也会有人回信，只不过都是避而不谈，就是不给你一个定论。我在发现蜜蜂的人性特点之后便向刚刚提到的那三位专家致信，回信则全都是遁词连篇，生怕担上什么责任。

而重要性仅次于蜂后的角色就是工蜂了。工蜂数量为五至十万，是蜂群里的劳苦大众，里里外外的活儿都是她们在干。雄蜂不劳动，蜂后更不劳动，除了产卵，不过我可不认为这算什么劳动。毕竟，她只有两百万的指标，而且她有整整五个月的时间来完成任务呢。蜂巢里实行精细合理且高度专业化的劳动分工，就跟美国那种巨型机厂一样。一只蜜蜂在接受了诸项工作中特定工种的训练后，她对其他技能便无所适从，如果要她越俎代庖她就会生气。她跟厨师一样有个性，你就想想如果让厨师端盘子，后果是怎样的。你非要让厨师去弹钢琴那也行，不过那就是他们的底线了。我就曾经试过让厨师去劈柴，所以我明白个中委屈。即便是丫鬟也有她们的底线。诚然，她们没有明确的地位职责，什么都得干，甚至任人呼来喝去，但她们也有自己存在的意义。这不是无稽之谈，而是有绝对真理作为依据的。还有管家，你让管家去帮狗洗澡也很荒唐。正如我所说的，这些方面还有不少门道可学，都是书上没有的。书本知识固然重要，但书本并没有涵盖全部人类美学文化。职业自豪感即便不是万物最最核心的要素，那也是核心要素之一。蜜蜂当然也是一样。

躺在床上才危险

“还需要再买一份意外事故险吧?”售票处的售票员问。

“不用了,”我稍微考虑了一下说道,“不用了,我认为不需要。今天一整天,我都会坐在火车上旅行,我相信不会出事故。不过,明天我就不旅行了,给我一份明天的意外事故险吧。”

售票员看起来十分困惑不解,问道:“这可是意外事故的保险,如果你要坐火车旅行的话……”

“如果我是乘火车旅行,我就不需要意外保险了。躺在家里的床上,才是我害怕的事。”

Be good & you will be lonesome.
Mark Twain

我一直在研究这件事情。去年，我旅行两万英里，几乎全都是乘坐火车；前年，我旅行了至少两万五千英里，一半是乘坐轮船，一半是乘坐火车；大前年，我旅行约有一万英里，全部是乘坐火车。如果再把所有到这儿那儿的零碎短途旅程都加在一起的话，我可以说，在刚刚提到的那三年间，我已经旅行了六万英里，但从来没有发生过任何事故。

每天清晨，我都会自言自语好一会儿：“到目前为止，我还从没有碰到过意外事故，那这次碰到事故的可能性就会大大增加，没准儿就会倒霉碰到。我得机灵点，买一份意外事故险。”毫无疑问，我抽到了空签，那晚睡觉时，我既没有关节不适，也没有骨裂。我渐渐厌倦了每天都要买一次保险的麻烦，于是开始购买月意外险。我对自己说：“一个人，在一个包袱里购买的三十张不可能都是空签吧。”

但是，我错了，签里从来就没有奖品。我每天都能读到一些有关铁路事故的报道——报纸上随处可见，但不知为什么，我从来不曾遇到过这类事故。我发现，自己已经在意外事故上花了许多钱，但却毫无用处。我起了疑心，开始四处寻找，看有谁曾获得过意外保险的赔偿。我问了许多买过这种意外保险的人，但是没有一个人遇到过意外事故，也没有一个人从中获得过一分钱的赔偿。于是，我不再购买意外事故险，并开始进行统计。统计结果令人震惊，原来，危险并不存在于旅途中，呆在家里反而才危险。

我找出了统计数据，惊讶地发现：尽管报纸上有关铁路事故的标题十分引人注目，但在过去的一年中，真正因为这些事故丧生的人不足三百。其中，伊利路被认为是最具“杀气”的路，曾有四十六人或是二十六人丧生于此，我记不太清了，不过我记得这个数字是其他公路死亡人数的两倍。但是我们马上就想到了如下这个事实：伊利路非常长，而且路上的生意往来也比国内任何其他公路要多。因此，这个双倍的死亡数字也就不足为奇了。

我们进一步计算发现，仅是纽约和罗契斯特之间的伊利路段，每天就有八趟单向旅客列车行驶，两个方向一共是十六趟，日均载客达六千人次。也就是说，六个月中约有一百万人次的载客量，相当于整个纽约市的人口数量。也就是说，伊利路在六个月中杀死了这一百万人中的十三至二十三个人；而与此同时，纽约市的一百万人口中就有一万三千人死在了床上。看到这，我浑身颤抖，毛发悚立。“这太令人震惊了！”我说道，“原来，坐火车旅行并不危险，那些致命的床才危险。我再也不要在床上睡觉了。”

我在推算中使用的路程，还远不及伊利路长度的一半。显然，整条伊利路的日均载客量至少一万一千或一万两千人。还有许多从波士顿延伸出来的短途铁路，载客量足足有这个数目的一半，而且诸如此类的铁路还有很多。就整个国家而言，还散布着许多载客量巨大的铁路。因此，可以合理地假定这个国家每条铁路的日均载客量为两千五人次。我们国家有八百四十六条铁路线路，八百四十六乘以两千五人就是二百一十一万五千人次。因此，美国铁路的日均载客量达两百万余人，一年就是六亿五千万人次，而且这还不算星期天呢。他们也进行过计算（这是毫无疑问的），但他们获取的原始数据明显超出我的计算权限，因为我反复查看了人口普查数据，发现美国并没有那么多人，不过最少也有六亿一千万人。他们肯定是重复计算了同一个人，这是很可能的。

旧金山的人口是纽约的八分之一，前者每周死亡六十人，后者则是五百人，如果不出什么事故的话。换句话说，旧金山市一年的死亡人数是三千一百二十，而纽约的死亡人数则是它的八倍，也就是两万五或两万六。两地人口健康状况没有什么差别，因此我们可以合理地假设这种情况适用于整个国家，也就是说，我们每年每百万人口中就有两万五人必须死去。这个数字相当于我们人口总量的四十分之一，那么，我们全国每年会有一百万人死去。这一百万人中，有一万至一万二千人是因刺杀、枪毙、溺水、上吊、中毒等原因身亡，或者以其他几种常见的暴毙方式死亡，例如煤油灯打翻引起衬裙着火，被掩埋在煤矿中，从房顶摔下来，穿过教堂或讲堂时遇到地板塌陷，服用专利药品或其他形式的自杀行为等。伊利铁路杀死了二十三至二十六个人，其余八百四十五条铁路平均每三条铁路杀死一个人。上述要死亡的那一百万人口中剩下的，就是在自己床上自然死去的，一共是九十八万七千六百三十一人！这是一个多么惊人的数字！

现在你们可以明白我为什么要在床上寻找机会了吧。那些铁路对我而言实在是足够安全了。

我对所有人的忠告是，能不呆在家里就尽量不要呆在家里。不过，当你不得不在家里呆一会儿的时候，就去买一堆意外保险，而且还需要彻夜不眠。你真即使再小心也不为过。

(现在大家明白我为什么在文章开头那样回答售票员了吧。)

这篇文章的寓意就是，轻率粗心的人们对美国铁路管理抱怨得过多了。如果我们考虑到每年的每个日日夜夜，足足有一万四千辆各式各样的火车，运载着生生死死，轰隆隆地从这片大地驶过，我们便会发现，一年有三百个人丧生铁路并非什么奇迹，奇迹是这些铁路并没有让九万个人丧生！

新英格兰的天气

>

我心怀崇敬，深信创造世间万物的造物主创造了新英格兰的一切，除了天气。我不知道是谁创造了新英格兰的天气，但我暗暗猜想，一定是新英格兰天气主管的工厂里那些笨手笨脚的学徒们干的好事，他们为了基本的温饱做试验、学技巧，然后获得提拔，为那些挑剔讲究的地区创造天气，要是他们没能得到理想中的天气，他们就会带着自己的生意另寻他处。新英格兰的天气简直是千变万化，以至于让外地人的钦佩之情以及懊恼之情都溢于言表。新英格兰的天气总要弄出些花样来，它总是沉浸于自己的事务中，它总能设计出新的花样，并且接连不断地让人们变换穿着，看看人们会如何反应。

不过，相比起其他季节，春天的天气更是花样百出。在春天，我曾在短短的二十四小时里经历过一百三十六种各不相同的天气。有这样一名男子，他在独立一百周年纪念庆典上展示了自己无与伦比的天气标本的收藏，使得许多外国人都瞠目结舌，而让他名利双收的人，正是我。他原本打算环游世界，并收集所有天气的标本。我对他说："你不用这么做，你只需在春天挑个晴好的日子来新英格兰就行。"我还告诉他天气的风格、天气变化的种类以及数量的多少。后来，他真的来了，并在四天之内集齐了所需的全部标本。当我问起他有关天气种类的问题时，他向我坦承，他收集到几百种他前所未闻的天气标本。至于数量，在他拣出了那些有瑕疵的天气并将之剔除之后，他不仅拥有了数量充足的天气，并且还能有所节余。这些天气有的可以出租，有的可以出售，有的可以储存起来，有的可以投资，有的可以接济穷人。

新英格兰的居民天生具有耐性，他们宽厚容忍，但有件事他们却无法忍受。每年，他们都会扼杀许多描写"明媚春光"的诗人。这些人大多是不期而至的游客，他们从外地带来自己关于春天的遐想，并且不出意外地，对新英格兰人对于春天的感受浑然不知。因此，游客们到访之后了解到的第一件事就是，他们已经彻底失去了理解当地人感受的机会。

老式的天气预报结果准确，有着极好的口碑，可以说完全是名副其实的。只见他拿起一张报纸，仔细核对今天的天气预报情况，首先是太平洋沿岸地区，随后是南部各州，中部各州，威斯康辛地区。整个过程他表现得都明快干练，自信满满，毫不拖沓。你看着他一路沉醉于自己的强大本领，高奏凯歌、骄傲不已，直到他来到新英格兰，终于变得垂头丧气。他不知道新英格兰的天

COPYRIGHTED BY
A.F. BRADLEY,
NEW YORK . 1907.

气会是什么样。他反复地琢磨，终于鼓捣出了一套这样的思路：风向有可能是东北到西南，间或偏南、偏西、偏东，情况各有不同；各地之间的气压高低各异，有明显差别；有的地方会有降雨，有的会下雪，有的会有冰雹，有的会出现干旱，在此之前或之后还可能会有地震，并伴随着电闪雷鸣。然后他草草地记下自己天马行空般的想法，为了掩饰预报的失误，他说："本次预报的结果可能会随时根据天气的情况发生改变。"

确实如此，新英格兰天气最令人瞩目的一点就在于它瞬息万变，简直让人眼花缭乱。只有一点是肯定的：你很确定天气会变来变去，次数还不少——这是个完美的重要总结。但你根本无法猜透它的下一步究竟要怎么走。比如说你已经为干旱做好了准备，你把雨伞留在家里，然后信步外出，可走了一两步却发现自己已经在洪水中溺毙。你已经深信不疑，地震就要发生。你小心翼翼地站好了，紧紧抓着某种东西来保持平稳，结果你意识到的第一件事就是你被闪电击中了。这一切都让人感到巨大的失望，但是人们始终束手无策。新英格兰的闪电也非常特别，这可是千真万确的。当闪电击中某样东西之后，这样东西就变得面目全非，以至于你完全无法分辨出它是什么东西——你可能会以为它是个值钱货，事实上那只是一具议员的残骸而已。打雷也是如此。当雷公开始进行调试，发出刮擦和锯裂般的声音，随后音调逐渐升高，表演马上就要开始之时，不明就里的外乡人会说："这是为什么？你们这儿的雷可真奇怪！"可到了指挥棒已经举起，真正的音乐会拉开帷幕的时候，你会发现这个不明就里的外乡人已经偷偷藏到了底下的地窖，头埋在垃圾桶里不肯抬起来。

现在，我想从长度的方面谈谈新英格兰天气的规模。天气的规模相比起这片不大的土地来说，完全不相称。有一半的时间，新英格兰已经尽可能地塞满了各式各样的天气，可你还是会发现天气总会戳出边界，伸出几百英里，覆盖周围的几个州。即使是十分之一的天气，新英格兰也无法控制。你能随处发现她竭尽全力容纳这些天气时留下的撕裂的伤痕。新英格兰的天气毫无人性、邪恶无常，对此我可以大谈特谈，但我只想举其中一个例子。我喜欢听到雨滴嗒嗒地落在锡制屋顶上的声音。因此我用锡板盖住了屋顶的一部分，以期享受这动人的旋律。先生，您认为雨滴落在锡制屋顶上了吗？并没有，先生，每一次雨滴都与屋顶擦肩而过。

请您注意，在这次演讲中我一直只是单单希望对新英格兰的天气表达我的崇敬之情——没有语言能够对其公正以待。然而，毕竟至少还有一两件有关天气的东西（或者说，如果您允许的话，是由这一两件东西催生的产品）我们不想放弃。虽然我们没有令人沉醉的秋日红叶，我们还是不得不赞赏天气的一个特点，这个特点能够抵偿其所有令人不快的方面，这就是冰暴。光秃秃的大树从上到下全都覆盖了一层白雪，犹如水晶般洁白明澈的白雪；每一根树丫，粗细不一，都挂满了晶莹的冰珠、结冰的露珠，整棵树闪耀着冰冷洁白的光芒，就像是波斯皇帝的钻石羽饰。树枝在风中摇摆起伏，太阳升起，阳光把树枝上挂着的无数个小冰珠变成了散发着彩色光芒的棱镜。光芒熊熊燃烧，闪闪发光，从绿色变成红色，从红色转为绿色，又从绿色变为金色，变化之快，简直让人应接不暇。此时树木变成了一座喷泉，光彩夺目的宝石从中喷薄而出。它代表着艺术或是自然界中至高无上、无以比拟的存在，美妙绝伦，让人眼花缭乱，沉醉其中，难以抗拒。再美的言辞亦是徒劳。

理发师

>

一切事物皆在变迁，但理发师、理发师的行事方式和他们周遭的环境除外，这些亘古不变。一个人第一次踏进理发店所经历的一切以后会重复上演，直到他临终的那一刻。今天早晨，我像往常一样在理发店剃了胡子。我从大街向理发店走去的时候，另一个人也从琼斯街走向店门——这样的事经常发生。我加快了脚步，但也于事无补；他在我前一脚进了门，我跟在他后面进去，瞧着他坐在那唯一的空位上，那个位置是由最好的理发师负责的。经常发生这样的事儿。我坐下来，希望自己可以轮到剩下的两个理发师中手艺较好的那个，因为他已经开始为客人梳头了，而他的同事还在为客人揉搓头发、涂抹发油。我饶有兴致地观望着自己的胜算有多大。当我看到二号理发师快追上一号理发师时，我的兴致变为了担忧。当一号因为停下来给新来顾客的浴票找钱，从而在比赛中落后时，我的担忧又变成了焦虑。接着一号又追了上来，他和二号同时拉掉毛巾，把客人脸上的粉刷干净，这时候没准儿哪位会先喊："下一位！"我的呼吸都在这停顿的瞬间静止了。但是就在那千钧一发之时，一号停下来梳了梳客人的眉毛，我知道就这一下让他输掉了这场比赛，我气呼呼地站起来离开了理发店，以免落在二号的手中。因为我可没有那样令人羡慕的坚定气概，能镇静地注视等待我的理发师，并告诉他我要等他同事的那个空位。

我在店外晃悠了十五分钟，然后又走了回去，希望这一次运气能好一些。不用说，我一如往常的倒霉，所有椅子上都有人，还有四个人坐在里面等着，他们沉默不语，不愿说话，心烦意乱，流露出厌倦的神色，这是人们在理发店里排队等候时的惯常表情。我坐在一个被铁扶手分隔成几个座位的旧沙发上，瞅着那镜框里纷繁浮夸的染发剂广告打发时间。过了一会儿，我看了看私人月桂油瓶子上油腻腻的名字，瞧了瞧分类架上几个私人剃须杯上的姓名，还注意到上面的号码。我研究了墙上的廉价画作，它们脏兮兮的，破损不堪，画的是战争的景象、早年的总统、丰满撩人的苏丹王妃斜躺着的画面，还有戴着祖父的眼镜的年轻姑娘，她令人厌烦，却随处可见。我暗中诅咒那欢闹的金丝雀和扰人的鹦鹉，几乎每个理发店都能见着它们的身影。最后，在房子中央那张邋遢的桌子上，我从随意堆放的去年画报中找出几张像点样子的，仔细研读它们对业已忘却的往事的描述，这些报道夸大其词，歪曲事实。

最后轮到我了。只听有个人喊道："下一位！"我便把自己交给了——那个二号。事情总是这样。我温和地说了句“我赶时间”，但他像没听见一样，这句话对他没产生任何作用。他把我的脑袋往上那么一推，放了块护颈巾在下巴下面，又把手伸进我的衣领，在那儿别了一块毛巾。他用爪子一样的手探了探我的头发，建议说剪短一点。我说我不想剪。他又探了探，说现在时兴的发型要比我的头发短一些，最好还是剪短，特别是后面的头发。我说我一周前才剪的。他若有所思，同情地看了一阵我的头发，然后轻蔑地问道：“谁剪的?”“你剪的!”我说，这下他无话可说了。然后他开始搅拌肥皂沫，同时在镜子里端详着自己，时不时地停下来，凑到镜子前钻研自己的下巴或细看一个青春痘。随后，当他在我一边脸上涂好了肥皂沫正要涂抹另一边时，一场狗斗吸引了他。他跑到窗户边，一直待在那儿看到狗斗结束，他因为跟其他理发师打赌哪只狗能赢而输了两先令，这倒让我挺开心。他涂好了肥皂沫之后，用手把肥皂沫揉出泡来。

接着他开始在一块旧的磨刀带上磨他的剃刀。昨天晚上他参加了一个低廉的化装舞会，穿上了红色的麻纱和假貂皮大衣扮成什么国王的样子，由此引起的一番争论耽搁了他挺久。伙计们就某个被他迷住的女孩跟他打趣，他十分开心，还故意装作生气的样子，使出浑身解数要把这个话题延续下去。这个话题引得他对着镜子孤芳自赏的次数更多了。他放下剃刀，小心翼翼地梳着自己的头发，捏石膏一样把刘海向外拱出一个弧度，靠在脑门上，后面的头发则一丝不苟地梳成“分头”。接着，他又仔仔细细地把两鬓向前梳了梳，让头发正好盖在耳朵上方。与此同时，我脸上的肥皂沫正渐渐干去，似乎要渗入我的骨髓。

然后他开始帮我剃胡子，用手指把我的脸皮撑平，还将我的脑袋一会儿立起来一会儿扳过去，怎么方便剃胡怎么来。他剃我两边脸的时候我没怎么遭罪，但当他剃我的下巴时，又捏又拉的，弄得我的眼泪夺眶而出。接下来为了把我上唇边上的胡子剃干净，他又揪住了我的鼻子，依凭他的这个动作，我知道了他在店中的工作还包括擦拭煤油灯，之前我常懒洋洋地猜想那灯是理发师擦的还是老板擦的。

当我正在自娱自乐，猜他这次最有可能把我哪儿割伤时，我还没来得及想好，他就先我一步，在我下巴尖上削了一块皮。他赶紧去磨剃刀——他本该早点磨的。我不喜欢把胡子剃得太光，也不想让他再割我一次。我试着让他放下剃刀，怕他割到我的下颌两边，那可是我的敏感部位，剃刀剃两次的话一定会出状况。但他说他只想把不平整的一小块地方再剃一剃。话音未落，他的剃刀就在那禁区边划了一道口子，那些可怕的痘疤像响应号召似的奋起反抗，我的下巴顿时火辣辣的痛了起来。他用月桂油把毛巾蘸湿，接着猛地往我脸上一拍，好像有人一贯那样洗脸一样。然后他用毛巾干燥的部分拍在我脸上，算是把脸擦干，好像人就是那样擦脸一样。不过，一般来说，理发师不会得体地帮你擦干脸的。接着他用毛巾蘸了月桂油让其渗入伤口，再把淀粉填在口子里，然后又用月桂油把伤口浸湿。要不是我又反抗又乞求的话，他还要不停地重复这样的步骤。之后他把我整张脸都扑上粉，让我坐直，若有所思地开始扒拉我的头发。他说我的头发真的该用洗发水洗洗了，我说我昨天洗澡的时候已经洗得很干净。这句话又把他堵了回去。接下来他向我推荐“史密斯美发精华”，让我买一瓶，我回绝了。他对新品香水“琼斯的化妆蜜方”赞不绝口，要卖给我几瓶，我再一次回绝了他。他又把自己发明的洗牙水推荐给我，这一次我拒绝后，他提出要把小刀卖给我。

最后一次推销失败之后，他又回到他的工作中，给我浑身上下喷上香水，连腿都不放过。他不顾我的反对硬是给我的头发上了油，结结实实揉搓了一阵，头发都掉了许多。接着，他对我剩下的头发又梳又刷，后面的头发分成两边，把我额头上的头发往外拱，架在脑门上，我看是永远平复不回来了。之后，他一面梳着我稀稀拉拉的眉毛，涂上润发油把它们弄得脏不拉几的，一面列出一长串他的六盎司小黑狗的成就。这时我听到了中午报时的汽笛声，知道我等的那班火车已经开出了五分钟。这时，他猛地把毛巾拿开，轻轻掸了掸我的脸，又给我梳了下眉毛，开心地喊道："下一位！"。

两个小时后，这位理发师摔了一跤，中风而死。为了出这口恶气，即使等上一整天，我也要去看看他是怎么被埋葬的。

一次心痛的经历

>

是的，我的确在近日发表的一篇讽刺小说中说过，我要在某杂志上开辟一个农业专栏。但是，我说这话的时候可从来没想过要蒙骗谁。我从来不会搞恶作剧去玩弄任何人对我的信任，这样的念头我可一直都没有过，如果真要有人自降人格尊严，做出那些愚蠢的恶作剧行为，我认为那种人是非常可悲的。至于开专栏这件事，由于我要说的都是一些稀奇的事情，比如，要使凯旋的驳船首次在沙漠下水，又比如，我要在矿井种下繁茂而芳香的树，这种树不仅可以给脱光了衣衫挖矿的人解渴，还可以祛除舞蹈病[1]，所以，我在写作的时候尽量采用了一种荒谬而放肆的手法，希望能够明确地表达出我的观点，生怕有些读者快速浏览或者阅读时不多加思考，从而受到了误导。我本以为读者不会相信那么明显的天马行空的想法，更何况，我在附言里明确表示，我对农业一窍不通。但是，哎！这恰恰是我犯的最大错误，我提议的农业专栏反而由此受到了更多的关注。

这件事也让我得到一丝启发，我自认为自己察觉到了一点，那就是："通晓一切"的农业编辑们经常说些深奥玄妙的道理，而有时候，这些道理让农民们感到枯燥无趣。其实，这一点也是读者写信提醒我的。拜我发表的那篇不幸的讽刺短文所赐，读者来信如潮水一般涌来，信的内容都是些什么土豆啊，卷心菜啊，玉米粥啊，通心粉啊，通心面啊，还有在地球上生长的一切蔬果及谷类之类的东西。要是我在回答完种植这些东西的最好方法之前还没有发疯地胡言乱语，我就该谢天谢地了！从今往后，我再也不能为了好玩而故意把文章写得那么含糊不清了。

我来说说为什么我能无意间成功地愚弄这么多人吧。原因就在于，一些读者只阅读了那篇讽刺短文的其中一小部分，他们就匆忙地得出结论，认为那是一篇严肃的文章，而其他人压根儿就没读过我的文章，只是从别人那里听说我要开辟农业专栏的消息。我当然没有办法防范这些情况。不过话说回来，如果一篇讽刺作品写得如此粗显，读者却不能很好地接受其假设的事实，那还真是非常难办到的事情呢！有些时候，读者本人从来没有试图骗过什么人，因此也不会想到有谁会这么放肆地欺骗自己。在本文说到的这件事上，唯独只有一个人应该受到指责，那就是写下讽刺作品的作者本人。其他情况下，如果一个讽刺作品的主旨是要强化某个事实真理，其"核心"或者"寓意"往往被作品本

① 以舞蹈样不自主运动为特征，多见于儿童和青少年。

身某一部分的强烈光芒所掩盖，对此读者不会注意到，尤其是，作者经常将“寓意”放在文章的末尾处，读者并不知道那里才是整个故事的关键之处，是整篇文章唯一重要的部分，便平静地转移注意力，不屑去读它。一个优秀的作者，还是能够通过滑稽作品暗藏的表现手法，运用叙事力表达出讽刺的意味的。当然，他行文时要小心谨慎，不要让作品的无关兴趣点掩盖了其讽刺的意味，否则，读者看不出讽刺的真实用意，只是被虚假的事情玩弄和欺骗，殊不知作者的真实目的，是透过讽刺来使读者积累知识、增长智慧。我写过不少滑稽作品，很不幸地，这些作品总是让大众上当受骗，因此，我才会把农业专栏的那则作品写得浅显明白，只有一只眼的土豆都能看得出来，别说读者了。然而即便如此，一位美国最出色的农业编辑都给它骗倒了。我说的可是真的！

婴儿

一八七九年十一月的芝加哥，田纳西军队为第一指挥官U.S.格兰特上将举行庆祝宴会。第十五次例行祝酒之后，作者发表了祝酒词：婴儿，悲伤时是他们慰藉我们，因此欢庆时我们也不要忘了他们。

我们并不都能有幸成为女性，也不都能成为将军、诗人或政治家，但是说到为婴儿祝酒时，我们就有了共同点，因为我们都曾拥有过婴儿。遗憾的是，上千年来，世界各地的宴会上，没有一次人们会想起婴儿，好像他们一点也不重要。各位，如果你们静下来想想，如果你们回到五十年或者一百年前，回到婚后不久的时光，再度注视你们的第一个孩子，你们会记起来婴儿十分重要，甚至比任何事情都重要。

是军人都知道，这个小家伙来到你家的“司令部”后，你只能递交辞呈，改做他的男仆、随从，跟随他左右，由他指挥一切。他这个指挥官可不会考虑到时间、地点、天气或其他情况，不管你能不能完成，都必须执行他的命令。他的战术手册上只有一种行军方式，那就是“快跑”。不管你有多勇敢，他对你有多粗鲁无礼，你都不敢吭一声。

你敢面对道诺尔森和维克斯堡的死亡风暴，你能对任何攻击拍案而起，但是当你的宝宝抓你的胡须、扯你的头发、拧你的鼻子时，你却只能忍气吞声。当战争在你耳边打响时，你可以迎着炮火大步前进；但是，当你的婴儿发出像印第安人呐喊般的恐怖叫声时，你却只能节节后退，甚至还为此感到庆幸。

他要喝止咳糖浆时，你会在心里想：这难道是军官或绅士应该做的事吗？但你却不敢说一个“不”字，而是乖乖起身去拿糖浆。他“命令”你去拿奶瓶，但里面的牛奶却凑巧不热，这时你敢顶嘴吗？不，你会把奶瓶拿来，将奶温热，甚至“屈尊”亲自尝尝那温热的、无味的东西，看看成分是否正确——三份水、一份牛奶，加一点糖缓解肚子痛，再加一滴薄荷油防止打嗝。就是现在，我还记得这个美妙的味道。多情善感的年轻人仍然相信这样一个古老的美丽传说：如果婴儿在睡梦中笑了，那是因为天使在对他说悄悄话。这个唯美的传说可不可信啊，朋友们，那只是肠胃气胀发出的声音。这样下去，你能学到多少东西啊！

凌晨两点钟，如果你的宝贝咿咿呀呀地要起床，你难道不是立刻起床，尽管心里面一本正经地教训着他，嘴上却说你也正想起来？啊，你真是训练有素！你穿着“便衣制服”，在房间里来回走动，毫无威严地、咿咿呀呀地和婴儿说着话，甚至一展你军人的歌喉，唱着儿歌——“摇啊摇，宝宝要睡觉……”对田纳西军队的人来说，这真是个奇观，但对邻居来说，却是件痛苦的事，因为并不是一英里内的所有人都喜欢在凌晨三点欣赏军乐。像这样坚持了两三个小时后，那一头茸发的小长官暗示你这种运动和噪音最适合他了，你怎么办？继续！你只能继续，直到筋疲力尽。

我喜欢“婴儿并不重要”这种想法。为什么？因为一个婴儿就能将房子和前院弄得一团糟，一个婴儿就能让你和整个“内务部”招架不住。他富于进取，难以征服，还常常目无法纪。一个婴儿就够你受的了，只要你还有理智，就不要祈求生双胞胎，双胞胎意味着混乱不止，而三胞胎和暴动就没什么区别了。

但是现在，该是意识到婴儿重要性的时候了。想想看，现在的婴儿可能会成为未来的伟人。五十年后，我相信我们都将消失于这世上，那时，如果这面旗帜还在（希望如此），按照现在的人口增长规律算，它将会飘扬在有着两千万公民的美利坚合众国上空。现在的合众国纵帆船将会发展成为一艘政治巨轮——“伟大的东方”号，而今天摇篮里的婴儿将会登上甲板。让我们好好培养他们，因为我们要将一个重要的任务交付给他们。

现在全国有三四百万个摇篮，有些将会被全国视为圣物，世代保存。其中一个摇篮里或许躺着未来的法拉格特，他睡得迷迷糊糊，正在出乳牙。想想那个场景，他还嘟哝了一句什么，听不清楚，但是情有可原。

另一个摇篮里，未来著名的天文学家正懒散地眨着眼，看着天上闪烁的银河，可怜的小家伙正在想，那个被叫做奶妈的人现在在哪呢？而未来伟大的历史学家正躺在另外一个摇篮里，毫无疑问，他将一直躺到世俗的任务结束为止。还有一个摇篮里，未来的总统正忙着，当然不是在解决国家大事，而是苦恼为什么头发这么早就出现了问题。而其他一长排的摇篮里，大约6千名谋求官位者，正绞尽脑汁，准备帮他解决这个问题。

国旗下的某处，未来杰出的美国军队总司令躺在另一个摇篮里，他并不担忧将要肩负的重担和责任，而是运用各种“战略”，想方设法要把大脚趾伸到嘴里。当然，这并不是对今晚贵宾不敬，而是，大约五十六年前，他也曾全身心投入这件大事。如果说从小看老，那么毫无疑问，他成功了！

给年轻人的忠告

>

被告知你们期望我能在这里发表演讲，我问他们我应该发表何种演讲。他们说，演讲应该适合年轻人，具有教育意义，能增长知识，或是能提供诸如此类的优良建议。很好。我经常希望有机会说出我心里的一些话来教导青年。在人不谙世故的时候，这些教益能最好地深入人心，并且能够持久存在，发挥最大的作用。那么首先，我将对你们——我年轻的朋友们恳切地说的是：

父母在世时，要对他们绝对服从。从长远看，这是最好的为人之道。即便你违背他们的意见，他们也会迫使你服从。大多数父母认为他们比你们知晓得更多。一般而言，顺应他们而非依据自己的判断行动，这样你们能够获益更多。

如果你们有上级，请尊重他们。同样，也要尊重陌生人和其他人。如果有人冒犯了你，你怀疑他是否是有意为之，这时不要诉诸极端的措施，只需伺机给他一个拍砖就足够了。如果你发现他本无意冒犯，那就坦白说出来，承认你打他是你有错。你要像男人一样承认错误，说你不是故意的。是的，始终避免使用暴力。在这讲究宽容友善的年代，以暴力的方式解决争端的做法已经成为过去。把暴力留给缺乏教养的下等人吧。

早睡早起，这是明智的。一些权威人士说随太阳一道起床，一些人又有其他的说法，众口不一。但和云雀一同起床确乎是最佳选择。如果人们知道你与云雀一同起床，他们就会非常尊重你。如果你得到了合适的云雀并且给予恰当的练习，你就能轻易训练它每次在九点半起床，这绝不是在开玩笑。

接下来要谈的是有关说谎的话题。你要谨慎说谎，否则，你肯定会被人识破。一旦被识破，在人们眼中你就不再如从前一般纯洁无瑕了。许多年轻人常常因为一个笨拙的谎言而长久地受到伤害，这是由于他们缺乏有素的训练。一些权威人士认为年轻人绝不可撒谎，这当然有些矫枉过正了。我虽不至于如此，但我仍然坚持认为（而且我相信我是正确的），年轻人应该克制使用这种伟大的艺术，直到经历和经验给予你们自信、优雅和精准，从而使这项技艺变得更加体面而有益。耐心、勤勉、专注细节，这些都是成功的必要条件，最终会使年轻人臻于完美。仅凭这些条件，你们就能奠定起走向卓越的基础。想一想吧，多年乏味的学习、思考、练习和经验才成就了举世无双的年老大师，才使他能够在全世界推行那崇高而铿锵有力的箴言——“真理强劲有力，它将战胜一切。”这是有关事实的复杂面最为豪迈的壮语，然而，能说出这种话的人还没从娘胎里生出来呢。人类历史和每个人的经历都充分证明，真理能被轻易颠覆，而精心编造的谎言却可以长生不朽。在波士顿，有一座为发现麻醉的人而竖立的丰碑。然而，多年后人们才发现，那个人并没有发现麻醉法，他的那一套麻醉法是他从另一个人那里偷窃来的。这样的事实强劲有力并将战胜一切吗？啊，不，朋友们！丰碑是由坚实不摧的材料做成的，但是它所讲述的谎言将比它坚实不摧的材料更要遗臭万年。你们应该坚持不懈地钻研如何避免说出笨拙无力和漏洞百出的谎言。这样的谎言绝不比一般的事实更持久，原因不用我多说。一个笨拙无力和漏洞百出的谎言支撑不了两年，除非它是对某人的诽谤。最后一句话：早点开始练习这种仁慈美好的艺术，现在就开始。如果我及早开始的话，我现在早已学会如何更艺术地说谎了。

当心使用枪支。掉以轻心地操纵枪支会引起莫大的悲伤和痛苦！就在四天前，就在我避暑的农舍旁边的隔壁，有一位白发苍苍慈爱的老祖母，她是这里极可爱的人儿之一。她正坐在屋里做活计，这时她的小孙子蹑手蹑脚地进来，握着一把破败生锈、多年没人碰过的枪，枪里应该是没有装子弹的。他把枪对准她，大笑着威胁说要开枪。她恐惧地尖叫起来，祈求不要开枪，同时朝房间另一边的门跑去。但当她跑过他身旁时，他却把枪对准了她的胸口，扣下了扳机！他料想枪里是没装子弹的。没错，枪里的确没有子弹，所以并没有造成任何伤害。但这种游戏也太危险了，所以，千万不要胡乱摆弄没装子弹的旧枪。枪支是人类发明的最万无一失的可致命的东西。在这方面，你不必劳心费力地加以练习，无需再配个枪架，也不要在枪上按准星，甚至不必瞄准。不，你千万不要这么做。否则的话，你只需挑出一个亲戚，然后“砰”的一声枪响，你肯定就能打中他。一个年轻人三十五分钟内不能用一把加特林机枪射中三十码远的教堂，但是每次都能用一把破旧的空火枪击中他的祖母。想象一下这样一幅场景：在滑铁卢战役中，一方的军队是由不装子弹的旧火枪武装起来的男孩，另一方则是由他们的女性亲属组成。这样的场面仅想一想就令人不寒而栗。

有各类书籍，但优秀的书籍才是供年轻人阅读的，这点请铭记。优秀书籍对于提升自我的作用是不可估量又难以言说的。因此，年轻的朋友们，请谨慎挑选书籍，慎之又慎。仅限于罗伯森的《布道》、贝克斯特的《休憩》、《异乡奇遇》和其他同类书籍。

我已经说得够多了。我希望你们能珍视我给你们的这些教诲，让它们指引你们前进，帮助你们理解。你们要通过思考这些准则并承受相应的痛苦以形成你们的性格。当你们的性格逐渐形成时，你们将会惊喜地发现我们每个人的性格是多么惊人的相似。

腔调传达委员会

我上了年纪，他人的敬意也是乏味可陈。唯一尚能令我真心愉悦的事，那便是加入纽约市庄严的腔调传达委员会，与彼得·库伯[1]，霍勒斯·格里利[2]等人一道，无所事事地坐在讲台上，郑重其事，满脸威严，为那些名不见经传的演说者带去点名气。如此，公众便能关注演说，怀揣敬意去聆听那些滔滔不绝

① 彼得·库伯(1791—1883)：美国大企业家、发明家和慈善家，曾是美国总统候选人。他曾设计建造了美国第一辆蒸汽火车，并在纽约市曼哈顿区创办了库伯高等科学艺术联盟学院。

② 霍勒斯·格里利(1811—1872)：美国著名报人、编辑，《纽约论坛报》的创办者。

的无稽之谈和各种各样生僻诡异的教条主义。

这便是我所渴望的老来能有的欢愉和满足。就让我和那些老红砂岩时期的遗老们端坐一起，每周两次为知识分子的娱乐活动增加点腔调吧。如若还能如实记录，我便得了十足的快乐。长久以来我对这些人羡慕不已，我的人生回忆都远不如回顾他们长久而尊荣的腔调传达工作生涯来得令人愉快。我第一次见到他们坐在讲台上的情景仿若昨日。霍勒斯·格里利坐在讲台的最右边，彼得·库伯坐在最左边，中间坐着的是托马斯·杰斐逊[①]、红外套[②]、本杰明·富兰克林以及约翰·汉考克[③]。这一天是一七九九年十二月二十二日，当时纽约市正举行乔治·华盛顿的葬礼，场面盛大，举国悲伤。当日的百老汇，从城堡花园剧院到如今市政厅的所在地，一片黑压压的绉纱。再下一次我见到这几位先生行使公务，是在一个为伤病士兵和海员募集资金和药物的舞会上。台上，音乐家激情昂扬地演奏着；两侧，霍勒斯·格里利和彼得·库伯各据一方。

当时还有几位腔调传达员负责照料这两位大领导，如今我已经记不得他们的名字了。满头银发、喜气洋洋的霍勒斯·格里利身着海军制服——白帆布裤，蓝色衬衫，胸前的那颗扣子开着，大围巾系成时髦的水手结，但松松垮垮的像牛轭一样，宽翻领领角处镶有星章；一顶黑闪的小油布雨帽优雅地栖落在后脑勺上，两根长长的飘带飞舞着，英气勃勃；那大脚套着一双轻舞便鞋，鼻梁上架着圆边眼镜，样貌和善，手里还拿着音叉。那时的我，稚气未脱，觉得格里利先生就是个

---

① 托马斯·杰斐逊(1743—1826):美利坚合众国第三任总统(1801年—1809年),《美国独立宣言》主要起草人。

② 红外套(1750—1830):塞尼卡人(Seneca)酋长,原名奥特金尼(Otetiani),1780年后称萨戈耶瓦瑟。美国独立战争后,他代表族人与新成立的美利坚谈判。

③ 约翰·汉考克(1737—1793):美国革命家、政治家,富商出身。他曾于1775年至1777年间任大陆会议主席,是《独立宣言》的第一个签署人。

彻头彻尾的海员。他装扮精致，俨然备受尊敬的海军鼻祖，因而我对他崇拜不已。我是永远也忘不了他的。库伯先生则一身国民军上将装扮，透着英勇善战的气息，叫人觉着沉闷和压抑。说到这，我想起了一件我差点忘掉了的事，那便是：舞会上的这些士兵和海员们是刚刚从波士顿被接过来的——他们是一八一二年战争[①]的伤员。在一八二四年拉斐特的盛大国家接待会上，霍勒斯·格里利坐在右边，彼得坐在左边。当天，其他几位腔调传达员则是有觉堪睡直须睡。

一八四八年，当霍勒斯·格里利、彼得·库伯和公民代表们在支持法国自由的重大会议上向广大民众传达腔调的时候，我也在听众席中。从那以后，我再也没有见过他们，直到最近。而如今，因我在纽约周边将就住着，每每看到“霍勒斯·格里利、彼得·库伯及其他几位卓越公民都将莅临讲台”的消息时，我都要去一探究竟。第二天早上，当我从录音报道里听到“霍勒斯·格里利、彼得·库伯和其他几位卓越公民都莅临了讲台”的时候，我心想：谢天谢地，我也在现场。因此我得以见到许多老朋友坐在讲台上，为演说添点腔调。这些演说关涉到解剖学、农业、优生学、天文学、化学、异族通婚，还涉及到“人类是由袋鼠进化而来的吗”这个问题，甚至还有关于兽医知识、各种宗教以及几个政治派别的演说。我也得以见证他们赋予那位四腿姑娘、那对暹罗双胞胎、那位了不起的埃及吞剑者以及那位年迈的怪人雅各布斯腔调和荣耀。每当有人要就一个非热点问题做演说的时候，我知道我那老红砂岩时期的遗老就会出现在讲台上；每当有一个人们从未见过也不想去见的演说者要出现的时候，我知道我的老朋友们就要发挥作用了，他们会出现在讲台上（还有宣告上）来做宣传；每当哲学、道德或政治领域有新的可憎的恶行出现在人们中间的时

① 1812年战争：又称第二次独立战争，是美国与英国之间发生于1812至1815年的战争，是美国独立后第一次对外的战争。

候，我非常清楚这些勇敢的老英雄们又会出现在讲台上。他们推崇完整、自由的讨论，凭借他们可怕的公众影响去压制一切狭隘自私的灵魂。这些主持者们(倘若你愿意这样称呼他们)，每晚都会出现在讲台之上，如施坦威或查克林的钢琴义演那般频繁且亘古不变。他们倡导宣扬时下种种可疑的美德与无名的虚无，不时给予这些伟大的进步思想有力的支持和改进意见，也因此推动了此项无关紧要服务的多元化。而这些进步思想，小人物们可是万万不敢掺和与支持的。所以让我们一起来铭记此事吧！

人是什么

>

观点甲：人是台机器。

观点乙：人具有自身价值及个人功绩。

一名青年在与一位老者交谈。老者声称，人不过是一台机器，仅此而已。青年不同意这一观点，因此恳请老者进行详细说明，并阐述理由。

莎士比亚是台缝纫机

老者：蒸汽机是由什么材料做成的？

青年：铁、钢、铜，还有白合金等等。

老者：这些材料从哪里可以找得到呢？

青年：在石头里呀。

老者：纯粹的石头里就有吗？

青年：不，得是矿石。

老者：这些金属是一夜之间沉积在矿石之中的吗？

青年：不是，是历经万代慢慢沉积下来的。

老者：仅仅用岩石就能造出发动机吗？

青年：可以，但就是造出来不结实，很容易坏，性能也不会很高。

老者：对这样的发动机，你不能期望过高吧？

青年：是的，可以说是毫无指望。

老者：那如何才能造出一台性能优良的发动机呢？

青年：在山里挖隧道、打矿井，把铁矿石炸开，然后压碎熔化，将之炼为生铁；选取其中一部分，使用贝塞麦炼钢法①炼成钢；继续开采其他金属，将它们进行化合处理，合为铜合金。

老者：然后呢？

青年：用以此得来的上好材料，就可以造出优质发动机了。

老者：对这样一台发动机，你的期望可不低吧？

青年：那当然。

老者：驱动车床、钻床、刨机、冲压机、抛光机应该都没问题吧？也就是说，大工厂里的精巧机器，也都能驱动起来吧？

青年：可以呀。

老者：那以石头为原料做成的发动机能驱动什么呢？

① 英国冶金学家贝塞麦(1813-1898)于1856年首创的一种炼钢法。

青年：驱动一台缝纫机大概还不成问题，除此之外，别的就不行了。

老者：对金属炼制而成的发动机，人们肯定赞不绝口吧？

青年：是的。

老者：石头做的呢？大家觉得如何？

青年：那可没人喜欢。

老者：金属炼制的发动机价值远远高于石头做的，对吗？

青年：毫无疑问。

老者：那么它们的个人功绩呢？

青年：个人功绩？这话怎讲？

老者：两者性能存在差异，所立下的功绩也不同吧。

青年：您说发动机吗？哪有那回事。

老者：为什么？

青年：因为发动机的举动并非自主，只不过是遵从构造规律。人把它造成那个样子，它就得干这个活，称不上什么自身的功德。它也是身不由己、不得不干的。

老者：这么说，石头发动机用处这么少，也不是它自身的过失喽？

青年：当然不是。它的性能局限于自身结构所能承受的范围内，和它自身毫不相关，它自己没有任何选择的余地。您这是在一步一步向主题逼近，想证明人和机器其实是一回事，在自身行为中，压根就没有个人功德这回事，是这样吗？

老者：是的。但我并非有意冒犯，所以请不要恼火。石头发动机和钢铁发动机之间的巨大差异是如何造成的？我们是否可以归因于后天的培养和教育？我们假设石头发动机是一个未开化的野蛮人，而金属发动机是文明人怎么样？原生的岩石里包含了制造金属发动机的所有原材料，但同时也有着大量的硫磺、石料以及其他原有杂质，我们姑且称之为先天不利成分。这些成分早在古地质时代就存在于岩石之中了，岩石自身无法剔除它们，它自身也没有剔除的意愿。你记住这一说法了吗?

青年：我记下了。“对石头来说，这种存在于自身内部的先天不利物质是无法清除的，石头自身也没有清除它们的意愿。”您继续往下讲。

老者：这种先天的不利因素只能靠外来影响来清除，否则就办不到。把这一点也记下来。

青年：好的。“只能靠外力作用来消除，否则就办不到。”您请继续。

老者：石头虽然妨碍了炼铁的过程，然而铁并没有想从石头中脱身的意愿。换句话说，对于是否要把石头这一成分剔除出去，铁是漠不关心的。这时候，外来因素介入了，岩石被碾压成粉末，矿石从中分离出来。此时，铁仍在矿石之中，不能自主。外力再次介入，将铁从矿石之中熔化提炼出来。这时的铁已经处于自由状态了，然而对于接下来的处理流程，它仍置之不问。外界因素诱使其进入贝塞麦转炉，在那里，铁被炼就成质量一流的钢。就这样，它接受了培养和调教，自身的潜力也达到了极限。然而尽管如此，无论如何调教，它都是无法被炼成黄金的。这一点你记下来了吗?

青年：记下来了。“万物都有极限——铁矿石永远不能炼就、‘调教’为黄金。”

老者：就人来说，世间有金人、锡人、铜人、铅人、钢人，诸如此类；不同的人受限于不同的本性、遗传、教育和环境。就像你用不同金属造出不同的发动机，尽管所有的发动机都可以运转，但是你要知道，它们的性能不同，性能差的无论如何都无法胜任优质机器的工作。无论是在什么情况下，若想得到最佳的发动机，都得通过调教——熔化、提纯等等，把金属从各种先天存在的不利因素中提炼出来。

青年：你现在已经谈到人了吧？

老者：对。人这台机器，就像一台没有人格的发动机。一个人怎么样，完全取决于自己的先天条件，以及遗传、生活环境、社会交往所附加在其身上的影响。他仅仅是被外部影响所驱动、指引和支配的，没有任何东西是源于他自身的创造，他甚至连一点想法或见解都不可能产生。

青年：得了吧！那你说，我认为你讲的这些话都荒唐至极，这一观点是怎么来的呢？

老者：这个观点太自然了，甚至可以说就是老一套。这一观点得以产生的原始资料、素材并非你所原创，而是源自你无意识间汇拢起来的零零碎碎的思想、印象和感觉。它们来源于你接触过的千百本书、经历过的千百次交谈，以及几百年来代代遗传下来的来自祖先们内心和头脑中的思想和情感。就你个人来说，你并未创造哪怕是一丁点构成自己观点的素材，甚至连将信手拈来的素材进行了整合这一微不足道的功劳，也并非你所有。因为加工原始素材的过程是大脑自动进行的，严格遵循这一机制的运转法则。这一大脑结构不仅不是由你自身打造的，甚至连控制它的能力，你都不具备。

青年：你说得太过火了。那你认为，我只可能产生着一种看法，不会形成其他看法喽？

老者：自发产生的观点吗？不会。即便是这一看法，也不是你自己产生的；你的大脑机构自动地、不假思索地产生了它，不加考虑，也无需考虑。

青年：假设我考虑过呢？那会如何？

老者：不如你考虑一会试试？

青年：（十五分钟之后）我考虑好了。

老者：你的意思是，作为一次试验，你试着改变了自己的看法？

青年：是的。

老者：结果如何？你的观点成功改变了吗？

青年：没有。我还是持那个观点，不可能改变。

老者：非常遗憾。但是你看，你的头脑不过是一台机器，仅此而已。你无法支配它。它甚至都无法自控，仅仅靠外力驱动而已。这就是它先天构成所遵循的规律，所有机器都是如此，没有例外。

青年：所有这些自动形成的看法，我都绝对无法改变吗？

老者：是的，你自己永远都改变不了。想改变，只能靠外来的影响。

青年：只能靠外来的影响？

老者：是的，这是唯一的途径。

青年：你这种理论是站不住脚的。不仅站不住脚，甚至可以说荒唐可笑。

老者：你为何这么想？

青年：我不仅是这么想，我还清楚事实便是如此。假设我故意抱着改变这一观点的目的投入思考、研究和阅读的过程，并成功转变了观点——这就不能说是外界冲动的结果了吧？因为是我开始了整个改变计划，这一改变是来源于我的自身，也就是由我个人导致的结果。

老者：完全不是这么回事。假设你决心转变你的观点，也是鉴于和我的这番交谈。否则，你就不会想着去改变观点。没有人能够开创出什么，人的所有思想、冲动，都是源于外界。

青年：这个话题太让人恼火了。无论如何，亚当[①]总归有某些原创的思想

①据《圣经·创世纪》记载，上帝用尘土创造亚当，用其肋骨创造他的妻子夏娃。二人共同生活在伊甸园，赤身裸体、无忧无虑，但不知善恶，没有羞耻意。后来夏娃受蛇的哄诱，偷食了智慧树上的果实，也让亚当食用，二人遂被耶和华逐出伊甸园，成为人类的祖先。

吧，他可没有其他人的意见去参考。

老者：你说错了。亚当的思想也是来源于外部世界的。比如说，你对死亡的恐惧并不是你创造的，而是从外部世界里人们的交谈和教导之中得来的。亚当并不怕死，在这个世界上，没有他害怕的东西。

青年：他当然怕死。

老者：被造出来的那一刻，他怕死吗？

青年：不怕。

老者：那他什么时候怕死？

青年：当他被死亡威胁的时候。

老者：那么，这种恐惧还是来自外界呀。尽管亚当是个伟大的人，但是我们还是尽量避免将他神化。除了神，所有人的思想都是源于外界。或许亚当的头脑很聪明，但是，除非外界事物使之丰富，否则它一点用处都没有。即使再微不足道的东西，单靠头脑也无法创造。就连善恶这一概念，也得从外界才能获得。亚当和夏娃若不是咽下了来自外界的那口苹果，也绝不会产生赤身裸体不合礼仪这一观念。人的大脑构造决定了它是无法原创任何东西的，只能将从外界得到的素材加以利用。大脑不过是台机器，是自动运转的，不受人自身的意志支配。它没有自控能力，连它的主人都不能控制它。

青年：不说亚当了，至少莎士比亚的创作肯定是——

老者：你是指莎士比亚的模仿品吧。莎士比亚并没有创造什么，他只不过是细致入微地观察了世界，并将它逼真地呈现出来。他所刻画的人，不过是上帝所创造的人，没有哪个人物是他自己创造出的。然而对他的创作尝试，我们还是不要加以指控了。莎士比亚不能创造一丝一毫，他也是一台机器而已，而机器是无法创造的。

青年：那么他的非凡之处是在哪呢？

老者：他之所以如此卓越，是因为他不像你和我，只是台缝纫机。他是哥白林毯[①]织布机，其一针一线都是自外界汲取而来。外来影响、他人建议以及各种经历（阅读、观剧、演出、效仿等）在他头脑中勾画出了各式各样的图案，驱动起他那错综复杂、令人仰慕的大脑机器，自然而然也就产生了华丽、逼真、惊艳世界的织物。如果莎士比亚生养于大海中一块光秃秃的礁石上，那里从来没有外人驻足，外界也没有任何原材料可以供那非凡的才能所使用，那么莎士比亚就不会有任何创作；若不是来自外界那些宝贵的影响、教育、塑造、劝服和启发，莎士比亚也写不出任何东西。假设他生活在土耳其，那么他倒是能写出土耳其式影响、社会关系以及教育下所能达到的极致作品。假设他在法国，那么他的作品会更上一个台阶，完成法国影响和教育下的极限之作。而在英格兰这片土地孕育的理想、影响和教育的协助之下，他的作品攀登到了最高峰。而你我则不同——我们只不过是缝纫机而已。所以，我们只需尽自己所能，若有无知者责备我们为何织不出哥白林挂毯，我们一笑置之就好了。

青年：这么说，我们只不过是机器而已！机器既不能夸夸其谈、居功自傲，也不能喝彩欢呼。这真是个拙劣的教条。

老者：这并非教条，不过是事实而已。

青年：那依我看，勇敢和胆怯比起来，并没有什么值得称颂的价值了？

老者：自身价值吗？没有。勇者的勇气是与生俱来的，并非自己创造，因此他无权居功争赏。想象一个生来便坐拥万贯家财的婴孩，此中何来自身价值？而生来便一无所有的婴孩，其自身价值又欠缺在何处？这两个孩子，一个

①一种带有油画图案的手工编织挂毯，于15世纪中叶由法国哥百林家族在巴黎开创，其图景一般都起源于名画或宗教艺术品，颜色鲜艳，很快成为当时闻名遐迩的奢侈品。

生来便被献媚者所奉承、赞美和崇拜，而另一个则处处被忽视、被摒弃，这又是何道理呢?

青年：有时候，懦夫会立志于克服懦弱，成功地把自己变成一位勇者。您对此怎么看呢?

老者：这就表明，朝着正确的方向进行训练是非常重要的。正确的训练、影响和教育，也就是培养人的自我赞许意识，并以此提升理想和意念，其重要性是无法估量的。

青年：那么功绩呢?一个战胜懦弱的勇者所取得的成就，是否算得上是功绩呢?

老者：没有任何功德可言。在世人看来，他是比以前更有出息了，但是造成这种改变的并非他本人，因此并不能归功于他。

青年：那归功于什么呢?

老者：他的先天素养以及打造其素养的外来影响。

青年：先天素养?

老者：对。首先，他不能是个彻头彻尾的懦夫，否则外来影响无法在他身上起作用。或许他害怕公牛，但是不怕母牛；或许他害怕男人，但却不怕妇女。这就有了一颗种子，有了种子就不愁庄稼：有了它，外部世界就有了施加影响的前提。但是这颗种子是他自己种下的，还是与生俱来的呢?种子的存在并不是他的功劳呀。

青年：但是无论如何，是他自己产生了栽培种子的想法和决心，这是值得称赞的。而产生这一想法的，确实是他本人吧。

老者：这可不是他的功劳。和所有或好或坏的推动力一样，这想法也是来自外界。如果这位懦夫终生不离胆小鬼的圈子，从未听闻勇者的事迹或人们对英雄的褒扬，那么他对勇气的认识不会比亚当对礼仪的认识多出毫厘，他也绝不可能产生要变成勇者的决心。这个想法并非是他自身创造的，而是得于外界。因此，当他听到人们赞颂勇敢、嘲笑懦弱之时，他才恍然大悟、深感羞耻。或许他的情人曾经因此而瞧不起他，对他说：“我听说你是个懦夫！”所以说，为他翻开新篇章的并非他本人，而是他的情人。他不能居功自傲，因为这功劳并不是他的。

青年：但是无论如何，尽管她浇灌了勇敢的种子，但养育作物的却是他本人啊。

老者：并非如此。是外界影响养育了它。一声令下，他颤抖着走向战场——此时并非暗夜，而是青天白日，他的身边还有着并肩战斗的战友。他是受了榜样的影响。从同伴们的勇气里，他汲取了自己的勇气；他害怕，想逃之夭夭，但又不敢，因为士兵们都看着呢；他正在前进，你瞧——相比肉体上对伤亡的恐惧，道德上的羞耻感占了上风。战斗结束时，经验就会告诉他，并非所有的参战者都会受伤，这一点外来影响对他是很有好处的。他还可以体会到，当因勇敢而受到表彰时；当疲惫的军团经过崇拜的人群，看到挥舞的旗帜和有节奏的鼓声、听到人群中传出的声音哽咽的欢呼声时，内心的那种欣喜。从那之后，他就会变得像每一个老兵一样勇气十足。此中完全没有任何个人功德的影子，全部都源自外界。维多利亚十字勋章①造就的英雄，可多过——

青年：您打住一下，如果这都算不上自己的功劳，那么成为一个勇敢的人还有什么意义呢？

老者：你的问题马上就会不答自解的。它涉及到了尚未提及的关于人的素

①维多利亚十字勋章(VictoriaCross，缩写为V.C.)：英国军队最高荣誉，授予临阵极端勇武的军人。1856年维多利亚女王应其夫艾伯特亲王之请而设置。

质的一个很重要的细节。

青年：什么细节？

老者：驱动人们做事的唯一冲动。

青年：唯一的冲动？

老者：是的，唯一的冲动。

青年：真是奇思臆想。促使人们做事的唯一冲动是什么？

老者：满足自我精神的冲动——人有着自我精神满足并获得自我认可的需要。

青年：得了吧，才不是这么回事！

老者：为什么？

青年：如果是这样，人就会只图自身的安逸和利益。但是无私者做事往往只考虑到别人，即使损害自身的利益，也同样义无反顾。

老者：这就说错了。即使对无私的人来说，此行首先能给他带来好处，否则他不会做。或许他认为自己全然是在为他人考虑，将自己置之度外，但事实并非如此。他首要的便是满足自己的精神需求，旁人的利益总是位居其次的。

青年：真是异想天开！那自我牺牲是怎么来的呢？回答我这一问题。

老者：什么是自我牺牲？

青年：一个人在自身得不到任何利益的情况下，为别人做好事呀。

人唯一的冲动——确保自我赞许

老者：你认为已经有这样的事例了？

青年：事例？成千上万！

老者：你的结论未免下得过于草率了吧？你认真地研究过这些事例了吗？

青年：没这个必要：这种行为本身就透露了其背后的良好动机。

老者：比如说？

青年：我举个例子。就拿这本书中描写的情形来说吧。有个人住在离市镇三英里的地方。有天半夜，天气异常寒冷，大雪纷飞。他正要跨上马车，却突然看到令人心酸的一幕：一位头发灰白、衣衫褴褛的老妇，向他伸出瘦瘠的手，讨要一点填肚救命的钱。他看了看自己的口袋，发现只有二十五美分。但是他丝毫没有犹豫，全数都交到老妇手中，自己冒着暴风雪步履维艰地走回了家。看吧，这种行为是高尚美好的，这种德性绝对没有遭到一丝一毫自身利益的玷污。

老者：你为什么这么想呢？

青年：我还能怎么想？对这种行为，你还能找到其他角度看待吗？

老者：你能站在这个人的立场，告诉我他的所感所想吗？

青年：这容易。老人那张痛苦的脸深深刺痛了他那颗慷慨的心，这让他受不了。他宁愿忍受暴风雪中三英里的艰难跋涉，也不能对可怜的老人置之不理，他的良心经受不起这种折磨，一想想那个场景，他晚上就辗转反侧。

老者：在回去的路上，他又是处于何种心理状态呢？

青年：那是一种只有做到自我牺牲的人才能体会到的欢喜。他的心灵唱起了歌，对暴风雨也是毫无知觉了。

老者：他感觉不错？

青年：毫无疑问。

老者：很好，现在咱们把细节堆砌起来，看看他用二十五美分到底换来了什么。我们试着找出他这次投资的真正原因吧。首先，他无法忍受那张苍老而饱受折磨的脸带给他的痛苦。所以说，这个大好人当时考虑的不过是自身的痛苦。对这一痛苦，他必须找途径加以缓解。如果不对老妇施以援手，他的良心得受一路的折磨。考虑到这个，他必须得花点钱买个解脱，如果不帮助她，他连觉都睡不好。所以，他必须得为晚上的安睡埋单——你看，他还是在为自己考虑。一句话，他花了二十五美分，不仅缓解了内心的痛苦，使之不再受良心的折磨，还换来了一整夜的安睡！这让华尔街上的大老板都自愧不如啊！回家的途中，他的心还高兴地唱起歌来——利滚利，真是划算呀！所以说，驱使此人救助老妇人的原因是：首先，他得满足自己的精神需求；其次才是缓解老妇人的痛苦。你认为呢？你觉得人的行为是受到一个中心的、不变的冲动所驱使呢，还是受到各种不同冲动的驱使呢？

青年：当然是来自于各种不同的冲动——有崇高的、美好的、高尚的，还有一些则不是。您认为呢？

老者：只遵循一条法则，一个来源。

青年：无论是最高尚的冲动，还是最卑鄙的行为，都出自这同一个来源吗？

老者：是的。

青年：请您谈谈这一法则吧。

老者：好的。以下就是这一法则，你要牢记在心。一个人从呱呱坠地，一直到最终走进坟墓，他所做的任何事情，首要目的都只有一个，即确保自身心灵的安宁、精神的舒适。

青年：得了吧！人就没有任何举动是为了他人的精神安慰和身体舒适吗？

老者：没有。除非这事能满足那些明确的条件——可以首先确保自己的精神宽悦，否则人是绝不会做的。

青年：要揭露你这一主张的虚妄性，是轻而易举的。

老者：说说看。

青年：就拿对国家的爱这一高尚的情怀，即爱国精神来说吧。一个崇尚和平、惧怕痛苦的人，可以在爱国精神的驱动下，离开舒适的家园和依依不舍的至亲，毅然走上饥寒交迫的战场，时刻面临伤亡的危险。这一行为是为了寻求精神上的满足吗？

老者：他是个热爱和平、惧怕痛苦的人吗？

青年：是。

老者：那么，也许有种东西比和平更吸引他——那就是邻居和公众的赞许。而且对他来说，也许有种东西比痛苦更让他避之不及——那就是邻居和公众的非难。假设他羞于耻辱，他就会走上战场。这并非因为在那里他的精神就完全得到安慰了，而是因为相比呆在家里，在战场上可以稍感安慰一些。他总是选择去做可以将其心理安慰最大化的事情，这是他生活的唯一准则。他将哭泣的家人抛在脑后，他很抱歉让他们日夜担心，但是这种歉意不足以让他牺牲自己的精神舒适，而去保证自己家人的安慰。

青年：你真的相信，单靠这公众的舆论，就能驱使一个胆怯安静的人去——

老者：去打仗？是的——在公众舆论的压力下，有些人什么事都能做出来。

青年：任何事情？

老者：是的，任何事情。

青年：我不相信。它能迫使一个正直的人做坏事吗？

老者：能。

青年：能让仁慈的人做残忍的事吗？

老者：可以。

青年：举个例子吧。

老者：亚历山大·汉密尔顿[1]显而易见是个品格高尚的人，他视决斗为不正当、不足取、与宗教教义相对立的。然而，他却屈从于公众的目光，参与了一次决斗。尽管他深爱着自己的家人，但是仅仅为了博得公众的赞许、获得愚蠢世人的褒扬声，他背弃了他们，置性命于不顾，最终留给他们终生的悲伤。在当时公众对荣誉感的标准下，如果他拒绝决斗，那懦夫的臭名会让他坐立不安。当宗教教义、对家人的爱、仁慈之心和道德原则危害到精神安适时，这一切统统都变得无关紧要了。无论是什么事，只要能让一个人达到精神上的抚慰，他都会去做；否则任他人如何劝解强迫，他也不会有所行动。汉密尔顿之所以去决斗，就是被自我精神满足的天性所驱动的。其一生的所作所为无一例外，和世间千千万万的人一样。你看清此事的本质了吗？一个人如果达不到自我认可，他是不会心安理得的。为了在最大程度上达到这一目标，人会不惜任何代价、不惜任何牺牲。

青年：刚刚你还说，汉密尔顿之所以决斗，是为了博得公众的赞许。

老者：我确实是这么说的。假设他拒绝去决斗，那么他会拥有家人的赞许和很大程度的自我认同，然而在他眼中，公众的赞许比世上其他所有认可都更加宝贵；博得了公众的赞许，他就达到了最大程度的心灵安慰和自我认可。在这个目的之下，其他皆为一文不值。

青年：但是也有很多高尚的灵魂，敢于面对公众的蔑视，拒绝参加决

① 亚历山大·汉密尔顿(1755—1804):美国开国元勋之一,宪法起草人之一,美国首任财政部长和政党制度的创建者,在美国金融、财政和工业发展史上,占有重要地位。1804年因政党相争而决斗丧生。

斗呀。

老者：他们是在按照自身天性素质行事。他们之所以拒绝决斗，是因为他们视原则与家人的赞许于公众认可之上，他们选择了自己最重视的东西，其余的随之放弃了。他们做了能带来最大自我满足与认可的事情——人总是会这么做。对这些人来说，舆论再怎么施加压力，也不能让他们奔赴战场。即使哪天这种人去打仗了，也是出于其他原因——某些可以满足其精神的原因。

青年：人做事永远都是为了满足精神需要吗？

老者：对，这是唯一的目的所在。

青年：一个人牺牲自身性命，在熊熊燃烧的大楼中救出一个孩子，这种行为你能怎么解释？

老者：他之所以这么做是自身天性使然。他不忍看到孩子处于那种危险之中（而其他天性的人就能坐视不管），所以才前去相救，却英勇牺牲。然而，他却获得了自己所追求之物——自我赞许。

青年：爱、恨、仁慈、报复、博爱、慷慨、宽容，这些情感又怎么说？

老者：这些都不过是同一冲动主导下产生的不同结果而已。它们裹着花花绿绿的外衣，隶属于形形色色的情绪，但是无论怎么乔装打扮，都只不过是同一回事。在唯一冲动的驱使下，人为了达到自我精神的满足，所流露出的情感也大不相同。当这一冲动停息了，人也就死了。

青年：这太荒谬了吧。爱——

老者：嗨，爱就是那股冲动、那条法则最绝对的表现。对它的情感客体，它不惜虚掷生命和一切。其首要原因倒并非是为了客体本身，而是为了它自己。被爱的人高兴了，它才能高兴——这就是它无意识中追求的目标。

青年：你不会认为，就连最高尚仁慈的母爱都不例外吧？

老者：母爱也是如此，也是绝对服从于这一法则的。母亲为了给孩子御寒，宁愿自己脱衣赤裸；为了给孩子一口饭吃，宁愿自己忍饥挨饿；为了避免孩子受罪，宁愿以身代之；为了拯救孩子的性命，宁愿牺牲自己。在为孩子奉献自己的同时，母亲可以得到快乐，而她做着一切也是为了回报——自我赞许、满足感、内心的安宁和舒适。如果可以得到相同的回报，无论是谁的孩子，她都会奋不顾身。

青年：你这套哲学太可怕了。

老者：这不是哲学，这是事实。

青年：不过，你当然得承认，有些行为——

老者：没有例外。世上所有的行为，无论大小好坏，都是来自于这唯一动机——平息和满足自我精神的需要。

青年：那世上的那些慈善家们——

老者：我尊重慈善家，而且出于习惯和教养，还得给他们脱帽敬礼。但是，如果他们不援助那些不幸的人，他们也不会获得精神安慰、愉悦和自我赞许。他们看到别人开心，自己也就露出了笑脸，所以他们才会用金钱和劳动换取自己梦寐以求的东西——快乐和自我赞许。吝啬鬼们干嘛不去做慈善呢？因为相比之下，囤积金钱能给他们带来更大的快乐。除此之外，没有别的理由了。所有人都在遵从自身的天性素质行事。

青年：对那些为自身义务尽责的人，你又怎么说？

老者：根本就没有这码事。人们不是为义务本身而履行义务，而是因为疏忽职守会让人坐立不安。人只会尽这个唯一的本分：满足自己的精神，并获得自我认可。如果帮助邻居可以满足他这唯一的本分，他会不吝援手；反之，如果他的本分需要他跑去邻居家里行骗，他同样也会毫不犹豫。他做事的头等原则就是满足自身，对别人造成的影响退居其次。人们总是以自我牺牲做幌子，但就这个词的通常意义来讲，自我牺牲是现在没有、也从来没有过的事。人们常常会天真地以为，他完完全全是在为了他人牺牲自己，但是这不过是被蒙蔽了；人最本质的冲动是满足自己的先天本性和后天教养的需求，从而获得心灵上的安宁。

青年：这么说的话，那么在这世上，无论好人还是坏人，都是在为满足自己的良知而奔波终身喽。

老者：对。这真是个冠冕堂皇的名字：良知——人的主宰，这个不受约束的统治者，这个不折不扣的傲慢君王。这世上有形形色色的人，因而就有着千差万别的良知：要分别满足刺客、慈善家、守财奴和飞贼的良知，要做的可截然不同。想让良知作为权威道德和行为准则的向导和动力（后天教养不考虑在内），那是绝对不可能的。我认识一个来自肯塔基州的人，他心肠很好，但却缺乏自我赞许。确切地说，他的良心折磨着他，因为他之前漏杀了一个人——一个他素昧平生的人。在一场战斗中，此人杀死了他的朋友，因此他的肯塔基教养驱使他把复仇当为自己分内的事。他试图疏忽这一职责，不断逃避这一事实、推迟复仇行动，然而他那不依不饶的良心却在不断催促着他。最终，为了得到心灵的解脱和自我认可，他找到了这个陌生人，要了他的性命。照通常的定义，这算得上是极大的自我牺牲：他本不想杀人，要是能以更小的代价换取精神上的满足和心灵上的平息，他肯定就不会做这种事。但这就是人的秉性：为了博得满足感，无论付出多少代价都无所谓——即使要搭上他人性命也在所不惜。

青年：你刚刚说到受调教的良心，你的意思是，人并非生来就有能正确引导我们的良心对吧？

老者：如果有的话，岂不是孩子和野蛮人不需要教导就能明辨是非了？

青年：但是良心可以调教吧。

老者：可以。

青年：要通过父母、老师、牧师和书本喽。

老者：对，他们尽其所能，做好各自的分内之事。

青年：除了他们的指导之外，其余的工作要通过——

老者：还有千千万万无意识中的影响。不论这些影响是好是坏，它们在你呱呱坠地的那一刻起就开始影响、塑造你，一直到你走进坟墓为止。

青年：你对这些都加以区分了吗？

老者：嗯，我列出了很多种类型。

青年：能把结果给我说说嘛？

老者：那得花一个钟头呢，下回再说吧。

青年：经过调教，良心可以趋利避害吗？

老者：可以。

青年：这种趋利避害，也只是为了满足精神的需要？

老者：它不可能出自其他任何原因而行事。

青年：人类历史上肯定有着真正意义上的、纯粹的自我牺牲的事迹。

老者：你太年轻了，想法还是有些幼稚。你既然说有这种行为，那能给我举个例子看看吗？

青年：在我看来，当一个人看到自己的同伴在水中挣扎，而奋不顾身地前去相救时——

老者：且慢，你来给我描述一下这个人，再描述一下他的同伴。告诉我事情发生时，周围是有其他人在场，还是只有他们两个？

青年：这和他救人壮举有什么关系吗？

老者：关系大着呢。我们暂且假定，事情发生在一个僻静的地方，而且是在午夜，周围没有其他人在场怎么样？

青年：随你的便。

老者：再假定，这两者是父女关系，落水的是女儿。

青年：别，还是假设为其他人吧。

老者：一个肮脏的、醉醺醺的无赖，怎么样？

青年：我懂了，是否救人要视情况而定。我想，如果没有第三者在场，这人也不会去救落水者了吧。

老者：但也不乏会奋不顾身的人。就像那个在火灾中为救出孩子而牺牲的人，还有那个将身上仅有的二十五美分送给贫苦的老妇人、自己却在暴风雨中艰难跋涉的人。这样做的人偶尔也有。这是为什么呢？因为他们无法眼睁睁地看着一个同类在水中苦苦挣扎而无动于衷，这会给他们造成痛苦。在这种情形下，他们必须得去救这名落水者。若不是出自这个原因，他们也不会出手相救。他们的行为也严格遵循着我所强调的那条原则。你必须要牢记在心，并且时刻将这种情况下不忍心和无动于衷的两种人加以区分。这能够解释清很多表面上“自我牺牲”的事例。

青年：哎，这真是让人难以接受。

老者：是呀，但这就是事实。

青年：来，分析一下乖孩子的行为吧，为了让他母亲开心，他做了很多自己不乐意做的事。

老者：他之所以这么做，七八成是因为取悦了母亲，自己也就开心了。要不是有这个大好处，这个乖儿子也就不会有此作为。就像所有人一样，他也必须遵守这一金规铁律，这是任何人逃不过去的。

青年：好吧，那再说说坏孩子的情况吧，他——

老者：你无需再提了，根本就是浪费时间。不管这坏孩子做了什么，背后都有其精神满足这一理由。要不是这样，那肯定是你听来的情况不对头，他压根就没做过这种事。

青年：真是太令人恼火了。你刚刚还提到，人的良心并非生来就能正确评断道德和行为的，必须得经过调教才行。而现在我觉得，良心尽管可能会昏沉、懒惰，但是不可能变坏；而且，假设你能将其唤醒——

一则小故事

老者：我来讲个小故事吧。

从前，有一个异教徒在一个信基督教的寡妇家中做客。寡妇的小儿子得了重病，活不了多久了。异教徒时常陪在他的床边，跟他说话，逗他开心，并趁机满足自己本性中的强烈愿望——人人都有的一个愿望，即给别人灌输自己心中所想，进而疏导别人，改善别人的状况。他的目的达到了，垂死的孩子质疑起自己的信仰。然而，孩子弥留之际却责备他说：

“我曾有过信仰，那种感觉是幸福的；而你却剥夺了我的信仰，随之也就剥夺了心中的安慰。现在我一无所有了，就要在悲伤中离开这个世界；因为你给我灌输的东西并不能填补我失去信仰后内心的空洞。”

然后，孩子的母亲也责备这个异教徒说：

“我的孩子永远都不在了，我的心都碎了。你怎么能做出如此残酷的事情呢？我们可没妨碍你一分一毫。我们好心招待了你，让你不用拘束，像在自己家中一样，需要什么随便拿、随便用，而这就是你给我们的回报。”

对自己的所作所为，异教徒的心中充满了悔恨，他说：

“我现在明白了，我确实做错了；但是我当时也是存着好心，以为是为他好呢。在我看来，他的信仰是错误的，把真理告诉他似乎就是我的责任呀。”

寡妇接着说：

“在他短暂的一生中，我一直将自己坚信的真理灌输给他。在虔诚的信仰之下，我俩都很快乐。现在他死了，不在了，我伤心欲绝。我们的信仰是虔诚的祖先们世世代代传下来的，而你，或者随便是谁，有何权利来剥夺它呢？你究竟有没有道德，有没有羞耻心？”

青年：真是个罪大恶极的异教徒，真该死！

老者：他自己也是这么想的，并且也这么说了。

青年：瞧，他的良知被唤醒了！

老者：对，他的自我谴责被唤醒了。看到那位痛不欲生的母亲，他也很心痛。他后悔做了这件给他本人带来痛苦的事。当他将男孩引入歧途时，他并没有考虑到孩子的母亲。当时，他正通过满足心目中所谓的责任，完成自我的愉悦，并沉溺其中，不可自拔。

青年：随便你怎么称呼它，在我看来，这就是一个良心觉醒的例子。被唤醒的良知决不会再次陷入这种麻烦中，因为一旦觉醒了，就再也不会重蹈覆辙。

老者：等等，我这故事还没讲完。我们是外界影响的塑造物，自身不能做出任何创造，从来都只能在外界的启发之下，才能萌生出采纳新思想、衍生新理念和新行为的冲动。现在听我继续讲这个故事。因为孩子及其母亲的缘故，悔恨一直折磨着这个异教徒，并最终瓦解了他对男孩原有信仰的敌意。他开始用容忍的态度看待它，慢慢地就能够善意地接受它，最终，他可以认真地审视它了。从那一刻起，他很快皈依了这个新的信仰，成为了一名虔诚的基督教徒。然而此时，他对自己当年剥夺了濒死男孩信仰和救赎的行为，却感觉更加悔恨，甚至坐立不安、日夜难眠。他必须得从这种状态下解脱出来——这是我们的本性使然。似乎只能通过一个途径做到这一点，即投身到拯救危难灵魂的事业中去。他成了一个传教士，拖着病痛的身躯，只身来到异教国家。当地一名寡妇看他可怜，将他带到了自己简陋的家中，悉心照料他，直到康复。后来，寡妇年幼的儿子染上了重病，心怀感恩的传教士就帮忙照料。现在，他头一次有了机会，弥补对之前那个孩子所犯下的罪过了。于是，他试着去打破孩子心中对虚假神祇的愚蠢信仰。这次，他又成功了。然而，孩子弥留之际责备他说：

“我曾有过信仰，那种感觉是幸福的；而你却剥夺了我的信仰，随之也就剥夺了心中的安慰。现在我一无所有了，就要在悲伤中离开这个世界；因为你给我灌输的东西并不能填补我失去信仰后内心的空洞。”

然后，孩子的母亲也责备传教士说：

“我的孩子永远都不在了，我的心都碎了。你怎么能做出如此残酷的事情呢？我们可没妨碍你一分一毫。我们好心招待了你，让你不用拘束，像在自己家中一样，需要什么随便拿、随便用，而这就是你给我们的回报。”

对自己的所作所为，传教士的心中充满了悔恨，他说：

“我现在明白了，我确实做错了；但是我当时也是存着好心，以为是为他好呢。在我看来，他的信仰是错误的，把真理告诉他似乎就是我的责任呀。”

这名寡妇接着说：

“在他短暂的一生中，我一直将自己坚信的真理灌输给他。在虔诚的信仰之下，我俩都很快乐。现在他死了，不在了，我伤心欲绝。我们的信仰是虔诚的祖先们世世代代传下来的，而你，或者随便是谁，有何权利来剥夺它呢？你究竟有没有道德，有没有羞耻心?”

此时，传教士心中的悔恨和背叛感和前一次一样强烈，深深折磨着他，让他无法平息。故事到这里就讲完了。你怎么看?

青年：这人的良知简直是愚蠢、不健全，而且是非不分。

老者：听你这么说，我并不觉得遗憾。既然你承认一个人的良心可以不分是非，那也就承认了其他人也可能如此。这样一来，所谓良心的判断绝对可靠这一说法就被推翻了。同时，还有一件事你得留意一下。

青年：什么事?

老者：在此人的两次经历中，他最开始都没有产生心理上的不适，他感到心满意足，并从中得到了乐趣。但是之后事情发生了变化，给他带来了痛苦，他开始有了悔意。尽管他后悔自己的行为给别人带来了痛苦，但真正唯一的理由不外乎他人的痛苦又随之给他带来了痛苦。直到别人的痛苦给我们带来不适时，我们的良心才会对自己给别人带来的痛苦有所察觉。很多异教徒是不会为那位虔诚的寡妇而不安的。你信不信?

青年：我相信。你是说一般意义上的异教徒吧，我想是的。

老者：很多传教士也不外如此。尽管其中有些具有很强的责任感，但也仍不会为那位异教的寡妇的痛苦而不安。比如法国殖民时期的加拿大的那些耶稣会传教士。看看帕克曼[①]引述的那些段落吧。

青年：我们不说这个话题了。之前是说到哪了?

老者：说到这儿了——人类给自己贴上了各式各样的标签，并冠以令人误

① 弗朗西斯·帕克曼(1823—1893)：美国历史学家、作家，致力于编写英法在殖民地美洲的斗争史。主要作品有《草原千里》、《法国在新世界的拓荒者》等。

解的名字。爱、恨、宽容、同情、贪婪、仁慈，如此等等。我的意思是，人们给这些名词附加了很多令人误解的含义。这些标签只不过是自我满足和自我取悦的不同方式而已，但却都伪装在不同的名字之下，分散了我们的注意力，让我们离事实越来越远。而且，我们还偷偷地在词典里塞入了一个子虚乌有的词——自我牺牲。压根就没这么一回事。但最糟糕的是，对人类所有行为发号施令的唯一冲动，我们却从不提及：即无论处于何种紧急状况，人类都会不计任何代价地满足自我认可的需要，我们的一切行为都维系于此。这一冲动渗透在我们的五脏六腑之中，流动在我们的血液之内，是我们唯一的激励和鞭策，是唯一推动我们的东西，除此之外，别无其他。若不是这一驱动力，我们可能仅仅就是些毫无生气的行尸走肉，世人也就无所作为，社会也就无法前进，世界也就停滞不前了。当这一威力惊人的名词被提及时，我们应该虔诚地脱帽伫立才行。

青年：我才不信。

老者：你想想就会信了。

一些恰当的事例

老者：自我俩交谈以来，你有没有思考过自我赞许这一准则呢？

青年：思考过了。

老者：正是我引导你去思考这一准则的。也就是说，在一种外来的影响之下，你才开始思考它，而并非是源于你的头脑内部。你要牢记住这一点，不要忘记了。

青年：好的。不过为什么？

老者：因为在我们之后的一段谈话之中，我想进一步让你明白，无论你、我或任何人，都不能指望自己的头脑创造出什么新想法。思想阐述者的嘴里说出来的，不过都是些二手货。

青年：噢，那现在——

老者：打住。在明后天我们探讨此话题之前，你先保留想法。那么，你是不是一直考虑这个命题：从根本上来说，是否一切行为都是出于自我满足的冲动？经过探索，你有何发现？

青年：没什么收获。我查阅了很多传奇小说和传记，细查其中自我牺牲的高尚事迹，但是——

老者：经过一番细致的分析，表面上的自我牺牲烟消云散了吧。这是毫无疑问的。

青年：但这里有一本小说，里面的一个事例好像让我看到一点希望。在阿迪朗达克山树林中的一块伐木营地，有一位传道者霍姆，他一直靠着薪水度日，品德高尚、极度虔诚。他来自纽约贫民区，从前是一名工人，诚恳又实干，还是一个大学公社某分区的带头人。后来，伐木工人霍姆的心中激起了一股传道的欲望，他抛弃了世俗的大好前程，下山去纽约东区拯救人们的灵魂去了。能够献身于上帝的荣光和基督的事业，他视之为一种幸福。于是，他辞去了工作，兴奋地踏上了献身的旅程。他来到纽约的东区，不分昼夜地向一小群半开化的外来贫民宣扬耶稣及其被钉在十字架上的事迹。这些贫民们对他嗤之以鼻，而他却为之欣喜，因为他是因为基督的缘故才被嘲弄呀。你在我的头脑中灌输了这么多怀疑精神，因此我一直试图寻找隐藏在故事背后的可疑冲动，但欣慰的是，我并没有发现。此人看到了自己的义务所在，为履行义务奉献了自己，并承担了为此附加的重担。

老者：你仅仅读出了这些吗？

青年：是的。

老者：那么现在我们继续往深处推敲。本质上，他并非像自己想象的那样，是为了上帝的荣光才奉献的，而是首先为了满足内心那个苛刻而顽固的主宰。与此同时，他可否牺牲别的什么人了吗？

青年：此话怎讲？

老者：他放弃了养尊处优的工作，换了个清茶淡饭、仅供栖身的活计。有需要他赡养的人吗？

青年：有。

老者：他的自我牺牲如何影响了他们，又影响到什么程度呢？

青年：他有一个年迈老朽的父亲，还有一个天生好嗓子的小妹。他正在供着她学音乐，好让她自立的愿望早日实现。此外，他还要供着弟弟在理工学校读书，满足其成为土木工程师的理想。

老者：那么，他的老父亲的生活没之前那么舒适了吧？

青年：确切地说，是这么回事。

老者：妹妹的音乐课也停了？

青年：是呀。

老者：那他弟弟的学业呢？那快乐的梦最终化为了泡影，而弟弟不得不去做些锯木头之类的活计，好养着老父亲吧？

青年：正是如此。

老者：他这自我牺牲干得真是漂亮！照我看，他牺牲的恰恰是其他每个人，除了他自己。我之前就告诉过你，世上从未有人真正牺牲自己，从来没有过这种记载。当人内心那至高无上的统治者，为了或长期或短暂的满足感而索取时，它那奴隶——人——不得不服从命令将其呈献出来，不管会伤害到谁的利益。为了服从和取悦内心那位君主，这个人连自己的家庭都毁了——

青年：是为了帮助基督的事业。

老者：是的。但这只是位居次位的原因，并非是第一位的。尽管他本人以为这是首要原因。

青年：那行，随你怎么说。可就算是这样，他也可能会争辩说自己在纽约拯救了一百个灵魂呢。

老者：有这么大的益处，牺牲家庭也就变得理直气壮了。而这些好处，都是来自于——出自于——我们该叫它什么呢？

青年：投资？

老者：有点勉强。称之为投机如何？赌博呢？所谓对灵魂的捕获，没有一次是完全有把握的，这就是一场赌博。他将家庭当做“筹码”，想去赢一场收益可能有百分之三千三的游戏。然而我们看看最终的游戏结果吧。也许我们可以透过它自我牺牲的表面现象，捕捉到那促使他牺牲家庭、投入救世主事业的隐秘的、真真正正的原始冲动。我再来读一章吧……在这呢！早晚要露出蛛丝马迹的。他在东区的底层人民中间讲道一个季度，然后回到伐木营那单调枯燥的生活中去了。“伤心欲绝，傲气全无。”为什么？难不成他那一心供奉的救世主，并不领他的情？哎呀，有一个细节被漏掉了，甚至压根就没有提到，那就是：当他开始这一行动时，早就把初衷忘得一干二净了！既然他怀着这样的初衷，那现在到底为何唉声叹气呢？事实上，女作家已经在无意之间将这一码事抛到九霄云外去了。他之所以唉声叹气，是因为自己做的不过是对穷人们讲道而已，这和以往在大学社区时的行事方式可大不相同。相比以前，他现在做的事情可重大得多，也高尚得多。然而，穷人们对这个救世军未加修饰的辞令丝毫不感兴趣。对霍姆，他们尽管彬彬有礼，内心却冷若冰霜，既不喜爱有加，也不推心置腹。“他的那些梦想：功成名就、获得褒扬和充满感激的赞许——”赞许？来自谁的赞许？救世主吗？不，并未提到过救世主。那是谁呢？是“和他一块工作的同伴们”。为什么他想要这个呢？那是因为，他内心的主宰想要，有了这个，它才能心满意足。我们刚刚强调的这段话揭露了我们一直寻找的谜底：那个原始的、真正的冲动，那个驱使这个来自阿迪郎达克山区、默默无闻的伐木工牺牲自己的家庭，到纽约东区继续圣战的冲动实际上是：他要到这个被世界遗忘的小角落里，将自己内在的天份展示无遗，好出人头地。尽管他自己没有意识到，但这就是事实。就像我之前告诫你的那样，所有的行为都是出自那同一条法则、那同一个目的。但是请你不要单凭我几句说辞就将接受这一法则，要亲自认真考察研究。每次听读到自我牺牲的壮举或尽职尽责的事迹时，你都得好好分析，探索其中真正的动机，总是可以找到的。

青年：我每天都会这么做。我控制不住自己，因为这毫不体面、还令人气恼的探索之旅一旦开始，根本停不下来。简直是太有意思了！甚至可以用令人着迷来形容。我一看到书中讲到善人善事，就不得不停下来分析考究，根本控制不住自己。

老者：见过违背这一法则的事例吗？

青年：没，至少目前还没看到过。不过，我们谈谈欧洲的付小费行为吧。按理说，你已经付钱给旅馆，好享受服务，你并不欠服务人员钱。对他们来说，给你提供服务是分内之事。但你还是得单独付他们小费。这不就是违背了这一原则吗？

老者：怎么就违背了？

青年：你又不是必须得付小费，所以说，这一行为是出自对他们微薄薪水的同情，而且——

老者：这习俗是不是曾经让你愤愤不平、恼羞成怒呀?

青年：是的。

老者：但你还是不得不照着做吧。

青年：那当然。

老者：为什么?

青年：在某种程度上说，习俗就像是戒律，人人都视服从习俗为一种义务。

老者：那你是鉴于此才不得不付给他们这让人上火的钱喽?

青年：我想，就是这样。

老者：也就是说，驱使你付小费的，不光是同情、仁爱和慈善之心喽。

青年：嗯，或许不是。

老者：这些成分一点都没有吗?

青年：或许是因为太仓促，我也搞不太清楚。

老者：也许吧。如果你无视这一习俗，还能得到服务者及时高效的服务吗?

青年：瞧你说的！就欧洲那些服务员？要是没有小费，你可甭想他们搭理你，更别说服务了。

老者：那么，获得服务不是你付小费的动机喽。

青年：我并没有否认这一点。

老者：这么说，这种行为显而易见是出于义务，还掺杂了一点自利的成分吧。

青年：似乎是这样。但关键是我们明知道这是一种不合理的行为，甚至是勒索，但还是会付小费，而且若想到自己对这些贫穷的服务生们吝啬了，离开的时候也会不好受，还一心想着回来把应做的事做了，甚至得出手大方点。我看，要想在这一冲动中找到一点为自己考虑的成分，都不容易。

老者：我很奇怪你竟会有这种想法。当在旅馆账单上看到服务费这一条时，你不生气吗？

青年：不生气呀。

老者：收取这么多服务费，你一点怨言都没有？

青年：没有，我完全不想抱怨。

老者：那么说，这笔服务费并不会惹你生气。它若价位固定，你便会一声不吭、心甘情愿地就付了。那当你付钱给服务生时，如果每位男女服务员都有固定的服务费，你愿意吗？

青年：愿意？我得高兴地不得了！

老者：就算这笔固定的服务费比你通常要付的小费还要高一点，你也愿意？

青年：愿意呀！

老者：那很好。照我的理解，促使你付给他们钱的，并非是同情心或是责任心，而让你愤愤不平的，也不是所付的金额多少，但是确实有东西困扰着你，那是什么？

青年：麻烦的是你永远都不知道应该付给他们多少钱。在欧洲，你走到不一样的地方，付的小费也不一样多。

老者：那你就得估摸着给了？

青年：没有别的法子呀。所以你得思来想去、连算带猜，还得咨询别人的意见，整得你日不能安、夜不能寐。你只能假装观景，实际上心中翻来倒去、一遍遍地合计着，整个人心烦意乱、痛苦不堪。

老者：遭这一切罪，不过是为了不一定非付不可的一笔钱！真是不可思议。猜来猜去，目的又何在呢？

青年：估摸到底应该给他们多少钱才合适、对他们每个人都公平呀。

老者：看起来确实很高尚——对一名贫穷、低薪的服务生，尽管你并不欠他什么，但是为了公平起见，你颇费一番苦心，还耗费了这么多宝贵的时间。

青年：我认为，就算在背后有着什么不体面的动机，那也很难发现。

老者：当你付给服务生的小费不合理时，你怎么看出来呢？

青年：你看他一声不吭，也不给你说谢谢时，那就是了。有时候，他会瞟你一眼，让你深感羞愧。当着这么多人的面，你放不下架子，肯定不会当场纠正自己的错误，但过后，你就会一再希望如果当时你及时纠错就好了。天哪，那叫一个内疚！有时候，你通过服务员们的手势，就明白这次给的不多不少，你就能心满意足地离开了。有时候，服务生的感激之情溢于言表，你就知道你出手过于阔绰，大大超过所需要的了。

老者：所需要的？哪方面所需要的呢？

青年：让他感到满足的所需啊。

老者：如果给多了的话，你感觉如何？

青年：后悔呗。

老者：我相信，你挖空心思并非是为了掂量他应得多少钱，而是琢磨给多少钱才能让他感到满意。并且，我认为你还有个自我欺骗的理由。

青年：假设你付的钱没有达到他的预期，他就会给你白眼，让你当众出丑，这让你苦闷不已。痛苦的是你——因为你只会为自己的感受盘算，不是为了他。相反，假设你小费给得太多了，你也会为之后悔，这样又会让你感到郁闷：这是另一个考虑自己、保护自己、使自己免于不自在的事例。对那个服务生，你是从来都没有考虑到，除了在猜测如何争取他赞许的时候。当你得到了赞许，你也就得到了自我赞许，这是你唯一梦寐以求的东西。这样，主宰你内心的主人也就满意了、心安了、自在了，在这宗交易中，最首要的利益已经满足了，其他的东西全部都是无关紧要了。

进一步的事例

青年：哎，想想看吧：为了他人而牺牲自我——这人类最伟大的事情，就这样一笔勾销，不复存在了！

老者：你是在怪罪我说这样的话吗？

青年：当然。

老者：我可没说过那些话。

青年：那你说了什么呀？

老者：我是说，在牺牲一词的一般意义，即纯粹为了别人而自我牺牲这个意义上，从来没有人真正做到。人们也常常为了别人而牺牲自己，但都是以满足自身为首要目的。牺牲的行为必须首先要满足自己的精神需要，其他受益者都是次要的。

青年：那些为了义务本身而履行义务的情况也是如此吗？

老者：是的。没有人纯粹是为了尽责本身而尽责，履行义务这一行为首先也得满足自己的精神需求。相比逃避义务，尽责肯定会让他感觉更好一些。不然他也不会做。

青年：我们谈谈伯克利城堡号吧。

老者：那是一次真正尽职尽责的高尚行为。如果你愿意，咱们就仔细分析研究一下。

青年：一艘英国的军队运输船上，满载着士兵和他们的妻儿。突然，船撞上了一块暗礁，就要沉没了。救生船上的位置有限，只够承载妇女和孩子们。上校把整个团的士兵们在甲板上集合起来，对他们说："牺牲是我们的义务所在，只有这样，他们才能得救。"整个队伍中，没有一个人抱怨，也没有一个人抗议。于是，妇女和孩子们上了救生艇离开了。死亡来临的那一刻，上校和军官们各就各位，士兵们扛着枪肃然挺立，军旗飘扬，战鼓敲响，俨然像一场阅兵典礼。他们随船沉没，为义务而尽职，牺牲了自己的生命。你还能以别的角度解读这一行为吗？

老者：这确实是场崇高而杰出的举动。要是你的话，你能像他们一样留在队伍里，毫不畏惧地迎接死亡吗？

青年：我吗？不，我做不到。

老者：好好想一想。设想你也在那里，四周那死亡之水越升越高，直到把你淹没。

青年：我能想象出那种恐怖的场景。我肯定承受不了，无法站在队伍里无动于衷。我心里清楚这一点。

老者：为什么？

青年：说不出是为什么，我只是了解我自己，我知道自己做不到。

老者：但这是你的义务啊。

青年：我知道，可我还是做不到。

老者：在那一千多个士兵里，一个退缩的可没有。其中也肯定有一些人天生性格和你相仿，既然他们能为履行义务而面对死亡，你为什么就不能？设想你去召集一千名办事员和技师，把他们也集合在那个甲板上，让他们为履行义务而等死。依我看，能站在队伍里一动不动坚持到最后的，最多不会超过二十几个人。

青年：这我相信。

老者：但是假设你调教一下他们，让他们也经历上一两次战役，那他们就是战士了，也就有了战士的自尊、自重和理想。到时候，他们所要满足的精神也就成了战士的精神，不再是小职员的，也不再是技师的。这样的话，想满足一名战士的精神，临阵逃脱、推卸义务可就不成了吧。

青年：是的，那样可就不行了。

老者：也就是说，促使他们履行这一义务的并非义务本身，而主要是他们自己。义务是完全相同、势在必行的，但当他们是职员、技师或者新兵时，就不会因此而尽责。但是当这职员和技师有了新的理想、新的精神需要满足时，他们就会满足它。他们不得不这样，这就是法则。调教的过程是卓有成效的，而每个人都应该期许、努力、勤恳地为了越来越高的理想而接受调教。

青年：想想那些忠于职守、绝不退缩，为之赴汤蹈火的人吧。

老者：这就是他的天性和后天教养的结果。他必须得满足自己内在的精神，即使搭上性命也在所不惜。或许有的人和他一样笃信宗教，然而性情和他不同，可能就做不到。尽管这人也意识到这是自己的义务所在，甚至因为未能尽责而悲伤不已，但他还是得首先满足自己内心精神的召唤，这是他控制不了的。他无法为履行义务而从容赴死，因为这并非其精神所情愿，而满足自己精神的需要才是首要的。不满足这个条件，其他的义务无从谈起。

青年：再举个例子，让我们谈谈一位品德无瑕的牧师吧。在投票选举公职时，他宁愿投给同一党派的窃贼，也不投给对方党派品行正直的人[①]。

① 当时美国共和、民主两党候选人竞选总统时，规定党员必须投本党候选人的票。

老者：他得满足自己的内在精神呀。在涉及到自己党派发展攸关的问题时，他既无功德，也无私德可言。他总是忠于个人先天素养和后天教育行事。

后天教养

青年：在之前的谈话中，你不断地用这个词——后天教养。这个词是不是特指——

老者：学习、教导、授学、讲道吗？这些只不过是后天教养的一部分，但并非主要部分。我用这个词指代所有外来的、数以百万计的影响。从咿呀学语到风烛残年，一个人只要醒着，就处于它们的调教之下。在其中调教、影响他的所有因素中，位居最前的就是所谓的社会关系，即影响人思想和情感的人际环境。它赋予他理想，引导他走上生活的道路并让驱使他一路向前。一旦偏离了这条道路，他就会发现，他所热爱和尊重的人、那些他所重视的赞许者，都开始躲着他。他是条变色龙：按照本性的法则，他根据栖身环境换上不同颜色的外皮。环绕在他周围的这些影响因子塑造了他，决定了他的喜好、憎恶，乃至政见、审美、品德和宗教信仰。这些东西之中，没有一个是他自己所创。他以为他创造了，这是因为他从未对此认真考虑过。你见过长老会的教徒吗？

青年：见过很多。

老者：他们怎么就碰巧变成了长老会的信徒，而不是公理会的呢？为什么那些公理会的教友非得是公理会，而不是浸礼会的呢？为什么非得是浸礼会教友而不是天主教徒呢？是天主教徒而不是佛教徒呢？是佛教徒的而不是贵格会教徒呢？是贵格会教徒而不是圣公会的呢？是圣公会的而不是米勒派的呢？是米勒派的而不是印度教的呢？是印度教而非无神论者呢？是无神论者而不是唯灵论者呢？是唯灵论者而不是不可知论者呢？是不可知论者而不是循道宗[1]教徒呢？是循道宗教徒而非儒教教徒呢？是儒教教徒而非一位论派[2]教徒呢？是一位论派教徒而非伊斯兰信徒呢？为何是伊斯兰信徒而非救世军战士呢？为何是救世军战士而非拜火教的呢？为何是拜火教而非基督科学派[3]的呢？为何是基督科学派而非摩门教的呢？如此等等，不一而足。

青年：你还是自问自答吧。

老者：具有讽刺意义的是，教派并非是学习、探索和谋求启示的记录，却主要指出了社会交往的作用。你如果知道一个人的国籍，就能差不多猜出他的宗教信仰：英国人——新教徒；美国人——同上；西班牙人、法国人、爱尔兰人、意大利人、南美人——天主教徒；俄国人——希腊正教会教徒；土耳其人——伊斯兰信徒；如此等等。你如果知道此人的宗教信仰，你也就能猜出当他想获得启示时，会阅读什么类型的宗教书籍、回避的是什么类型的书籍，以免得到无须有的启示。在美国，你根据一位选举人的党派色彩，就能推断出他的交际关系，以及他的政见是如何形成的；也能推测出，为了扩展知识他会选择哪种类型的报纸，又故意避开哪种报纸；你还能知道，他会出席哪些公众聚会以开阔政治见识，又会刻意回避哪些聚会，除非要去会上进行严词谴责。我们总是听说有些人在孜孜不倦地探寻着真理，但我从未亲眼见过始终如一的楷模。我想或许根本就不存在吧。但我确实见过几个自认为是真正一心求索、始终如一的真理寻求者。他们勤勤恳恳、坚持不懈，又小心谨慎、毕恭毕敬，

---

① 即卫斯理宗，新教宗派之一，主张认真研读《圣经》，严格宗教生活，遵循道德规范，故称为“循道宗”。

② 即唯一神教派，认为上帝只有一个，并否认三位一体和基督神性的一种宗教教派。

③ 19世纪后半期在美国出现的基督教教派，该派认为物质是虚幻的，疾病只能靠调整精神来治疗，需要上帝的永恒意识才能治愈。

算得上是实实在在、毫无偏见的真理探求者。直到有一天，他们相信真理已经毫无疑问掌握在自己的手中，于是就此结束探寻，尽其余生，他都会对之加以捍卫，以防其被亵渎。如果他所追求的是政治真理，那么他会在左右世人的上百条政治信条中选择其中一个；如果他所追求的是唯一真正的宗教，他就会在世间风行的三千教派中选择其中之一。无论是哪种情况，一旦他认定自己发现了真理，他就会停止探索，从此便一边补其遗漏，一边为捍卫它而卷入争吵。虎头蛇尾的真理追求者比比皆是，你可曾听说哪一个是持之以恒的吗？依着人类的本性来看，这种人是压根不可能存在的。现在我们言归正传：所有后天教养都是由某种形式的外来影响造成的，其中社会交往是最大因素。人只不过是外界影响的塑造品，仅此而已。它们可能把他往好处调教，也可能往坏处调教，但总而言之，它们无时无刻不在影响着他。

青年：那么依你看，如果某人在生活中因不幸意外而孤立无援，那这个人肯定是被调教得不好喽。

老者：孤立无援？变色龙会孤立无援？你搞错了。人最大的财富，就在于他的变色能力。他在这种情况下，只需要去改变所处的生活环境——社会关系。而且，促使他改变的动力也是来自于外界，因为他是无法自行预料并创造改变的。有些时候，一件意外的小事就会激起其初始冲动，将他引入一条新的道路，产生一种新的想法。情人偶然间的一句“我听说你是个懦夫”，就能浇灌一粒种子，使之发芽开花并蓬勃生长，并最终结出一颗惊异的果实——赫赫战功。人类的历史上不乏这样的意外。又比如，一名粗俗、不敬神的士兵偶然折断了腿，却从此皈依宗教，产生新的理想。就是由于这次意外，耶稣会[①]就

①耶稣会是16世纪宗教改革期间建立的天主教修会之一，频繁参与了16、17世纪欧洲的宗教与政治斗争。

此诞生[1]。两百多年来，它撼动了王权，改变了政局，而且还要继续进行巨大的事业。书或者报纸上偶然间的一段话也能让人走上新的道路，使之与过往的社会关系一刀两断，进而重新建立起符合自己新理想的社会关系，并改变此人一生的道路。

青年：你是暗示新风气吗？

老者：不是新风气，是自古以来就有的常规惯例。

青年：那是什么？

老者：只不过以崇高理想的起始冲动为诱饵设下的陷阱。那些发放政治、宗教小传单的人就是这样做的，传教士的行为也不外如此，政府也应该这么做。

青年：难道他们没有这么做吗？

老者：在某一方面他们是这么做的，但是在另一方面却又不是了。一方面，他们把天花病人与健康人隔离开来；另一方面，在处理罪犯时，又把健康人和病入膏肓的一起关进了传染病院。我的意思是，他们总是把那些初犯和已经变成惯犯的罪人关在一起。如果人天性向善，那也就无所谓了，但是人并非天生向善呀，把这些初犯和惯犯关在一起，初犯在这种人际环境的影响下，只可能会变得越来越坏。因此有时候，受到严惩的反而是那些相对无辜的人。他们把罪犯绞死了：对罪犯来说，这种惩罚微不足道，但却让他的家人伤心欲绝，这可算得沉重的惩罚了吧。他们倒是随随便便把打老婆的男人往监狱里一扔，男人在监狱里能填饱肚子，可是他那无辜的妻儿呢？只能活活饿死了。

青年：你是否相信人天生就有明辨是非的直觉呢？

---

①耶稣会创始人依格那丢·罗耀拉(1491—1556)本为一名军人，于战争中受了腿伤，养病期间开始研读宗教书籍，并于1534年在巴黎创立耶稣会。

老者：亚当反正是没有。

青年：那亚当之后的人是不是就有了呢？

老者：不，还是没有。我认为人什么直觉都不具备。人的一切想法、一切理念都是源自外界。我在不断重复这一点，希望你可以牢牢记住，进而饶有兴趣地观察研究，弄清其真假。

青年：那你自己这些令人恼怒的观点都是从哪得来的？

老者：从外界得来的呀，并非是我自己创造的。收集来自千千万万个的未知的资料，但大部分都是无意识间汇聚起来的。

青年：那你是否相信，上帝可以造就一个生来诚实的人？

老者：相信，我知道上帝有这个本事。我还知道，他可从来没这么造过。

青年：一个比你更博学的观察者曾记录了一个事实，那就是“诚实的人是上帝最宏伟的杰作”。

老者：他记录的可不是一个事实，只不过是一种谎言而已。听起来貌似有理，但不过是种夸夸其谈，并不是真的。上帝创造了带着诚实或不诚实这两种可能性的人，仅此而已。到底一个人往哪种可能性发展，要看他的社会交往。最后的结果是，要是他的社会交往浇灌了他诚实的种子，那么他就变成一个诚实的人，反之他就不诚实。

青年：诚实的人并不值得——

老者：赞扬？不值得。我要对你重复多少遍才行呀？他并不是自身诚实的缔造者。

青年：那你得回答我，引导人们过有道德的生活究竟有什么意义呢？又能得到什么好处呢？

老者：正直的人从自身得到很大的好处，这对他来说是最主要的。而且对他的邻居们来说，诚实的人不会造成威胁，不会给自己带来危害，他们也就从他的诚实里得到了好处，这对他们来说是最主要的。就涉及到的两方面来讲，诚实让他们的生活都变得相对更好了。因此，如果忽视了这种诚实的教养，生活就会对双方都带来持续的威胁和不幸。

青年：你说过，教养即一切，教养即是人本身，因为是它把人塑造成现在的样子呀。

老者：我确实说人是教养塑造的，但此外还有另外一种东西，我们暂时先不谈它。你刚刚想说什么来着？

青年：我家有个老女仆，她在我们家做了二十二年了，曾经把我们照顾得面面俱到，但现在她却时常丢三落四。我们都很喜欢她，也都知道这种毛病是上了年纪造成的，她自己也无可奈何。家里其他人从来不会因此而责备她，除了我。我老是控制不住自己，时不时地就说她。我难道没努力过吗？我也试过努力控制自己。但是当我今早准备更衣时，发现她没给我准备好干净衣服，于是又忍不住发脾气了——我在清晨特别易怒。我打了铃，却又立刻提醒自己别发火，要不愠不火地给她说，小心翼翼提防失态。我甚至都斟酌起怎么跟她说：“简，你忘了给我拿来干净衣服了。”然而当她一进门，我一张嘴却被一股突然涌出的、压抑不住的火气控制了，竟开始气呼呼地训斥她：“你又给忘了！”你说过，人总是取悦自己内心的主宰，做它所乐意的事。那么，让我字字斟酌以防出口伤人的这股冲动从何而来呢？是来自我内心那个一心只考虑自己的主宰吗？

老者：毫无疑问呀，冲动没有其他的来源。你之所以这么做，次要的是为了顾全女仆的面子，而主要的还是为了你自己，为了取悦你那内心的主宰呀。

青年：此话怎讲？

老者：是不是你的家人曾请你控制好脾气，别对女仆撒火？

青年：是呀，我母亲。

老者：你爱你的母亲吗？

青年：爱她呀！

老者：你总是尽其所能地取悦她吧？

青年：只要能让她高兴，我什么事都肯做。

老者：为什么？你只会做有利可图的事啊，这么做对你有什么好处吗？

青年：就我单方面来说，没什么好处。但是能让她高兴，这已经足够了。

老者：看来，你的主要目的并非是为了顾及女仆的颜面，而是为了取悦你母亲。而且，如果能让母亲高兴，你自己也会大为开心。这难道不是你从中得到的好处吗？这不就是真正的、首要的利益吗？

青年：是吗？您继续往下说。

老者：在一切交易中，你的内心主宰将确保你获得最大的利益。否则，交易就不会发生。

青年：要是这么说，我既然如此迫切、一心一意地想要得到这一好处，那我为何又大发脾气，把它白白糟蹋了呢？

老者：为了得到突然而来的更大好处呀。

青年：哪来的更大好处呀？

老者：它潜伏在你的天性之中，一直在蠢蠢欲动。你天生的暴躁脾气突然冒出来了，并顷刻之间超越、吞并了来自你母亲的影响。在那种情形下，你迫不及待地想发泄一通，好好爽一把。骂人的时候，你觉得神清气爽吧？

青年：呃，也就那片刻之间。是的，当时感觉很舒畅。

老者：很好，就像我之前说过的：在任何时刻或任何瞬间，你只会做给你最大愉悦感、最大满足感的事。你必须满足内心主宰一时的心血来潮，不管它是什么。

青年：但看到老仆的眼中含满了泪水时，我后悔得恨不得把自己舌头咬下来。

老者：那就对了。你瞧，你让自己丢脸了，给自己带来了痛苦。事情结果伤及或造益内心主宰了，这才是最重要的，其余的都是其次。尽管你之前服从了内心的主宰，可是这会它却不高兴了。它要你立即悔改，你又服从了，因为它的命令是不容违抗的。内心的主宰是个冷酷无常的家伙，心思转眼就变，而你必须时刻准备着听令于它，而且永远听令于它。如果它要你悔改，你就得悔改，因为你必须满足它、取悦它，得小心翼翼地爱护它、宠着它、讨好它，不管它开出什么条件。

青年：教养！哎，教养又有什么用呢？难道我，难道我母亲没有努力调教我，让我别再对女仆发脾气了吗？

老者：你从来都没法把嘴边的恶言咽下去吗？

青年：很多时候都可以呀。

老者：今年比去年的次数多吧？

青年：嗯，多多了。

老者：那去年又比前年多？

青年：对呀。

老者：那么，在这两年中进步很大喽。

青年：对，确实如此。

老者：那你的问题已经找到答案了。你看，教养还是有用的，你得坚持下去，真心实意地坚持下去。你已经做得很好了。

青年：那只要坚持改变，就能达到完美，不发脾气了吗？

老者：会的，可以做到你的极限。

青年：我的极限？什么意思呀？

老者：你记得，你曾说我告诉过你调教即是一切吧。我当时更正了你，说“除了调教之外，还有另外一样东西。”这另一样东西就是性情——你生来就有的一种气质。你无法根除你的性情，半点都不行，你只能尽力压制住它，让它安静一点。你天生就是暴脾气吧？

青年：是的。

老者：这你永远都摆脱不了。但是只要你加以留意，就几乎能把它一直压制住。可既然它存在，就说明你有极限，无论怎么改，都不能让你变成完全没脾气的人，因为暴躁会时不时地冲出你的压制。但是你可以在很大程度上接近完美。现在，你已经取得了很大的进步，而且还会继续变好：调教的作用就在于此，这作用可算是相当大吧。不久，你会进入一个新的发展阶段，之后进步对你来说就更容易了。无论如何，你会在一个更好的基础之上继续发展。

青年：解释一下吧。

老者：为了取悦自己和母亲，你现在可以抑制住骂人的冲动了，不久之后，单单是控制脾气所得的成就感就能满足你的虚荣心了，而且相比来自你母亲的赞许，它能带来更多愉悦和满足感。到时候，你就直截了当地为自身而努力，不用再迂回到取悦母亲的环节。事情得以简化，你的动力也变得更强。

青年：哎，但让我将女仆的感受作为主要的考虑来压抑脾气，我还是做不到吧？还是得把自己放在第一位？

老者：嗯，是呀，必须如此。

青年：（沉思了片刻后）天性。哎，人必须得考虑到自己的天性，这确实是个很大的因素。我的母亲是个既体贴、又和蔼的人，脾气不急不躁。我穿好衣服之后去她的房间找她，她不在。我叫了她一声，听到她在浴室里给我回话。我还听到水流的声音，便问她怎么回事。她不急不躁地回答说，简忘了给她放洗澡水，所以她得自己动手准备。我要按铃叫简过来，她却说："不，别按铃了，免得她一会过来看到自己又做错了事，心里又得难受，还要担心被责备。她不应该挨骂，她是因为年纪大了才健忘的，不应该怪她。"我说，在我母亲的内心，也有个主宰吗？这主宰在哪呢？

老者：就在她的心中啊，也在不停寻求着平静、欢愉和满足。假使看到老女仆伤了心，你母亲也会难受的，不然她就不会不让你按铃了。我认识一些妇女，要是遇到这种情况，肯定会按铃把简叫过来的，因为这样她们可以得到最大的欢愉。她们也是在遵从天性素养和后天调教的发展，受着内心主宰的奴役。你母亲的忍耐力很可能有一部分归因于教养。良好的教养最大的用处就在于：每当它给受教者带来满足感时，同时也间接地造福了其他人。

青年：为了造福众生，要让你把自己的想法概括为一句箴言，你要如何措辞呢？

箴　言

老者：勤勤恳恳地培养自己的理想，使之愈攀愈高，直至顶峰。到那时，你会发现自己的所作所为在满足自身的同时，也能给街坊邻居带来好处。

青年：这是一条新的行为准则吗？

老者：不是。

青年：以前有人这么教过？

老者：几千年前就有了。

青年：谁这么教导过啊？

老者：所有伟大的宗教、伟大的信仰都这么说的呀。

青年：那么它没什么新意啦？

老者：有啊。这次它被直言不讳地讲出来了，而以前可从来没有过。

青年：此话怎讲？

老者：我把人自身放在了首位，将其街坊邻居放在后面了吧。

青年：哦，这确实是和以前不一样。

老者：以前总是说得支支吾吾、拐弯抹角，现在我毫不掩饰、直截了当地讲了出来，就是这个区别。

青年：请解释一下。

老者：别人充当好人，对你百般讨好，也就是说，他们知道得先安抚、满足你那内心的主宰：只有首先能满足它，你才会有所行动。然后，他们态度却突然转变，让你首先考虑下别人，将责任心放在首位，去做自我牺牲的事。因此，我们刚开始都是站在相同的立场上，都承认人内心有位高高在上、绝对权威的君王，并一起卑躬屈膝地恳求着他；然而，他人却突然狡猾地抽身而去，躲躲闪闪、前后不一、毫无逻辑地改变了请求的方式，转而开始诉诸于人位居第二的力量和人身上压根不存在的力量，并把它们推至首位。而我的信条中，我却始终坚持着最初立场，始终将内心主宰的需求放在首位，绝不动摇。

青年：为求辩论，假定你的学说体系同别人的一样，都旨在达到同一目的，即人间正道，那你的学说较别人的而言，有什么优点吗？

老者：有一个很大的一个优点。我的学说直白坦率，没有隐瞒，也没有欺骗。当一个人在其指引下过着正确而有价值的生活时，在生活真正的首要动机方面，他没有被蒙骗。而他若选择其他的人生信条，都免不了上当受骗。

青年：这算是一种优点吗？让人知道自己高尚生活的动机其实那么不体面，这算是个优点吗？换了别的情况，尽管同样过着高尚优越的生活，却能让人以为生活的动机是崇高的，难道这才不应该算是一种优点吗？

老者：或许吧。那样的话，他就能把自己想象成一个公爵，过着公爵般招摇浮夸的生活，而实际上他压根就和公爵搭不上边。他只要查查司宗谱纹章官员的记录就知道了。

青年：但是不管怎么说，他都应该扮演好公爵的角色，慷慨解囊，尽其所能做好事，以此造福社会啊。

老者：不扮演这一角色，他也可以这么做啊。

青年：那他还会这么做吗？

老者：你知道你的论点偏到哪去了吗？

青年：哪儿啦？

老者：都拐到别人的理论里去了：让一位无知的公爵为了满足虚伪的自尊心——这是个无比低级的动机——去做慈善，其实不过是作秀而已。而且为了让他继续慷慨解囊，还不能将真相告诉他，以防他了解到真正的动机之后就会停止行善。

青年：可是，只要让他以为自己在为别人做好事，对他隐瞒真相不应该是再好不过的吗？

老者：或许吧。很多别的学说就是处于这一立场，他们觉得只要可以促进善行善事，善意的谎言也是正当的。

青年：我觉得，要是按照你的见解，行善首先是为自己考虑，而不是为了善行本身，那就没有人愿意行善了。

老者：你最近做好事了吗？

青年：有，今天早晨就做了一件。

老者：详细说说吧。

青年：我小时候曾有一位保姆，她是个黑人，曾经冒着生命危险救过我。今早她来找我哭诉说，她的小屋昨晚失了火，恳求我给她点钱，好再盖一间。

老者：你给她了？

青年：当然给了。

老者：有钱借给她，你心里感到高兴吧。

青年：钱？我没有钱。我把马卖了，才有钱给她。

老者：那你很庆幸有这匹马吧。

青年：当然了。如果没有这匹马，我可就无能为力了，那样的话，讨好老萨利的机会就得落到我母亲的手里了。

老者：没有失去这个表现的机会，你感到很高兴吧。

青年：是呀。

老者：那么——

青年：打住吧！我知道您接下来要问的那一连串问题，不用浪费您的口舌，我自己就能回答。我一句话就能把整件事情分析清楚：我给了她钱，我也清楚这是因为此举能给自己带来莫大的快乐，还因为老萨利感激涕零和开心的样子平添了我的满足感。另外，一想到她这会已经心满意足，驱散了烦恼，我的心中就充满了幸福。在整个事情的过程中，我对此都是一清二楚的，也明知自己首先是为了自身利益才有此行的。我现在已经全部坦白了，您继续往下讲吧。

老者：我没什么可补充的，你已经说得面面俱到。要是你误以为自己纯粹是为了她的缘故和利益，会有更强烈的冲动帮她摆脱困境吗？做这件事的时候，你会更热心吗?

青年：不会！对我来说，再也没有更强大、更有支配力、更难以抵挡的动力了。我已经发挥到极致了！

老者：很好。你已经开始有所察觉了。而我早就知道，当一个人在强烈的冲动之下，在两件或者两打事情中倾向于其中之一时，他必然会去做，不管这件事是好是坏。假使是好事，所有的诡辩观点中没有任何华丽的外衣能够将这一冲动加强一丁点。

青年：那么你相信，就算揭开了欺骗的外衣，让人们得知自己的善行并非是为了造福他人，而首先是为了满足自身，人们心中行善的意愿也不会因此而消减吧。

老者：我对此深信不疑。

青年：这多少有损行善的这一品德的崇高性吧?

老者：如果是指虚假的崇高，我确实是将它去除了。

青年：那伦理学家还有什么事情可以做呀?

老者：一边继续鼓吹自己那些已有的理论，一边再把那不正确的一面收回去呗：为你自己而行善吧，而且为自己知道邻居们也能分一杯羹而开心。

青年：重复一下你那句箴言吧。

老者：勤勤恳恳地培养自己的理想，使之愈攀愈高，直至顶峰。到那时，你会发现自己的所作所为在满足自身的同时，也能给街坊邻居带来好处。

青年：那你认为，每个人的行为都是由外界影响而来的吗?

老者：是呀。

青年：如果我决定去抢劫一个人，那么这种想法也不是我自身原创，而是来源于外界的吧。比如说，我看到他拿着钱——这算是我犯罪的动机吗?

老者：你是说，唯一动机吗？当然不是。在它背后的，是长年累月积攒下来的一系列筹备性影响，它只不过是其中最近的一次而已。单单一次外来影响不足以让一个人做出违背教养的事，最多只能在他的头脑中开辟一块新的思想地带，使之可以接受新的影响，就像伊格内修斯·罗耀拉[①]的情况那样。迟早会有一天，在这些影响的调教作用下，他会走出那一步，让新的性格屈服于最近的那次影响，从而做出了那件事。我来举个你能听懂的例子来说明这个问题吧。比如说，我们用两块纯金象征经过多年精心调教而成、精炼完美的品质。假设你想破坏这坚固紧密的质地，要对金块施加什么影响呢？

青年：您自问自答吧，请继续。

老者：对其中一块，假设我拿蒸汽流连续喷射了好长一段时间，你认为会有什么变化？

青年：据我了解，应该没什么用。

老者：为什么？

青年：蒸汽流无法对纯金产生什么影响。

老者：对。蒸汽就是一种外来影响，但是它不会对金子产生丝毫作用，因为金子压根对它没有任何反应，所以金块还是保持原样。现在，假设我们在蒸汽中混入一些汽化水银，再拿来喷射金块，是否立刻就会生效了？

青年：也不会。

老者：水银也是一种外来影响。由于金子特殊的天性——或说气质、秉性，它不会对水银毫无反应。尽管我们察觉不到，但是金块在水银的激发下发生了变化。然而仅仅靠这一次影响，金块的质地是不会受到损害的。接下来，我们继续用汽化水银蒸汽来喷射它，一分钟算是一年的时间。在十到二十分钟

① 伊格内修斯·罗耀拉(1491—1556)：天主教耶稣会创立者。

（十到二十年）之后，小小的金块就会被水银所浸透，其精良质地已不再，品质也下降了。最终它会屈服于十或二十年前自己毫无察觉的诱惑了。这时我用手指轻轻捏一下如今这个金块，算是对它施加那一引诱。你能注意到结果吗？

青年：注意到了，金块碎成了砂子。我现在懂了，这并非是单单那一次外来影响造成人的那一举动，那只不过是压死骆驼的最后一根稻草。单单一次冲动也不足以让我去抢劫，那只不过是一系列累积而来的准备性冲动中最后一块砖而已。你还是用一则寓言来说明一下吧。

一则寓言

老者：从前，新英格兰有一对双胞胎兄弟，一个叫乔治，一个叫亨利。两人都性情温良，品行高雅，长相也相似，还都是主日学校的模范生。十五岁时，乔治得了一个机会，跑去一艘捕鲸船上当了侍者，跟着船远航去了太平洋，而亨利则留在家中，继续呆在小村子里。十八岁时，乔治当上了一名普通水手，而亨利变成了《圣经》高级班的老师。由于常年漂泊在海上，偶尔还在欧亚港口的海员旅馆里厮混，乔治染上了酗酒斗殴的恶习。二十二岁时，乔治成了香港一个粗俗的无业游民，而亨利却坐上了主日学校的校长之位。二十六岁时，乔治成了流浪汉、小混混，而亨利是乡村教堂的一名牧师。随后乔治回了乡，成了亨利的客人。有一天，一个陌生人经过了他家门口，随后拐进了小巷。看到此人经过，亨利感伤地笑了一下，说道："虽说人家并非存心让我不自在，但是他老是让我想起自己的贫穷窘迫。因为他每天晚上都背着一大笔钱，从我这儿经过。"这一外来影响——单单这一句话，已经足以对乔治施加作用了，但是这并非是驱使他抢劫的唯一影响。驱使他抢劫的，是浸染他长达十一年之久的坏影响，并在这些影响在他身上积累到了一定程度后，才催生了

这一酝酿许久的行为。相比之下，亨利却从未想过要去抢劫此人，他那“金块”经受的不过是纯净蒸汽的冲洗，而乔治的“金块”所遭受的，却是汽化水银的常年腐蚀。

再论人这台机器

说明：W夫人问道，世间明明还有人食不果腹，百万富翁怎么还能把钱捐给大学和博物馆呢？其实，她在问的同时，已经回答了自己的问题。她对穷人的同情心表明，她是有自己的一套慈善标准的，而这也同时暗含着，百万富翁们也有权利选择自己的行善准则。既然她明显想让别人接受她的标准，这也就暗含了她同时也应该接受人家的标准。世人总是以俯视的眼光去审视他人的准则，却从未发现，他也应该抬起头仰视，才能对此窥探一二。

青年：你真的认为，人不过是台机器？

老者：是的。

青年：而人的头脑是自动运转的，不受人控制，只是自顾自地思考吗？

老者：是的。它勤勤恳恳地工作，只要是人醒着，它一刻也不间断。难道你不曾彻夜辗转反侧，恳请着、哀求着让自己的头脑消停下来，让你安眠？或许你曾以为头脑不过是你的仆人，必须要听令于你，你让它转它就转，让它停它就得停。实际上，要是它想工作，你就休想让它消停一会。即使是最聪明的人，对头脑需要的素材，也是供不应求。而人们总以为，假设它需要人的帮忙，它会等到他早上醒来再给他发号施令呢。

青年：可能真的是这么回事。

老者：不是的。它即刻就开始，不会等人完全睡醒给它建议的。人一边睡得迷迷糊糊地，一边自言自语道：“等我醒了，我得考虑考虑这个或那个问题。”可是到时候他就忘记了。对他来说，大脑运转得太快了，等到他大梦初醒恢复了一半神智，头脑已经跳转到另一个问题了。你可以做个实验试试。

青年：无论如何，只要人想考虑什么话题，应该总是可以坚持思考的吧。

老者：要是头脑中迸出另一个更感兴趣的题材，那就做不到了。通常来说，头脑这东西既不听傻瓜之语，也不听智者之言，它从不采纳任何建议。傻瓜之语惹它聒噪，让其漫游于痴心妄想；而智者之言激起其思维的火花，使其穷追不舍，顷刻即把那说话的人抛于脑后。你无力阻止头脑的天马行空，如果这是它的意愿，因为它才是主人，而你不是。

事隔几日之后

老者：梦嘛，我们以后再仔细研究。这几天，你可曾试着给自己的头脑发号施令，让它老老实实地听从你，而不是自顾自地异想天开?

青年：我试过了。我命令它做好准备，等我早上一醒即接受命令。

老者：它服从了吗?

青年：没有。它径直随心所欲地进行思考，完全没有等待我的指令。而且正如你所建议的，我晚上指定好第二天早上要思考的主题，命令它到时候只能就这一主题开始。

老者：它听从了吗?

青年：没有。

老者：你一共做了几次试验呀?

青年：十次。

老者：成功了几次呢?

青年：一次都没有。

老者：正如我之前所说：心智头脑并不受人的支配。人控制不了它，它可以随心所欲。它可以不管不顾人的意愿，开始思考某个话题，可以对其冥思苦想，甚至在打算抛开这一题材时，都没有考虑过人的意愿。它是完全不受人支配的。

青年：您请继续。举个例子说明一下。

老者：你会下棋吗？

青年：一周之前学会的。

老者：在学下棋的当夜，你的头脑里是不是整晚不停地下棋？

青年：别提啦！

老者：它热心满满，一心要投入游戏之中，不知所倦，沉湎于那数不清的组合之中。你一心希望它停下好，好让你睡一会吧。

青年：是呀。可是它压根就不听，还是在那自顾自地玩。我为之精疲力尽，早晨起床时精神憔悴，一副可怜样。

老者：你偶尔还会被一些滑稽可笑的顺口溜给弄得神魂颠倒吧。

青年：是呀！“我见以扫亲凯特，她见我见以扫；我见以扫，他见凯特，她见——”[①]诸如此类。我的头脑为之日夜癫狂了一周之久，尽管我绞尽脑汁想要停下来，但是一点辙都没有。依我看，我准是疯了。

老者：听到那些流行的音乐也是如此？

青年：啊，对！“到那日，乐无比——”[②]诸如此类的曲子。哎，那些歌的

---

① 原文为："I saw Esau kissing Kate. I saw Esau, he saw me, and she saw I saw Esau—"读起来类似我国的绕口令，其中“我见”(I saw)和“以扫”(Esau)谐音。

②此歌曲 “The Sweet By-and-By”是于1868年S. Fillmore Bennett和Joseph P. Webster.所作的一首基督教赞美诗。

旋律简直是俘获人心，不管你是梦是醒，它都日日夜夜地在你脑袋里回荡，直到你整个人都被拖垮了，也实在没有办法把它从脑袋中赶出去。

老者：是的，无论你是梦是醒，都奈他不何。头脑是完全自主的，是你的主人，你对它只能束手无策。在你酣然入睡之际，它却在一旁忙得不亦乐乎：唱歌、下棋、编织那复杂精巧的梦境。不管你睡着还是醒着，它都不需要你的帮助，不需要你的指引，这些它都用不着。而你却幻想可以在脑中萌发自己的想法，还由衷地相信自己可以做到这一点。

青年：对，我以前是这么想的。

老者：那你能在头脑中构建一个梦，并令使其采纳吗？

青年：不能。

老者：在头脑构建出梦境之后，你也不能左右梦的发展过程吧。

青年：没有人能做到这一点。你说，头脑在醒着的时候和做梦的时候还是同一台机器吗？

老者：这么说吧：我们在白天是不是也一样会浮想联翩？会产生像梦境一般的想法吗？

青年：会呀，就像赫伯特·威尔斯[①]小说中那个发明隐身药的那个人，还有《一千零一夜》里的那些阿拉伯故事，都是这样的呀。

老者：那也有条理清楚、结构简单、前后一致而且贴近实际的梦吧？

青年：是的。我就曾经做过这样的梦。有的梦跟现实生活非常相似，甚至有的梦里还有性格各异的人物：尽管他们都是我头脑的创造物，但是对我来说都很陌生：有粗俗下流的人、优雅高尚的人、聪明博学的人、愚蠢可笑的人、

---

① 赫伯特·乔治·威尔斯(1866—1946)：英国小说家，以科幻小说创作文明。代表作《时间机器》、《隐形人》等。

残暴凶狠的人、和蔼善良的人、还有好斗的家伙、和事佬，还有年轻的、年老的、或漂亮或朴实的姑娘们。他们个个言语得体，却又各具特色。梦里有着鲜明生动的打斗和尖酸刻薄的辱骂声，有绘声绘色的爱情桥段，有喜剧也有悲剧，有撕心裂肺的痛苦，也有让人忍俊不禁的言行。说实在的，真是跟现实生活一模一样。

老者：是你那睡梦中的头脑原创了整个场景，又前后一致、不乏技巧地将情节加以发展，直至有板有眼地把这台小戏演到最后一幕。这一切都没经过你的帮助与建议吧？

青年：没有。

老者：这就证明了，它在睡梦中也能照常工作，不需要你的帮助或者建议。我觉得正是如此。这也说明无论是白天还是晚上，人的头脑都是一样的，不需要你来协助它。我认为人脑纯粹是台机器，是一台完全自主的机器，一台自动机器。我当时建议你的另外一个试验你做了吗？

青年：哪一个？

老者：测定人对自己的头脑能施加多大影响力的试验啊——如果确实存在影响力的话。

青年：做了，而且还或多或少从中得到一些乐趣。我完全按照你的吩咐做的，设立了两个不同的论题，一个索然无味，一个妙趣横生。我命令自己的心智专注于那个枯燥的论题上。

老者：它服从了吗？

青年：啊，没有。它只是聚精会神地思考那个有趣的。

老者：你有没有想法设法地逼它就范呢？

青年：有啊，我竭尽全力了。

老者：那个它丝毫不闻不问、不想考虑的话题是什么呀？

青年：是这么一个问题：如果甲欠乙一美元五十美分，乙欠丙两美元七十五美分，丙又欠甲三十五美分，丁和甲一共欠戊和乙十六分之三的——其余的现在我也不记得了，但总之这个话题极其无趣，我就连强迫它在上面坚持半分钟不走神都做不到，它老是神游到另一个话题上去。

老者：另外一个话题是什么呀？

青年：这个不说也罢。

老者：可它是什么呀？

青年：一张照片。

老者：你自己的照片？

青年：不是，是它的。

老者：真是个可靠又出色的试验。你试着做第二次试验了吗？

青年：做了。这次我命令头脑集中在早报上的一篇猪肉市场报道上面，同时，这份报道又让我想起了十六年前的一次经历。我的头脑无法集中在猪肉上，而是一心一意地专注在那个往事上。

老者：那是件什么事啊？

青年：一个武装暴徒当着二十个人的面打我耳光。我一想到就咬牙切齿、怒火中烧。

老者：两个试验都很不错，非常精彩。我的另一个建议你试验了吗？

青年：那个建议意在向我证明，即使头脑被我放任不管，它也无需我的帮助，就能找到想要思考的事情。这会使我确信，它确实是台机器，一台自动机器，在外界影响的驱动下自行其是，就好像它跟我毫无关联，而是在别人的躯壳里似的。你说的就是这一建议吧？

老者：是呀。

青年：我已经试验过了。当时我正在刮胡子：我刚刚美美地睡了一觉，头脑很活跃，甚至可以说兴致勃勃。因为看到一黄猫沿着花园围墙小心翼翼探路的场景，我的头脑沉醉于突然闪现出的一段童年趣事之中。黄猫的颜色让我回想起过去那只猫：我仿佛又看到了它沿着讲道台的侧台阶走路的样子；看着它走到了一大张粘蝇纸上，四只脚都被粘住了——它挣扎着倒下来，无助又不安，而且越来越焦躁、越来越不甘心，一味放声嘶叫着；我还看到沉默的教徒们全身抖得像水母，泪水顺着脸颊滑了下来：这一切都没逃过我的眼睛。他们流泪的场景又把我的思绪引向了遥远、悲伤的一幕：在火地岛[①]，我以达尔文的角度看到了一个高大赤裸的野蛮人，把犯了一点小过失的儿子猛扔在石头上。那可怜的母亲抱起奄奄一息的孩子，紧紧地搂在怀中，一言不发地哭泣着。此时此刻，我的头脑要停下来和那赤裸的黑人姐妹一起哀悼了吗？没有，顷刻之间，它已游离到别处了，开始为一个反复出现、令人不快的梦境忙碌起来了。在这个梦中，我经常发现自己身上只穿着一件衬衫，在一个满是衣着讲究的绅士淑女们的房间里躲躲闪闪，疑惑着自己怎么会在那里。诸如此类、不一而足，一个画面接一个画面，一件事情接一件事情。无需我的任何协助，我的心智形成了千变万化、来来去去的漂移画面。仅仅列举出在十五分钟里我的头脑所记录和呈现出来的那些琳琅满目的画面，就要花上两个小时，更别说给你一一描述出来了。

老者：人的心智自由，不需要人的协助。但是有一个办法，是可以让人在需要时获得它的帮助的。

青年：什么办法呀?

---

① 火地岛在南美洲南段,原为印第安人奥那族居住地。

老者：当你的头脑不断在话题间频繁转换，而且刚好撞上了一个让人有所启示的话题时，你张开嘴巴，开始谈论它，或者拿起笔来写写。这样，你的头脑就会饶有兴趣地对它做出一番思考，并且心满意足地把这一话题继续下去。它会全权负责起来，并组织好语言。

青年：但是，不是得由我来告诉它要说什么吗？

老者：有些情形下，你根本就来不及呀。你还没考虑好，话就已经脱口而出了。

青年：比如？

老者：好吧，就拿“智慧的闪现”——妙语对答这一游戏来说吧。闪现一词用得很准确，因为人即刻就得把答案说出口，没有安排措辞的时间，也没有思索和考虑的机会。智力机制自动完成这一过程，不需要任何协助。如果一个人脑中缺乏智力机制，即使再用功学习思考，也是无法弥补的。

青年：你真的认为，没有什么东西是人自身原创的吧。

思考过程

老者：是的。人只能感受，然后其大脑机制自动把感受到的东西契合起来，仅此而已。

青年：蒸汽机算不算人发明的？

老者：蒸汽机的发明花了五十个人一百年的时间。“发明”其中一个意思就是发现，我现在就是在这个意义上使用它。人们逐渐发现了大量的零部件并加以使用，而且有了这些部件，人们就可以造出一台完美的蒸汽机。尽管瓦特注意到，茶壶中的蒸汽可以将茶壶盖子顶起来，然而这一想法并非是他创造的，他只不过发现了这一事实，相比之下，猫儿可能已经上百次注意到这一现象了。他从茶壶得到灵感，进而发明了气缸；又从被顶起来的茶壶盖，设计出了活塞杆；再往活塞杆上加个带动的东西就不是难事了，于是就有了曲柄和轮子：于是一台可行的蒸汽机就这样出现了[①]。慢慢地，改进方法也被世人发现了，在这一过程中，人们用的是眼睛，而不是创造力，因为人根本就没有创造力这么一回事。如今，在一百年后的今天，经过五十个、上百个观察者孜孜不倦的改进，终于有了驱动远洋客轮的那轻巧又非凡的机器。

青年：那莎士比亚的戏剧呢？

老者：过程也是如此。世上第一个演员是个野蛮人，他在戏剧化的战争舞、头皮舞等舞蹈中重现了自己在现实生活的所见所闻。后来，随着文明的进步，历史事件和插曲越来越多，那些演员和讲故事的人就把它们借用过来。就这样，戏剧就一点一点、日积月累得以发展，它全部由现实生活所构成，并非凭空创造出来的。好几个世纪之后，希腊戏剧出现了，它以史为鉴，又造福后人。人们一边观察一边综合，如此而已。老鼠也是这么做的呀。

青年：老鼠怎么做到的呢？

老者：它闻到气味，推断出是奶酪，于是寻寻觅觅，最终找到了它。天文学家们观察这、观察那，又把自己的成果和上百个前人的后果叠加起来，推断出一颗行星的存在，进而不断搜索，终于发现了这颗行星。老鼠陷进了捕鼠器，挣扎一番终于脱身，于是意识到捕鼠器上的奶酪不能碰，也就不再擅自触弄捕鼠器了。天文学家为自己的成就而自豪，老鼠也为自己的发现而骄傲，然而其所做的都不过是机械工作，没有创造出什么，因而无权为之感到自负。实际上，所有的功劳都来源于造物主，人配不上其受到的荣誉和赞扬，死后也不该立下纪念碑、为人民所纪念。天文学家和老鼠都是机器，只不过一台结构复

①伍斯特侯爵在一个世纪之前就已经做过这些事了。(马克吐温原注)

杂、制作精妙，一台结构简单、能力有限而已。他们在原理、功能和运转过程上都是相似的，而且都自动运转，没有哪一个可以理直气壮地说自己在个人品格上更胜一筹。

青年：在自身行为所赢得的个人尊严和个人功德方面，人类势必是和老鼠不分上下喽？

老者：和他的老鼠兄弟？依我看，确实如此。两者都无权就自己的所作所为邀功行赏，因为二者必然都无权自诩自己的创造力比对方更出色。

青年：你是要将这些顽固谬论坚信到底吗？在确凿事例基础上的强有力的论证面前，你还不服软吗？

老者：一直以来，我都是一个谦虚、热情又诚恳的真理寻求者。

青年：那好吧。

老者：一个谦虚、热情又诚恳的真理寻求者，在确凿事例基础上的强有力的论证面前，绝对不会固执己见的。

青年：听你这么说，我真得感谢上帝，因为现在我知道你的转变——

老者：且慢。你误解了我的意思，我是说，我一直以来是个真理寻求者。

青年：哦？

老者：可我现在不是了。你忘了吗？我告诉过你，只有一时的真理追求者。想变成始终如一的真理追求者，人不可能实现的，因为一旦追求者发现了自认为的永恒真理，他的追求过程也就停止了。他在余生中唯一要做的就是东挑西捡、修修补补、填填漏洞、搭起支架，使其不惧风吹雨淋，不会轰然倒地而将自己压在下面。因此，长老会教徒从来都是长老会教徒，而穆斯林一直是穆斯林，唯灵论者也一直是唯灵论者，民主党人就一直是民主党人，共和党人一直是共和党人，君主主义者也一直是个君主主义者。比如，当一名诚恳的真理追求者发现真理即为“月亮是由新鲜乳酪做成的”之后，就没有什么东西能让他改变立场了，因为他不过是一台自动机器，必须遵从自己的结构法则。

青年：所以——

老者：我已经发现了真理，知道了这一毋庸置疑的事实：人只有一个推动力，即满足自己的精神；而且人只不过是一台机器，无论有何作为，都算不上什么个人功劳。因此，在自己所能及的范围内，我就不可能再继续探究了。我的余生都会用在给我那无价之宝修修漏洞、刷刷漆、打打腻子、堵堵缝，要是再有人与我争论或提出什么不利的事实时，我就会不会再理睬了。

本能与思想

青年：真是令人作呕。你刚刚提出的那些关于老鼠之类的荒诞不经的论调，把人身上的尊严和一切伟大、高尚的东西都剥光了。

老者：本来就没有什么可以剥夺的，你说的那些，都不过是他偷来的衣服而已。人的所有功德，全都属于他的造物主。

青年：那你也无权把人和老鼠相提并论。

老者：从道义上讲，我没那么做。那对老鼠不公平。实际上，就某些方面来说，老鼠比人可强多了。

青年：你开什么玩笑？

老者：我是说正经的。

青年：那你是什么意思？

老者：这个就得在道德观的范畴里讨论了，这是个大问题。我们先把当下讨论的问题结束，再研究这个话题。

青年：好吧。你似乎承认自己将人和老鼠相提并论了。二者在哪方面水平

AMERICA
FRENCH
LAW
Chorus of British Authors:
Behold the Pirate Publisher stand,
Stealing our brains for Yankee-land;
He 's rude, uncultured, bold and free—
The Pirate-Publisher: You bet your life: The Law—that 's Me.
THE PIRATE PUBLISHER.—AN INTERNATIONAL

FRANCE
ENGLAND
ZOLA.
SARDOU
DAUDET
JAMES PAYN
LEWIS CARROLL
THOMAS HARDY
R.L. STEVENSON
WILLIAM BLACK
GILBERT
BROWNING
HUGHES
TENNYSON
JULES VERNE
12 CENTS
10% OFF
MARK TWAIN'S JOKE BOOK 9 CTS
SWINBURNIA
11th EDITION
EBERS
10c
THE HUGH CONWAY POSTHUMOUS PRODUCER
J. KEPPLER
Chorus of German and other Sufferers:
The labors of our studious brains
All go to swell his sinful gains;
He ravages Norway and Germanee—
The P. P.: You bet your life: The Law—that 's Me.
Chorus of Humble American Authors:
Though no one ever, in all this fuss,
Has thought of according rights to us—
Remember we 're pillaged across the sea—
The P. P.: Who cares for them: The Law—that 's Me.
AS HAD THE LONGEST RUN ON RECORD.

相当呀？在智力方面吗？

老者：对。二者在智力形式上相当，并非是在水平上。

青年：请解释一下。

老者：我觉得，老鼠的头脑和人的头脑都是相同的机器，只是能力是不同的，就像你和爱迪生头脑的区别、非洲矮人和荷马的区别、布须曼人①和俾斯麦的区别那样。

青年：但是低等动物没有思维素质，只有本能直觉，而人是有理性的。这一点你怎么解释？

老者：什么是本能？

青年：一种对与生俱来的生活习性不假思索、机械重复的运用。

老者：这种生活习性从何而来呢？

青年：是从第一只动物那里开始的，而它的后代就继承下来了。

老者：第一只动物是如何开始的呢？

青年：我也不知道，但肯定不是它想出来的。

老者：你怎么知道不是它想出来的呢？

青年：呃——至少我这么假定是可以的吧。

老者：我不觉得你有权这么假定。你为何会这么想？

青年：我知道你会如何解释它：机械、自动地将从外界得到的印象和观感加以整合，并从中作出推断、得出结论。

老者：很好。对“本能”这一毫无意义的术语，我的观点是：它只不过是一种僵化思维，是经由习惯而得以巩固，从而变得死气沉沉的一种思维。可以说，尽管它曾经富有生机，但是后来却变成了一种无意识的梦游一般的思考

① 非洲纳米比亚和博茨瓦纳等地的一种原住民。

方式。

青年：请举例说明吧。

老者：拿在牧场吃草的母牛群来说吧。它们的头全部朝向一个方向，之所以如此，并非是出于什么原因，也并非是因为能从中得到什么好处，只不过是源于本能而已，它们自己也不知道为什么要这么做。这只不过是它们从祖先那里继承而来的一种习惯。这种习惯最初也是种思维，即最早也是一种基于对外界的观察，并由外界观察和经验证实之后得出的有用推断。最原始的野牛注意到可以利用风势嗅出敌人的味道，以便及时逃跑；于是它们由此得出，顶风而行是对自己有利的。这就是人类所谓的推理过程。人的思维机器和其他动物没有什么区别，只不过性能更好一些。假设让人处于牛的境地，就能作出更加深入、更加全面的推理：他会让一部分牛朝向另一个方向，以便瞻前顾后、做前后防卫。

青年：你坚持说本能这一词是毫无意义的吗？

老者：我认为本能一词简直太无赖了，因为它把我们都搞糊涂了。一般来说，它用于指代有遥远思想起源的习惯和冲动，但有时它又打破惯例，用来指一些几乎不能说有思想起源的习惯。

青年：举个例子吧。

老者：人在穿裤子的时候，永远都是先伸同一条腿。这么做并没有什么好处，也没有什么道理，然而所有的人都会这么做。我想，这并非是前人通过考虑思考出来、出于一定的目的才这么做的。但是这确实是个代代遗传下来的习惯，并将继续传给我们的后人。

青年：人确实有这么一个习惯吗？你能证明出来吗？

老者：如果你不相信，你可以证实一下。带上一个人去服装店，看他试穿上十二条裤子，你就知道了。

青年：牛的例子并不——

老者：并不足以证明出人的思维机器和推理过程与一只愚蠢的[①]动物是一样的？我来进一步说明一下。如果你递给爱迪生一只盒子，这只盒子可以在某隐藏的装置下突然打开，他就会推断出这种装置是弹簧，并一探究竟。我的一个叔叔曾经有一匹老马，这匹老马常常跑进一个禁闭地带，到里面的玉米仓里偷吃玉米。我因此而受到了惩罚，因为人们都怪我没有把木闩插好，才让小偷进了门。玉米一次又一次地被偷吃，我一次又一次地背了黑锅。最终我精疲力尽，于是开始寻找那个罪魁祸首。我悄悄躲起来，开始在暗中监视那道门。不久，那匹老马就来了，用牙齿把门闩拔出来，大摇大摆地走了进去。它这本事并不是人教的，而是它观察到人这么做，就自己想出了办法，这一过程和爱迪生的没有什么不同之处，它也是把所有情况加以整合，做出推断，拉出门闩。我好好让它为之吃了些苦头。

青年：表面上看，这其中倒是有些像是思维了，但这例子还是太过简单，请你来举个更详尽的例子吧。

老者：设想爱迪生一直以来都受到某人的殷勤接待，于是他成了这家人的常客，三天两头过去串门。可是有一天，当去做客时，他却发现屋子已经空空如也，于是他猜测屋主已经搬走了。没过多久，他在另一个镇上遇到了这个人，看到他走进了一间房子，于是爱迪生推断这就是此人的新家，就跟进去询问。接下来，咱们再来讲一只鸥鸟的经历。这是从博物学家那里听来的，故事发生在苏格兰一个小渔村里。有只鸥鸟偶然来到这里的一个小农舍，那家人用

① 马克·吐温原文用的是dumb一次，译者认为，此处既指动物愚笨，又暗含动物是“哑巴”，没有说话能力。

食物款待了它。于是，第二天它又来了，人家又给它喂食，当它第三次来的时候，它就直接上了人家的饭桌，同那家人一起用餐了。从此之后，这只鸟几乎天天过去串门。然而有一次，这只鸥鸟出去旅行了几日，回来的时候，它却发现农舍已经空了。实际上，它的朋友们已经搬到了三英里外的一个村庄里。几个月之后，这只鸟经过这个村庄时，在街道上看到了一张熟悉的面孔，于是就一路跟随到了他家，不声不响地就进了屋。从此，鸥鸟又成了家中常客。鸥鸟算不上聪明，但是这一只，你瞧，却有这么好的记性和推理能力，还像爱迪生一样能加以运用。

青年：可是无论如何，它也不是爱迪生，就算如何加以训导，也成不了爱迪生啊。

老者：或许吧。那经过训导，你能变成爱迪生吗？

青年：别说这些无关紧要的，请接着往下讲。

老者：假设爱迪生碰上了什么麻烦，而刚好一个陌生人帮他脱离了困境。然而第二天，他又陷入了同一种困难，如果他知道那位陌生人住在哪里，他肯定会去找他。作为对比，我们再来讲一只鸟和一个陌生人的经历。这个故事也是从一位博物学家那里听来的。有一次，一个英国人看到一只鸟在自己的狗上方不停盘旋，还发出阵阵悲鸣。他过去一看究竟，发现原来是狗嘴里衔着一只幼鸟。所幸幼鸟还毫发无损。于是，这位绅士解救了它，把它放在了一堆矮木丛里，把狗牵走了。第二天一早，这位绅士正在坐在门廊上，这只母鸟又飞过来了，动作中还催促他到场院的另一边去。它飞在绅士的前方不远，然后等他赶上来，就这么飞飞停停；还一直顺着那条蜿蜒的小路上飞，而不是直接抄近路飞过场院。就这么走了四百码的距离，绅士就看到他的狗又办了错事——它嘴里又衔着那只小鸟。当然了，这次狗又未能得逞，不得不把幼鸟交了出来。

你瞧，那只母鸟把这一切都理清了：既然那位陌生人曾对自己施以援手，它就推断出，如果再遇到这种情况，他还是不会坐视不管的。它知道到哪去找他，于是它才信心十足地前去找他帮忙。它的思维过程和爱迪生同出一辙：把各种情况加以综合——所谓的思维过程，然后从中建立起自己的逻辑推断。爱迪生的逻辑也不过如此。

青年：你相信很多无知动物也能思考吗？

老者：是呀。大象、猴子、马、狗、鹦鹉、金刚鹦鹉、知更鸟等等，都有思考能力。以大象为例，如果一直大象掉进了坑里，那么它的同伴就会往坑中填土、填垃圾，直到坑底高度能让它爬上来。所以说，大象是有推理能力的。我认为所有能够调教和训练的动物，都懂得如何观察，并能将所得之物加以综合，进而得出结论——这就是它们思维的过程。对一个白痴，你无论如何也教不会他操作武器、前进、后退并根据命令执行复杂的演习的吧？

青年：如果是个彻头彻尾的白痴，那肯定是教不会。

老者：金丝雀可都学得会，狗和大象还能学会做各种各样的不可思议的事情。它们肯定可以观察到形形色色的情况，然后将之综合，告诉自己："现在我明白了：当我按照要求，如此这般做的时候，我就能受到称赞，人家还喂我食物吃；如果我不这么做，就会受到惩罚。"一位国会议员可以通过学习掌握的事，一只跳蚤也同样可以做到。

青年：如果说愚笨的动物可以在低水准上进行思考，那么哪种动物可以进行高水平的思考呢？有没有哪种动物的思考水平可以接近人类呢？

老者：有啊。在思考和规划方面，蚂蚁不亚于人任何未开化的民族；在某些技艺的自学方面，它甚至优越于所有野蛮人；而在一两种高水平的思维素质上，无论是野蛮人还是文明人，都比不上它呢！

青年：得了吧！你这是在抹杀人兽之间的智力边界。

老者：请原谅我会这么说，但是人无法抹杀本来不存在的东西。

青年：我希望你不是当真的。你不会真的想说，人兽之间压根就没有智力界限吧。

老者：我确实是当真这么认为的呀。马、鸥鸟、母鸟还有大象的例子都说明这些生物可以把遇到的各种情况加以整合，就像爱迪生那样，并得到和他相同的结论。它们的思维机制和爱迪生是一样的，工作机制也没有什么区别。只不过，它们的装置性能不比他的那般优越，这就是唯一的区别。要说界限，根本就没这么回事。

青年：这听起来是挺有道理，但着实令人恼火，而且大大冒犯了人类自身。它将愚蠢的畜生提高到了——到了——

老者：我们还是不要用这一自欺欺人的字眼吧，因为据我们所知，压根就没有所谓的愚蠢的畜生，还是称它们为人类无法理解的动物——未解生物吧。

青年：做出如此断言，你有何根据?

老者：理由相当简单。“愚蠢”生物这一说法暗指了动物并不具备思维机制、没有理解能力和说话能力，也没有任何内心交流的方式。我们知道，就连母鸡也是能说话的。尽管我们无法理解它的所有话语，但至少能听懂其中的两三句——当它说“我下了个蛋”的时候，我们就能听懂；它给小鸡们说“跑过来，亲爱的，我发现了一只虫子”，我们也能领会；当它大声发出警告“快躲到妈妈身下来，老鹰来了！”的时候，我们也能理解。母猫舒展身体，慈祥而满足地发出呼噜声，并轻声呼唤：“过来吧，小猫咪们，要吃晚饭啦！”我们能理解；当它叫声呜咽，四处走动的时候，我们就知道它是在说：“小猫们都到哪去了？它们全走丢了，你来帮我找找吧。”半夜里，那只肮脏不堪的公猫在自己的地盘打架时低吼："过来呀，你这杂种，过来让我好好收拾你一顿!"我们也能懂它的意思。除此之外，我们还能听懂一两句狗话，甚至对驯养的小鸟或者其他动物，也能通过观察理解其语言和动作。母鸡说的一些话，我们能听得明明白白，这也就说明了它还可以和同类进行上百种我们无法理解的交流。总而言之，母鸡是可以讲话的。同理，大量人类不能理解的动物，其实也是具有交流能力的。只不过是人类过于自负傲慢，才会以为动物既没有说话能力又愚笨的。至于蚂蚁——

青年：对，还是继续说蚂蚁吧。你似乎认为这种生物将人和未解动物之间的最后一点智力界限都抹去了。

老者：这一点，蚂蚁确实做到了。澳洲土著人究其历史也从未设计出一所房子、建造过一间住宅；而相比之下，蚂蚁可是令人惊异的建筑师。它身型极小，却可以造出八英尺高、坚固牢靠的住宅。按人的比例，这个小房子就相当于世界上最雄伟的国会大厦或教堂了。无论在哪个野蛮民族，也没有出现过能在创造力和文化气息上与蚂蚁相媲美的建筑师；无论在哪个文明族裔里，也没出现过一位设计师能和蚂蚁一样，能设计出适用于预期用途的房屋。蚂蚁建造的房间包含了蚁后的宫殿、幼蚁的保育室、储粮仓、兵蚁室、工蚁室等等，此外，在各个房间、多种多样的大厅及连通其间的走廊的安排和分布上，都显示了建筑师着眼便利和适用性的有素训练和丰富经验。

青年：那也许不过是本能而已。

老者：如果野蛮人也能有此本能，就不会堕落至此，连这种房屋都造不出了。让我们在下结论之前，接着往下分析。蚂蚁中有兵蚁，它们编制成了营、团、军，其中还任命了指挥战斗的上尉和将领。

青年：这可能也是本能罢。

老者：我们接着往下看。蚂蚁还有一整套的行政系统，其规划周密详细，能够进行高效运转。

青年：还是本能呀。

老者：蚁后还蓄有一大批奴隶，她是个无情苛刻的奴隶主，强制它们干苦工。

青年：本能呗。

老者：它还蓄养奶虫[1]，用来“挤奶”，供自己享用。

青年：当然也是本能。

老者：在得克萨斯，有一群蚂蚁划出了十二英尺见方的土地，在其中耕作、除草、培育，最后将作物收割并贮存起来。

青年：还是本能嘛。

老者：对同伴和陌生人，蚂蚁还会区分对待。约翰·卢伯克爵士[2]曾做过试验，他分别从两只蚁巢中取出蚂蚁，用威士忌将它们熏醉，然后将昏迷的蚂蚁放置在两个蚁巢中近水的那个附近。巢穴里的蚂蚁爬出来了，对这些有失体面的同类作了一番观察和议论，然后将其中同一巢穴的同伴抬回了家，把来自另一巢穴的陌生蚁丢入水中。卢伯克爵士将试验重复了多次。在起初的一段时间里，蚂蚁们的行为没有发生什么变化，每次它们都把同伴搬回家，把陌生人扔到水里。但是久而久之，它们失去了耐心：既然管教毫无用处，那索性就把同伴和陌生人一起丢入水中去。你说，这是本能呢，还是对从未经历过的新鲜事物作一番深思熟虑和明智探讨，进而作出裁决、宣判并处罚呢？这是世世代代

① 蚜虫的粪便含有丰富的糖，人类称之为“蜜露”。蚂蚁爱吃蜜露，因此常常蓄养蚜虫，并用触角拍打蚜虫的背部，促使其分泌蜜露。人们把蚂蚁的这一动作叫做“挤奶”，把蚜虫比喻为蚂蚁的“奶虫”。

② 约翰·卢伯克(1834-1913)：英国考古学家、生物学家和政治家。

的习性沿袭而来的思维呢，还是在新情境之下激发的崭新思维呢?

青年：我不得不承认，这并非源于习性。看起来，这确实如你所说，是经过深思熟虑和归纳综合而得。我相信这是一种思想。

老者：我再举一个动物思考的事例。富兰克林曾做过一个试验，他在房间的桌子上放了一杯糖，蚂蚁们很快就发现了。于是，他试着使用了好几种方法，防止蚂蚁接近这杯糖，但是都不起作用。最后，他设计了一个方法，切断了蚂蚁前来的路径——好像是把桌腿放在盛着水的盘子里，或者是用焦油围着杯子画划了一个圈，我记不清了。然后他开始观察蚂蚁的动向。蚂蚁们尝试了各种各样的方案，可是全部以失败告终。它们冥思苦想，感到困惑不已。最终，经过一番讨论商榷，它们做出了一个决定，打败了这位了不起的哲学家。它们排成长队，横越地板，爬上墙壁，走到天花板上正对杯子的那一点，接连跳入杯中！难道你认为这也是本能吗？是历经万代继承而来的僵化思维吗?

青年：不，我相信这不是。我相信这是一个为了应对最新紧急情况、经过推理而新制定的计划。

老者：很好。在这两个实例中，你都承认了动物的推理能力。现在，我们来讨论其智慧上的一个细节，此细节足以证明蚂蚁在这方面远在人类之上。经过很多试验，约翰·卢伯克爵士发现，蚂蚁能在一瞬间就辨别出陌生者，即使陌生者利用油漆作了伪装；他还证实了，对自己巢穴内的五十万只同类，蚂蚁都能一一辨别，即使其中一只离开一年时间，归来时它也能立刻认出来，并能给予热烈的欢迎。它们是怎么辨别出这么多同类的呢？并非通过颜色，因为涂了漆的蚂蚁照样能被认出；并非通过气味，因为浸过氯仿的蚂蚁也同样被认出；也并非是通过语言、触角动作和接触，因为喝酒醉的和动弹不得的蚂蚁也能被同伴认出来，还和陌生者作了区分。这些蚂蚁都是同一种族，因此它们是通过体型和特征来进行辨别的，而辨别数量竟然能达到五十万之多！人对体型和特征的记忆怎能与此相比？

青年：当然不能。

老者：富兰克林和卢伯克的蚂蚁都证明了，动物有着优秀的综合能力，它们能把各种情况整合起来运用到新的、陌生的突发事件中，进而得到巧妙而高明的方法，这和人的思维方式是完全相同的呀。靠着记忆力，人将自己的观察和推理结果保存下来，加以反思、扩展和重新综合，如此一来得到了最终的结果：从茶壶到远洋班轮上的复杂发动机；从身体力行到奴隶雇佣；从简陋茅屋到豪华宫殿；从风餐露宿到耕作贮粮；从游离不定到稳定的政府集权；从杂乱的部落到集结的军队，人类在一步一台阶地发展着。相比之下，蚂蚁有着观察、推理的能力，还有着惊人的记忆力加以辅助，它的发展过程和文化本质特征和人类的丝毫不差，而你却将这一切都归于本能！

青年：或许缺乏推理能力的恰恰是我自己吧。

老者：那么，别告诉任何人，也别再这么说了。

青年：按照我们谈话的进展，依我的理解，我不得不承认，人和未解的动物之间，绝对不存在智力界限喽。

老者：你必须承认这一点。压根没有所谓的界限，这是你必须面对的。人和动物的心智机器是一模一样的，运作方式也完全相同，只不过人的机器性能更好些，能力更强一些罢了。无论人还是动物，都不能给这台机器下指令，因为它是完全自动的，不受任何管制、随心所欲，谁也强迫不了它。

青年：那么，人和动物就脑力装置来说，种类是相同的，只不过品质不同而已，除此之外，相差无几喽。

老者：在智力方面确实如此，但两者都存在显著的缺陷。人对动物的语言知之甚少，而狗、大象等动物却懂得很多人类的语言，在这一方面来说，它们比人类要强；但是另一方面，它们没有学习读写的能力，也无法习得人类所掌握的很多精巧高妙的东西，因此人类在这一方面又大大地超越了它们。

青年：无论它们有啥本事，随它们去吧，我们没有任何意见。但是二者之间始终还有一座难以跨越的壁垒，那就是道德意识。和人类不同，动物们没有是非感可言，在这一点上，人是大大高于动物的吧。

老者：你怎么会这么认为呢？

青年：您还是打住吧。我已经忍受了这么多妄语怪论，已经受够了。我可不能忍受你说人和动物在道德感上平起平坐了。

老者：我还没打算把人抬举到动物那种高度呢。

青年：这是在是太过火了，拿这种事开玩笑可不好。

老者：我没有开玩笑，只不过是在反应一个简单的事实而已，并无半点尖酸刻薄之意。人能区分是非好坏，这证明了人在智力上优越于其他生物，既然如此还明知故犯，这就说明了人在道德上比其他所有生灵都要恶劣。我坚信，这一观点是无从质疑的。

自由意志

青年：您对自由意志有何见解呢？

老者：压根没这么一回事。你说，那个把最后一分钱给了老妪，自己冒着暴雪跋涉回家的人有自由意志吗？

青年：他本来也可以选择置之不理的，不是吗？

老者：是的，他倒是有两个选择，一个是肉体的舒适，另一个是精神上的心安理得。身体当然有着强烈的诉求，这是理所当然的，而精神则与之相反。

他必须得从二者中择其一，而且他也做出了自己的选择。你说，是谁，或者说，是什么让他做出选择的呢?

青年：除了你，其他人都会认为是他自己做出的决定，而且在做决定这一行为中，是其自我意志在起作用。

老者：人们都说，人人生来就有自由意志，而且当他有机会在善行和次者之间做出选择时，就要运用自由意志。但是我们却清清楚楚地看到，在那个人所处的情形下，他是并没有自由意志可言的。他的秉性、教养和日常影响将其塑造，并迫使他救助了那位老妇人，进而解救了他自己，免得陷入精神痛苦和难以忍受的自责中去。因此，他并没有作出选择，而是在无法控制的力量的胁迫下，不得已而为之的。所谓的自由意志，也不过仅限于在纸上谈谈罢了，现实中并没这么一回事。现实生活中，我不会用自由意志这一词，而是用别的词来表述。

青年：用什么词?

老者：自由选择。

青年：这两个词有什么区别吗?

老者：自由意志是指人行动起来完全自由、随心所欲，而自由选择意味着人只能在思维过程的限制之下活动，是决定两件事情之间哪一个相对正确、相对公正的关键能力。

青年：请讲清楚一些。

老者：头脑自由地进行挑选，指出其中合理公正的那个，然后就放任置之了。它的功效也就到此为止了，不再对事情做一番深究。它无权下令说，必须马上摒弃糟粕、择优而行，因为决定权并不在它手中。

青年：决定权在人自身手中吗?

老者：不对，是在代表人的机器手中，由以天生的秉性为中心、环绕其周的后天教养和环境塑造的性格决定。

青年：它会决定让人择优而行吗？

老者：这件事上，它只会随心所欲。约翰·华盛顿的机器会按正确的选择行事，弗朗西斯科·皮萨罗①就会恰恰相反。

青年：那么，就我理解，坏人的头脑机构能冷静而公正地地明辨出哪一种选择是正确的，只不过——

老者：对，只不过其道德机制还是会按自己喜好而行。这得看其素质，而对头脑的感受，它是无动于衷的——如果说头脑有任何感情的话。不过，头脑是没有感情可言的，它只不过是块温度表而已，记下温寒冷暖，至于最终要选择什么，它丝毫都不关心。

青年：那我们绝对不能说，如果一个人明辨是非，知道哪件事是正确的，那他就势必会去做这件事喽？

老者：他的性格和教养决定他要做哪件事，而且他会照做之。他自己也控制不住自己，因为他也无权决定此事。大卫去刺杀哥利亚②难道不对吗？

青年：对呀。

老者：那放给别的人去做，也应该是正义的事喽。

青年：那当然。

老者：那么对一个天生的懦夫来说，刺杀哥利亚也是应该的喽？

青年：是呀。

---

①弗朗西斯科·皮萨罗(1475—1541)：西班牙冒险家、秘鲁印加帝国的征服者。

② 据《圣经·旧约》，大卫是犹太人的王，哥利亚是与以色列为敌的非利士族巨人，大卫少年时用飞石将他打死。

老者：那你知道，肯定不会有懦夫会去行刺的吧？

青年：那倒是。

老者：对一名天生的胆小鬼来说，要想去尝试这件事，其天性和素质绝对是个难以逾越的障碍，你认为呢？

青年：对，这我知道。

老者：尽管如此，行刺哥利亚也是件合情合理的事，对这一点，懦夫心中也是一清二楚的吧。

青年：是的。

老者：在辨别此事是对还是错上，他的头脑可以自由选择吧。

青年：可以。

老者：既然他的头脑能明辨是非，但又出于天性的懦弱，他完全不敢尝试此事，那么所谓的自由意志又何在呢？事实摆在面前，清清楚楚地证明他没有自由意志这一说，为什么又非得冠上自由意志的美名呢？凭什么因为他和大卫都知道正义何在，就非得作出相同的举动呢？为什么非得把同一规则强加到山羊和狮子这两种天性截然不同的生物上去呢？

青年：真的没有自由意志这一说吗？

老者：我认为没有。意志是有的，但它和对是非正误的心智认知毫无关系，也不受其管束。大卫的天性和教养造就了意志，它是一种强制性的力量，大卫无力反抗其命令，他别无选择，只能行刺。相比之下，懦夫的性情和教养也有意志，也同样是强制性的。在它的指挥下，懦夫只能趋利避害，他同样也没得选。尽管大卫和懦夫都有意志，但是不能说具有自由意志。自由意志是那种按照心智的判断，来决定要行正义还是行邪恶的意志。

并非两种，而是一种价值观

青年：有个问题一直困扰着我：我不知道你是如何区分物质渴求和精神渴求的。

老者：对这两者，我并不作出区分。

青年：此话怎讲？

老者：根本不存在物质渴求这码事。一切渴求皆为精神渴求。

青年：人的所有的期待、欲望和野心都是不是物质上的，而是精神上的吗？

老者：是的。你内心的主宰命令，无论是何种情况下，你都得满足其精神，而且仅仅是精神。除此之外，它别无他求，对其他东西，它丝毫不感兴趣。

青年：得了吧。有时，人也会垂涎他人的财物。这不是明显是物质上、世俗上的渴求吗？

老者：并非如此。金钱只不过是种象征而已，是精神欲求的有形、具体的形式体现。一切所谓的物质渴求都不过如此，人并非是因为物质本身才渴望它，而是因为它可以满足你一时的精神需要。

青年：请举个例子来详细谈谈吧。

老者：好。比如说，你也许很想要一顶新帽子。你终于得到了它，虚荣心得到了满足，精神也得到了取悦。然而，你的朋友们却嘲弄了这顶帽子，拿它开了个玩笑。此时，它的价值也就立刻烟消云散了。你为之感到羞愧，恨不得让它赶紧远离自己的视线，你嫌它碍眼，再也不想看到它了。

青年：我好像懂了，您继续往下讲。

老者：帽子还是原来的帽子吧，它本身没有什么变化。然而，你想要的并不是帽子本身，而是它所代表的东西，某种取悦你精神的东西。一旦它做不到这一点，它的全部价值也就不复存在。所有的价值都是精神上的，根本就没有所谓的物质价值。你要寻找实实在在的物质价值，那是白费力气，因为根本没这么一回事。事物没有物质价值，从来都没有过，它所具有的唯一价值就是其背后所蕴含的精神价值。一旦这一基石倒塌，它也就一文不值了，就像那顶帽子似的。

青年：你能扩展到金钱上探讨一下吗？

老者：可以。金钱没有物质价值，它也不过是种象征。你以为你是因为钱本身才渴望它，而事实并非如此。你渴望的，只不过是它带给你的精神满足，要不是因为这一点，金钱也是一文不名的。有这么一个悲惨故事，说有个人像个奴隶一样没日没夜地工作，终于攒了一笔钱，他为此高兴不已。然而，天有不测风云，他所有的家人都在一周内死于瘟疫，只剩他一个人孤零零地留在世上。现在，他的那笔财富变得一文不值了，他意识到，金钱之所以给他带来快乐，并非是在于其本身，而是因为有了钱，他的家人就能过上舒适安逸的生活，这一点能给他带来精神上的满足。钱本并没有物质上的价值，如果连精神价值没有了，再多的钱也不过是一堆废纸而已。一切大小事物，无论庄严宏大还是柴米油盐，皆是如此，无一例外。王冠、权杖、便士、人造宝石、村里尽人皆知的臭名还是远扬世界的声誉，都是一个样。如此种种，都不存在物质价值。当它们能满足人的精神需求时，就是稀世珍宝，否则不过分文不值、一无是处罢了。

一个难题

青年：你那套晦涩难懂的术语让我感到困惑不解。有时，你把一个人划分为两三种不同的人格个体，每个个体都有其权利、责任和控制权限，这种划分让我难以把握。而当我提到人时，指的是作为一个整体的人，很容易理解和考虑。

老者：把人作为一个整体考虑确实方便。但当你说到“我的身体”时，这个“我”指的是谁呢？

青年：就是这个“我”啊。

老者：那么说，身体是财产，而这个我拥有它喽。这个我又是谁呢？

青年：这个我是一个统一体，是个共有物，是这个整体中既定的专一所有。

老者：如果说这个我喜欢彩虹，那么是整个我都喜欢吗？具体到我的双手、脚踝、每一根头发，通通都喜欢彩虹吗？

青年：当然不是。只不过是我的头脑喜欢罢了。

老者：这么说，你把这个自己也分割了。每个人都得这么做，也必须这么做。那么确切地说，这个我到底是什么？

青年：我想，它肯定是有这两部分组成——肉体和心智。

老者：你这么认为吗？如果你说：“我相信地球是圆的。”那说话的“我”是谁呢？

青年：是心智呀。

老者：如果你说：“我为失去父亲而悲痛不已。”这个“我”又是谁呢？

青年：还是心智。

老者：当心智经研究并接受地球是圆形的证据时，它是在行使思维功能吗？

青年：是呀。

老者：当它为失去父亲而悲痛时，也是在行使思维功能吗？

青年：不是。在那种情形下，它并非行使脑力工作，而是动用情感。

老者：那么其源头并非是在你的头脑中，而是在精神领域吧？

青年：我不得不承认这一点。

老者：心智是人身体结构的一部分吗？

青年：不是，它是独立于身体之外的，是精神方面的。

老者：既然如此，那么它不会受到身体状况的影响吧。

青年：不会。

老者：身体喝醉了酒，心智还能保持清醒吗？

青年：呃——不能。

老者：那么，身体状况还是可以对它产生影响喽。

青年：好像是的。

老者：头骨出现裂缝，心智也就发疯了。如果说它仅仅是精神上的，不受身体的影响，怎么又会如此？

青年：呃——我也不知道。

老者：当你脚痛时，你是怎么知道的呢？

青年：我能感受到啊。

老者：只有疼痛通过神经传到大脑，你才会感觉到疼。大脑是心智的所在地，是吧？

青年：我想是的。

老者：然而，如果没有神经的传输，单靠精神，心智是无法得知外界状况的吧？你所感知到的这一问题：我到底是谁、到底为何物，这可不是个简单问题。当你说“我喜欢彩虹。”和“我相信地球是圆的。”时，我们发现说话的并不是作为整体的我，而只是我的心智部分。当你说：“我很伤心”，同样地，说话的也不是作为整体的我，而是我的精神部分。你认为，心智完全是精神层面的，但是当你说“我感觉疼”的时候，你发现这次的我是心智和精神的结合体。我们都在以这种含糊不定的方式使用着“我”这一概念，但对此实在是无计可施。我们想象有个主宰兼君王君临于你所谓的整体之上，并且以他的口气称为“我”，但是我们却无从给他下一个定义。尽管我们知道思维和情感是各行其是的，然而我们还是试图寻找一个统领二者的支配者，它还兼任这个身份明确、无可争辩的“我”，让我们知道我们指的是何物，当我们用“我”这一代词时，究竟是在谈论谁、谈论什么。可是，我们不得不放弃寻找，并承认根本找不到这一角色。依我看，人是个机器，是由很多不同机制构成，秉性与日积月累的外界影响和教养构建了内心主宰，其冲动主导了心智和精神机制的无意识行动。这台机器的任务即是满足内心主宰的精神需求，不管这一需求的好坏善恶。而人这一机器的意志更是具有绝对权威，人必须对之绝对服从，并且从来都是服从的。

青年：也许这个我就是灵魂吧？

老者：或许吧。灵魂又是什么呢？

青年：我不知道。

老者：没有人知道。

激情主宰

青年：什么是主宰？或许用日常话来说，良心是什么？请解释一下。

老者：它是潜伏于人内心的神秘独裁者，不停地强迫着人为了满足它的欲望而奔波。可以称之为激情主宰，即一种对自我赞许的渴求。

青年：它位于何处？

老者：位于人的精神建构之中。

青年：它依仗人的利益下取指令吗？

老者：对人的利益，它是毫不关心的，它唯一在乎的就是满足自己的欲望。经过调教，它可能会趋利避害，做出对人有利的事情，但那是也因为此事能在更大程度上满足它自己而已。

青年：也就是说，即使经过调教，它能达到崇高理想的境界，它的行为还是为了满足自身，而非为了人的利益。

老者：正是如此。调教也好，不调教也罢，它对其人利益从来都是漠不关心的。

青年：它似乎是人的精神建构之后的一股邪恶势力。

老者：不对。它是人的精神建构中的一股不偏不倚的力量。我们不妨称之为一种本能——一种盲目而非理性的本能，它无法区分是非好坏，只要自己的精神满足得以保证，就不会在意事情给人造成的后果。它永远都得确保这一点。

青年：它追求金钱，或许是考虑到金钱对其人带来好处吧？

老者：它并非是执着于金钱、权利、官职或是任何一种物质上的利益。无论处于何种情形，无论要使用何种手段，它所追求的永远都是精神的满足。至于其欲求何物，都是由人的性情决定的，性情又居于其上。性情啊、良心啊、情感啊、精神需求如此等等，其实都是同一回事。你可曾听说过有视金钱为粪土的人吗？

青年：听说过。有一位学者，宁可放弃商行的高薪职位，也不愿放弃读书，离开他的小阁楼。

老者：因为他不得不满足自己的内心主宰。也就是说，相比金钱，他的性情和精神需求更痴迷于读书。还有其他的例子吗？

青年：有，还有那些隐士。

老者：这个例子举得很好。隐士们日日忍受孤独、饥寒交迫，冒着各种各样的危险，只为满足内心那位独裁者：只因它爱这些东西、祈祷和沉思胜过金钱和一切换来的声色犬马之娱或穷奢极侈之物。还有别的例子吗？

青年：有啊。艺术家、诗人、科学家很多都是如此。

老者：不管报酬高低，他们内心的独裁者偏爱这些职业所带来的极度快乐，胜过一切能买的的昂贵之物。你要知道，激情主宰——精神的满足，除了所谓的物质利益、荣华富贵和金钱之外，还关心很多其他东西。

青年：我想我必须得承认这一点。

老者：你不得不这样。有着拒绝公职负担、烦恼和荣誉的性情的人或许和谋求公职的一样多。前者的性情仅仅是为了寻求精神上的满足，后者也是同出一辙。如果说前者是利益熏心的，后者也不过如此，因为两种情况下，他们的目的都是一模一样的。而且两者情况下，人的性情都决定了其选择，而且性情是天生的，不是后天造就的。

结　论

老者：前几天去度假了？

青年：是呀，用一周的时间到山区做了一次徒步旅行。您准备好这次谈话了吗？

老者：完全准备好了。我们从哪开始呢？

青年：我躺在床上休整了两天两夜，翻来覆去地斟酌考虑我们之前的这些谈话，一遍一遍地认真回想。结果是这样：那个——你准备有朝一日把你对人的这些看法整理出版吗？

老者：在过去的二十年里，我内心的主宰不时地跃跃欲试，想让我将它们集结成篇，加以出版。必须由我来告诉你，为何这命令直至今日还是没被执行吗？如果我不提示你，你能把这一简单的问题解释清楚吗？

青年：按照你的这套理论，解释起来太容易了。外界影响驱使你的内心主宰下达这一命令，可是一股更强的外界影响力阻止了它。没有外界的影响，这两股冲动都无从产生，因为人的大脑是没有能力原创出任何想法的。

老者：说得对，继续讲。

青年：至于到底要不要公开发表这一理论，其实还是你的内心主宰说了算。如果某一天，一种外来影响使它下定决心要出版，它就会下达命令，命令就会被执行。

老者：正确。还有呢？

青年：经过一番深思熟虑，我深信将其出版不是件好事。您能原谅我这么说吗？

老者：原谅你？你什么都没做，没有什么需要我原谅的。你不过是个传声筒，是个工具而已，传声筒是不必对说出的话负责的。外来的影响以终生的调教、教养、观念、偏见和其他外来货的形式，驱使你的内心主宰相信发表这些学说是有害的。没关系，这一结论太自然了，是我意料之内，实际上甚至可以说是无可避免的。你继续说下去，为方便起见，你按照惯例还是使用第一人称，给我说说你的内心主宰对此是怎么想的。

青年：好吧。首先，这是一套令人沮丧的学说，既不振奋人心，也唤不起人的热情；它剥夺了人的荣誉、自尊和英雄气质，将其一切个人功绩和嘉许一一否定；它把人贬低成一台机器，一台不受人支配的机器，甚至是一台咖啡研磨机，既不允许它自动加咖啡豆进来研磨，也不允许它自己转动曲柄，它可怜而卑微的唯一功能即为按照自身天性素养，进行粗磨细研，其余的都交给外界冲动。

老者：说得很对。告诉我，人们最钦佩彼此的是什么？

青年：才智、勇气、伟岸的身躯、漂亮的容貌、慈悲、善行、气量、厚道、英雄气概，还有——还有——

老者：我不再做补充了。这些都是基本要素，品德、勇气、圣洁、坦率、忠诚、崇高信念——诸如此类能在词典中枚举的品质，都是由基本的要素经过一番调和、汇总或些许变化加工而成，就像黄蓝混合而得绿、红色经调整又成不同色调那样。基本颜色不外乎那几种，彩虹中都能有，而将作一番加工和命名，人们又得到了五十多种颜色。对人类优秀品质的那几种基本要素，你也都提到了，还说到了一个混合物——英雄气概，它是由勇气和气量混合而来。那么，这些要素中，哪一个是人自己创造出来的？是才智吗？

青年：不是。

老者：为什么？

青年：人生而就有。

老者：是勇气吗？

青年：也不是，勇气也是与生俱来的。

老者：那伟岸的身躯和漂亮的面容呢？

青年：都不是。这些都是与生俱来的东西。

老者：那说说那些基本的道德品质吧。慈悲、善举、豁达、厚道。在外界影响的栽培下，它们统统能结出果实，生出词典中列举的种种美德的混合物。这些种子是人生而就有的呢，还是后天自己造就的呢?

青年：与生俱来的。

老者：谁造就了它们呢?

青年：上帝。

老者：那功劳算是谁的?

青年：上帝呀。

老者：你谈到的荣誉和嘉许呢?

青年：也归于上帝。

老者：那么侮辱了人的，明明是你。是你让人将荣誉、褒扬、奉承归于自己名下，而实际上他所拥有的一切有价值的东西都不过是借来的锦衣华服，没有一针一线是他自己挣来的，没有一丝半缕是他自己创造的。是你让人沦为骗子，我对他有不及于此吗?

青年：你把人说成了机器。

老者：这精巧漂亮的机器结构是出自谁之手？人吗?

青年：上帝之手呀。

老者：那又是谁设计出这一法则，让人可以一边思考或者交谈，同时又能不经思索、准确无误地演奏出一首美妙的钢琴曲呢?

青年：上帝。

老者：谁设计出血液精妙的流动机制，让它不需要人的协助或告诫，就能自发地日日夜夜驱动新鲜血液流遍全身？谁又设计了人的头脑，让它有着自动运作的机制，随心所欲地工作，只要乐意就整夜转个不停，任其再三央求也不管不顾？这一切都出自上帝之手。把人变成机器的并不是我，而是上帝。我只不过让大家注意到这一事实，仅此而已。这么做有错吗，算得上是罪过吗？

青年：我认为，如果真相带来危害，就不该说出来。

老者：你继续说。

青年：看看此事的现状吧。一直以来，人都被教导说，他是上帝创造的至高无上的奇迹，他相信了；不管是一丝不挂的野蛮人还是衣着考究的文明人，对此都深信不疑，这使人为之鼓舞，生活也因此有了欢乐。他的自豪感，那种对自我真诚的赞美，那种为自诩取得的成就的欣喜，以及为随之而来的褒扬和称颂的得意之情，这一切都让他振奋狂热，让他雄心满满地向更高的目标跨越。一句话，这让他的生活充满价值，让他值得去活着。但是根据你的理论，这一切都不过是水中月、镜中花，而人只不过是无名小卒，是台机器；他那崇高的自尊褪色为纯粹的虚荣，任之奋力打拼，比起他那低劣愚蠢的邻居，他也强不上一丁点；他再也不会感觉幸福了，生活的价值也随之幻灭。

老者：你真的这么认为吗？

青年：当然了。

老者：那你可曾见过我垂头丧气、长吁短叹吗？

青年：没有。

老者：我就相信这套理论，为什么它们没让我感到忧虑呢？

青年：呃——当然是因为你的天性如此啦！你的这套理论离不开天性这个词。

老者：正确。如果一个人生性就爱愁眉苦脸，那无论是什么都不能给他带来快乐，而如果一个人生来开朗知足，就是天塌下来，他也不会不开心。

青年：真的？甚至如此侮辱人格、令人心寒的信念系统，也不会让他不开心吗？

老者：信念？单单是信念，肯定是无能为力的。和天性斗，它绝对赢不了。

青年：这我可无法相信，也不信。

老者：你太急于下结论了。这表明你对事实还没有研究透彻。在你的所有朋友里，谁是最开心的？是弗兰克·伯吉斯[①]吗？

青年：毫无疑问是他。

老者：那谁又是最不开心的？是亨利·亚当斯[②]吧？

青年：毋庸置疑！

老者：我跟他们都挺熟。两个人处于两种极端，都不同于常人。他们的性格大相径庭，有着天壤之别。两者年纪相仿，都五十岁左右，而且生活经历上非常相似，但是看看他们的结局吧！伯吉斯一直眉开眼笑、希望满怀、喜气洋洋，而亚当斯老是无精打采、垂头丧气、郁郁寡欢。年轻的时候，两人都尝试从事国内新闻一行，但都没能成功。伯吉斯似乎一笑置之、毫不介意，然而亚当斯却做不到。他心灰意冷，一遍一遍地对已经发生的事情横加抱怨，徒劳悔恨叹息，自我折磨，后悔要是当时如果如此这般的话就会成功了。尽管两人都没有成功，但是伯吉斯还是日日脸上挂着欢笑，因为他就是这么个人，他自己也没法控制这一点。亚当斯也一样，他感到苦恼不幸，也是无法自控的。时至今日，两人还是在不停地尝试这行、尝试那行，都是屡屡碰壁，可伯吉斯依旧可以笑对失败，亚当斯却恰恰相反。通过他们，我们得知尽管世事变迁，而人的生性不变。我们再看看两者的精神状况吧。两人都一度是狂热的民主党人，后来又转为狂热的共和党人，既而又成了狂热的中立派。在这几次政治信仰及

---

① 弗兰克·伯吉斯(1866—1951)：美国幽默作家、插画家。

② 亨利·亚当斯(1838—1918)：美国历史学家、学者和小说家。

其变迁中，伯吉斯总是能在其中找到快乐，而亚当斯总是有各种垂头丧气的理由。在宗教信仰方面，两人都曾是长老会成员、普救派教徒、卫理公会派教徒、天主教徒，后来又重回长老会，之后又加入卫理公会。此间，伯吉斯总是心平气和，而亚当斯则焦虑不安。现在，两人都在尝试基督教科学派，但两者还是会不可避免地得到同样的结果。没有什么政治或宗教信仰能让伯吉斯垂头丧气，也没有一个能让亚当斯感到快活。我向你保证，这纯粹是天性造就的。信仰是习得的，但性情是天生的；信仰易改，性情难移。

青年：你所例举的两个人性情是处于两种极端。

老者：是的，还有很多种性情都是这两种极端的变形，但是法则是相同的。有的人的性情三分之二快乐，三分之一哀愁，没有任何宗教或政治信仰可以打破这一均衡。在大多数人的秉性中，两种因素是处于平衡的，不存在极端的情况，这也使得一个国家的人们可以适应自己周围的政治和宗教环境，并心平气和地接受它们、心满意足地选择它们。国家并没有思考能力，只有感受能力，它们通过气质和人们的秉性，间接地得到感觉，而不是通过思考。一个国家可以通过环境的潜移默化而非争议的方式，适应于任何可能的政府或宗教之中。它们会逐渐适应于必要的情形，并进一步喜欢上它们，甚至拼死维护。历史上的事例比比皆是：希腊人、罗马人、波斯人、埃及人、俄国人、德国人、法国人、英国人、西班牙人、美国人、南美人、日本人、中国人、印度人、土耳其人——无数个或野蛮或温顺的宗教、各种各样能想象得到的政体，从老虎式的到家猫式的，每个国家都视自己的宗教是唯一纯正的宗教，视自己的政府是唯一明智的政府系统；每个国家都蔑视他者，却对自己的愚蠢毫不知情；每个国家都自视甚高，自诩为上天的宠儿，到了战时个个恳请上帝的统领，但当看到上帝站在敌对方时却又目瞪口呆。但过不了多久，它们照例还是谅解了上帝，转眼之间又唱起了赞美诗。一句话，全人类都在自命不凡、唯我独尊、毫不动摇地快乐着、感激着、自豪着，不管是何宗教，不管其政府是老虎还是家猫。难道我说的不是事实吗？你知道，就是如此。人类快乐吗？你知道他们是快乐的。想想人类的承受力吧，要有信心，可别愁眉苦脸的。要是你真以为仅凭我那一套简单却冷酷的事实，就能把人们的快活剥夺掉，您真是太抬举我了。一切都尝试过了，没有任何一种东西能剥夺人类的快乐。谨请足下不必为此多虑罢。